Biblioteca Paulo Coelho

Paulo Coelho es uno de los escritores más influyentes de nuestro tiempo. Nació en Río de Janeiro en 1947, y a temprana edad descubrió su vocación de escritor. Trabajó como periodista, actor, director de teatro y compositor. Inconformista e innovador, sufrió la crueldad del régimen militar brasileño. En 1987 publicó su primer libro: *El Peregrino (Diario de un mago)*, luego de recorrer el Camino de Santiago. A éste siguió *El Alquimista*, libro con el que inicia su trayectoria internacional, vinieron después muchas otras obras, que han llegado al corazón de las personas en el mundo entero. Colabora con algunos de los medios más prestigiosos del mundo, y desde 2002 ocupa el asiento número 21 de la Academia Brasileña de Letras. En 2006 recibió el Primer Premio de Libreros Mexicanos Las Pérgolas. Su obra ha sido traducida a 63 lenguas y publicada en 150 países.

PAULO COELHO

Once minutos

Traducción
ANA BELÉN COSTAS

DEBOLS!LLO

Once minutos

Título original en portugués: *Once minutos*
Primera edición en Debolsillo: marzo, 2009
Sexta reimpresión en Debolsillo: enero, 2010

D. R. © 2008, Paulo Coelho
Traducción: Monserrat Mira

Diseño de portada: Florencia Gutman, FG Diseño y Comunicación
Imagen de portada: © Taxi
www.paulocoelho.com

Editada y publicada según acuerdo con
Sant Jordi Asociados, Barcelona, España.

D. R. © 2009, derechos de edición para México
          América Central y no exclusivos para Puerto Rico:
          Random House Mondadori, S. A. de C. V.
          Av. Homero núm. 544, col. Chapultepec Morales,
          Delegación Miguel Hidalgo, 11570, México, D. F.

www.rhmx.com.mx

Comentarios sobre la edición y el contenido de este libro a:
literaria@rhmx.com.mx

ISBN 978-607-429-223-7

Impreso en México / *Printed in Mexico*

Esta edición se terminó de imprimir en Litográfica Ingramex, S.A. de C.V., Centeno 162-1, Col. Granjas Esmeralda, C.P. 09810, México, D.F., en el mes de enero de 2010.

*Oh, María, sin pecado concebida, ruega
por nosotros, que a Ti recurrimos. Amén.*

DEDICATORIA

El día 29 de mayo de 2002, horas antes de ponerle el punto y final a este libro, fui hasta la gruta de Lourdes, en Francia, para llenar algunas garrafas de agua milagrosa en la fuente que hay allí. Ya dentro del recinto de la catedral, un señor de aproximadamente setenta años me dijo: «¿Sabe que se parece usted a Paulo Coelho?». Le respondí que era yo. Me abrazó, me presentó a su esposa y a su nieta. Me habló de la importancia de mis libros en su vida, y concluyó: «Me hacen soñar». Ya había oído esta frase varias veces antes, y siempre me alegraba. En aquel momento, sin embargo, me asusté mucho, porque sabía que *Once minutos* hablaba de un asunto delicado, contundente, conflictivo. Caminé hasta la fuente, llené las garrafas, volví, le pregunté dónde vivía (en el norte de Francia, cerca de Bélgica) y anoté su nombre.

Este libro está dedicado a usted, Maurice Gravelines. Tengo una obligación para con usted, con su mujer, con su nieta, y para conmigo: hablar de aquello que me preocupa, y no de lo que a todos les gustaría escuchar. Algunos libros nos hacen soñar, otros nos acercan a la realidad, pero ninguno puede huir de aquello que es más importante para un autor: la honestidad para con lo que escribe.

Y he aquí que llegó una mujer pecadora que había en la ciudad, la cual, sabiendo que Jesús estaba comiendo en casa del fariseo, cogió un frasco de alabastro de ungüento, se puso detrás de él, junto a sus pies, llorando, y comenzó a lavárselos con lágrimas en los ojos; le enjugaba los pies con los cabellos de su cabeza, los besaba y los ungía con el ungüento.

Viendo esto, el fariseo que lo había invitado dijo para sí: «Si éste fuera profeta, conocería quién es la mujer que lo toca, porque es una pecadora». Tomando Jesús la palabra, le dijo: «Simón, tengo algo que decirte». Él dijo: «Maestro, habla». «Un prestamista tenía dos deudores: uno le debía quinientos denarios; el otro cincuenta. No teniendo ellos con qué pagar, le condonó la deuda a ambos. ¿Quién, pues, lo amará más?» y Simón respondió: «Supongo que aquel a quien condonó más». Dijo: «Bien has respondido. —Y señalando a la mujer, le dijo a Simón—: ¿Ves a esta mujer? Entré en tu casa y no me diste agua en los pies; mas ella los ha regado con sus lágrimas y los ha enjugado con sus cabellos. No me diste el ósculo; pero ella, desde que entré, no ha cesado de besarme los pies. No ungiste mi cabeza con óleo, pero ella ha ungido mis pies con ungüento. Por lo cual te digo que le son perdonados sus muchos pecados, porque amó mucho. Pero a quien poco se le perdona poco ama».

LUCAS, 7: 37-47

Porque soy la primera y la última,
yo soy la venerada y la despreciada,
yo soy la prostituta y la santa,
yo soy la esposa y la virgen,
yo soy la madre y la hija,
yo soy los brazos de mi madre,
yo soy la estéril y numerosos son mis hijos,
yo soy la bien casada y la soltera,
yo soy la que da a luz y la que jamás procreó,
yo soy el consuelo de los dolores del parto,
yo soy la esposa y el esposo,
y fue mi hombre quien me creó,
yo soy la madre de mi padre,
soy la hermana de mi marido,
y él es mi hijo rechazado.
Respetadme siempre,
porque yo soy la escandalosa y la magnífica.

Himno a Isis, s. III o IV (?),
descubierto en Nag Hammadi

Érase una vez una prostituta llamada María.

Un momento. «Érase una vez» es la mejor manera de comenzar una historia para niños, mientras que «prostituta» es una palabra propia del mundo de los adultos. ¿Cómo puedo escribir un libro con esta aparente contradicción inicial? Pero, en fin, como en cada momento de nuestras vidas tenemos un pie en el cuento de hadas y otro en el abismo, vamos a mantener este comienzo:

Érase una vez una prostituta llamada María.

Como todas las prostitutas, había nacido virgen e inocente, y durante su adolescencia había soñado con encontrar al hombre de su vida (rico, guapo, inteligente), casarse (vestida de novia), tener dos hijos (que serían famosos cuando creciesen) y vivir en una bonita casa (con vistas al mar). Su padre era vendedor ambulante, su madre costurera, su ciudad en el interior del Brasil tenía un solo cine, una discoteca, una sucursal bancaria, por eso María no dejaba de esperar el día en que su príncipe encantado llegaría sin avisar, arrebataría su corazón y partiría con él a conquistar el mundo.

Mientras el príncipe encantado no aparecía, lo que le quedaba era soñar. Se enamoró por primera vez a los once años, mientras iba a pie desde su casa hasta la escuela primaria local. El primer día de clase descubrió que no estaba sola en su trayecto: junto a ella caminaba un chico que vivía en el vecindario y que asistía a clases en el mismo horario. Nunca intercambiaron ni una sola palabra, pero María empezó a notar que la parte que más le agradaba del día eran aquellos momentos en la carretera llena de polvo, la sed, el cansancio, el sol en el cenit, el niño andando de prisa, mientras ella se agotaba en el esfuerzo para seguirle el paso.

La escena se repitió durante varios meses; María, que detestaba estudiar y no tenía otra distracción en la vida que la televisión, empezó a desear que el día pasase rápido, esperando con ansiedad volver al colegio y, al contrario que el resto de las niñas de su edad, pensando que los fines de semana eran aburridísimos. Como las horas de un crío son mucho más largas que las de un adulto, ella sufría mucho, los días se le hacían demasiado largos porque solamente pasaba diez minutos con el amor de su vida, y miles de horas pensando en él, imaginando lo maravilloso que sería si pudiesen charlar.

Entonces sucedió.

Una mañana, el chico se acercó hasta ella para pedirle un lápiz prestado. María no respondió, mostró un cierto aire de irritación por aquel abordaje inesperado, y apresuró el paso. Se había quedado petrificada de miedo al verlo andar hacia ella, sentía pavor de que supiese cuánto lo amaba, cuánto lo esperaba, cómo soñaba con coger su mano, pasar por delante del portal de la escuela

16

y seguir la carretera hasta el final, donde, según decían, había una gran ciudad, personajes de la tele, artistas, coches, muchos cines y un sinfín de cosas buenas que hacer.

Durante el resto del día no consiguió concentrarse en la clase, sufriendo por su comportamiento absurdo, pero al mismo tiempo aliviada, porque sabía que él también se había fijado en ella y que el lápiz no era más que un pretexto para iniciar una conversación, pues cuando se acercó ella notó que llevaba un bolígrafo en el bolsillo. Esperó a la próxima vez y durante aquella noche, y las noches siguientes, empezó a imaginar las muchas respuestas que le daría, hasta encontrar la manera oportuna de comenzar una historia que no terminase jamás.

Pero no hubo próxima vez; aunque seguían yendo juntos al colegio, algunas veces María algunos pasos por delante con un lápiz en su mano derecha, otras, andando detrás para poder contemplarlo con ternura, él no volvió a dirigirle la palabra, y ella tuvo que contentarse con amar y sufrir en silencio hasta el final del curso.

Durante las interminables vacaciones que siguieron, María se despertó una mañana con las piernas bañadas en sangre y pensó que iba a morir. Decidió dejarle una carta diciéndole que él había sido el gran amor de su vida y planeó internarse en la selva para ser devorada por alguno de los dos animales salvajes que atemorizaban a los campesinos de la región: el hombre lobo o la mula sin cabeza. Así, sus padres no sufrirían con su muerte, pues los pobres mantienen siempre la esperanza independientemente de las tragedias que siempre les suceden. Pensarían que había sido raptada por una familia rica y sin hijos, pero que tal vez volvería un día, en el futuro, llena de gloria y de dinero; mientras, el actual (y eterno) amor de su vida se acordaría de ella para siempre, sufriendo todas las mañanas por no haber vuelto a dirigirle la palabra.

No llegó a escribir la carta, porque su madre entró en el cuarto, vio las sábanas rojas, sonrió y dijo: «Ya eres una mujer, hija mía».

María quiso saber qué relación había entre ser mujer y el hecho de sangrar, pero su madre no supo explicárselo, simplemente afirmó que era normal y que de ahora en adelante tendría que usar una especie de almohada de muñeca entre las piernas, durante cuatro o cinco días al mes. Luego preguntó si los hombres usaban algún tubo para evitar que la sangre les corriese por los pantalones, pero se enteró de que eso sólo les ocurría a las mujeres.

María se quejó a Dios, pero acabó acostumbrándose a la menstruación. Sin embargo, no conseguía acostumbrarse a la ausencia del niño y no dejaba de recriminarse por la actitud estúpida de huir de aquello que más deseaba. Un día, antes de empezar las clases, fue hasta la única iglesia de su ciudad y juró ante la imagen de san Antonio que tomaría la iniciativa de hablar con él.

Al día siguiente, se arregló de la mejor manera posible, poniéndose un vestido que su madre había hecho especialmente para la ocasión, y salió, agradeciéndole a Dios que por fin las vacaciones hubiesen terminado. Pero el niño no apareció. Y así pasó otra angustiosa semana, hasta que supo, por algunos amigos, que se había mudado de ciudad. «Se fue lejos», dijo alguien.

En ese momento, María aprendió que ciertas cosas se pierden para siempre. Aprendió también que había un lugar llamado «lejos», que el mundo era vasto, su aldea pequeña, y que la gente interesante siempre acababa marchándose. A ella también le habría gustado irse, pero todavía era demasiado joven; aun así, mirando las calles polvorientas de la pequeña ciudad en la que vivía, decidió que algún día seguiría los pasos del niño. Los nueve viernes siguientes, conforme a una costumbre de su religión, comulgó y le pidió a la Virgen María que algún día la sacase de allí.

También sufrió durante algún tiempo, intentando inútilmente encontrar la pista del chico, pero nadie sabía adónde se habían mudado sus padres. María entonces empezó a creer que el mundo era demasiado grande, el amor algo muy peligroso, y la Virgen una santa que vivía en un cielo distante y que no escuchaba lo que los niños pedían.

Pasaron tres años, María aprendió geografía y matemáticas, empezó a seguir las telenovelas, leyó en el colegio sus primeras revistas eróticas, comenzó a escribir un diario en el que hablaba de su monótona vida y de las ganas que tenía de conocer aquello que le enseñaban en clase: océano, nieve, hombres con turbante, mujeres elegantes y llenas de joyas… Pero como nadie puede vivir de deseos imposibles, sobre todo cuando la madre es costurera y el padre no para en casa, enseguida entendió que debía prestar más atención a lo que pasaba a su alrededor. Estudiaba para superarse, al mismo tiempo que buscaba a alguien con quien poder compartir sus sueños de aventuras. A los quince años se enamoró de un chico que había conocido en una procesión de Semana Santa.

No repitió el error de la infancia: charlaron, se hicieron amigos y empezaron a ir al cine y a las fiestas juntos. También se dio cuenta de que, al igual que había sucedido con el niño, el amor estaba más asociado a la ausencia que a la presencia de la persona: vivía echando de menos al chico, pasaba horas imaginando lo que iba a decirle en la próxima cita, y recordaba cada segundo que habían estado juntos, intentando descubrir lo que había hecho bien y en qué había errado. Le gustaba verse a sí misma como a una chica experimentada que ya había dejado escapar un gran amor; sabía el dolor que eso causaba. Ahora estaba dispuesta a luchar con todas sus fuerzas por este hombre, por el matrimonio, porque éste era el adecuado para el matrimonio, los hijos, la casa junto al mar. Fue a hablar con su madre, que imploró:

—Aún es muy pronto, hija mía.

—Pero tú te casaste con papá cuando tenías dieciséis años.

La madre no quería explicarle que había sido a causa de un embarazo inesperado, de modo que usó el argumento «eran otros tiempos», para zanjar así la cuestión.

Al día siguiente, fueron a caminar por los alrededores de la ciudad. Charlaron un poco, María le preguntó si no le apetecía viajar, pero, en vez de responder, él la agarró entre sus brazos y le dio un beso.

¡El primer beso de su vida! ¡Cómo había soñado con aquel momento! Y el paisaje era especial, las garzas volando, la puesta de sol, la región semiárida con su belleza agresiva, el sonido de una música a lo lejos. María fingió reaccionar contra el impulso, pero después lo abrazó y repitió aquello que había visto tantas veces en el cine, en las revistas y en la tele: restregó con violencia sus labios contra los de él, moviendo la cabeza de un lado a otro, en un movimiento medio rítmico, medio descontrolado. Notó que, de vez en cuando, la lengua del chico tocaba sus dientes, y lo encontró delicioso.

Pero él dejó de besarla de repente.

—¿No quieres? —preguntó.

¿Qué debía responder?, ¿que quería? ¡Claro que quería! Pero

una mujer no debe comportarse de esa manera, sobre todo ante su futuro marido, o se pasará el resto de la vida desconfiado porque ella lo acepta todo con mucha facilidad. Prefirió no decir nada.

Él la abrazó de nuevo, repitiendo el gesto, esta vez con menos entusiasmo. Volvió a parar, rojo, y María sabía que algo iba muy mal, pero tenía miedo de preguntar. Lo cogió de la mano y caminaron hasta la ciudad, charlando sobre otros asuntos, como si nada hubiese pasado.

Aquella noche, escogiendo algunas palabras difíciles porque creía que todo lo que escribiese sería leído algún día, y segura de que algo muy grave había ocurrido, anotó en su diario:

Cuando conocemos a alguien y nos enamoramos, tenemos la impresión de que todo el universo está de acuerdo; hoy sucedió en la puesta de sol. ¡Sin embargo, aunque algo salga mal, no sobra nada! Ni las garzas, ni la música a lo lejos, ni el sabor de sus labios. ¿Cómo puede desaparecer tan deprisa la belleza que allí había hace unos pocos minutos?

La vida es muy rápida; hace que la gente pase del cielo al infierno en cuestión de segundos.

Al día siguiente fue a hablar con sus amigas. Todas la habían visto salir a pasear con su futuro «novio»; después de todo, no es suficiente tener un gran amor, también es necesario hacer que todos sepan que eres una persona muy deseada. Sentían muchísima curiosidad por saber qué había pasado y María, muy orgullosa, dijo que la mejor parte había sido cuando su lengua le tocaba los dientes. Una de las chicas se rió.

—¿No abriste la boca?

De repente, todo estaba claro, la pregunta, la decepción.

—¿Para qué?

—Para dejar que la lengua entrase.

—¿Y cuál es la diferencia?

—No tiene explicación. Se besa así.

Risitas escondidas, aires de supuesta compasión, venganza con-memorada entre las chicas que jamás habían tenido un pretendien-te. María fingió que no le daba importancia, también rió, aunque su alma llorase. Secretamente blasfemó contra el cine, donde ha-bía aprendido a cerrar los ojos, a agarrar la cabeza del otro con la mano, a mover la cara un poco hacia la izquierda, un poco hacia la derecha, pero que no mostraba lo esencial, lo más importante. Elaboró una explicación perfecta («no me quise entregar ya, por-que no estaba convencida, pero ahora he descubierto que tú eres el hombre de mi vida») y aguardó a la próxima oportunidad.

Pero no vio al chico hasta tres días después, en una fiesta en el club de la ciudad, cogido de la mano de una de sus amigas, la misma que le había preguntado sobre el beso. María de nuevo fingió que no tenía importancia, aguantó hasta el final de la noche charlando con sus compañeras sobre artistas y otros chi-cos de la ciudad, fingiendo ignorar algunas miradas compasivas que de vez en cuando una de ellas le lanzaba. Al llegar a casa, sin embargo, dejó que su universo se derrumbase, lloró toda la no-che, sufrió durante ocho meses seguidos, y concluyó que el amor no estaba hecho para ella, ni ella para el amor. A partir de ahí, empezó a considerar la posibilidad de hacerse monja y dedicar el resto de su vida a un tipo de amor que no hiere ni deja marcas dolorosas en el corazón, el amor a Jesús. En el colegio hablaban de misioneros que se iban a África, y ella decidió que allí estaba la solución a su vida vacía de emociones. Hizo planes para entrar en el convento, aprendió primeros auxilios (ya que, según algunos profesores, moría mucha gente en África), se dedicó con más ahínco a las clases de religión, y comenzó a imaginarse como santa de los tiempos modernos, salvando vidas y conociendo la selva donde vivían tigres y leones.

Pero aquel año, de su decimoquinto aniversario, no sólo le había reservado el descubrimiento de que el beso se da con la boca abierta, o que el amor es sobre todo una fuente de sufrimiento. Descubrió una tercera cosa: la masturbación. Fue casi por casualidad, jugando con su sexo mientras esperaba que su madre volviese a casa. Acostumbraba a hacerlo cuando era niña, y le gustaba mucho esa sensación agradable, hasta que un día el padre la vio y le dio una zurra, sin explicarle el motivo. Jamás olvidó esa paliza, y aprendió que no debía tocarse delante de los demás; como no podía hacerlo en medio de la calle, y como en su casa no tenía una habitación para ella sola, se olvidó de la sensación agradable.

Hasta aquella tarde, casi seis meses después de aquel beso. Su madre tardaba, ella no tenía nada que hacer, el padre acababa de salir con un amigo, y a falta de un programa interesante en la tele, comenzó a examinar su cuerpo con la esperanza de encontrar algún pelo no deseado, que enseguida sería arrancado con una pinza. Para su sorpresa, notó una pequeña pepita en la parte superior de su vagina; se puso a juguetear con ella y ya no pudo parar; era cada vez más placentero, más intenso, y todo su cuerpo, sobre todo la parte que estaba tocando, se estaba poniendo rígido. Poco a poco fue entrando en una especie de paraíso, la sensación fue aumentando de intensidad, notó que ya no veía ni oía bien, todo parecía haberse vuelto amarillo, hasta que gimió de placer y tuvo su primer orgasmo.

¡Orgasmo! ¡Gozo!

Fue como si hubiese subido hasta el cielo, y ahora bajase en paracaídas, lentamente, a la tierra. Su cuerpo estaba bañado en sudor, pero ella se sentía completa, realizada, llena de energía. Entonces, ¡el sexo era aquello! ¡Qué maravilla! Nada de revistas pornográficas, en las que todo el mundo hablaba de placer pero ponía cara de dolor. Nada de necesitar hombres, a los que les gustaba el cuerpo pero despreciaban el corazón de una mujer. ¡Podía hacerlo todo solita! Repitió una segunda vez, ahora imaginando que era un actor famoso el que la tocaba, y de nuevo fue hasta el paraíso y bajó en paracaídas, todavía más llena de energía. Cuando iba a comenzar por tercera vez, su madre llegó.

María fue a hablar con sus amigas sobre su nuevo descubrimiento, esta vez evitando decir que había probado por primera vez hacía pocas horas. Todas, excepto dos, sabían de qué se trataba, pero ninguna de ellas había osado tocar el tema. En ese momento, María se sintió revolucionaria, líder del grupo, e inventando un absurdo «juego de confesiones secretas», le pidió a cada una de ellas que contase su manera preferida de masturbarse. Aprendió varias técnicas, como hacerlo debajo de las mantas en pleno verano (porque, decía una de ellas, el sudor ayudaba), usar una pluma de ganso para tocarse en ese sitio (ella no sabía el nombre de ese sitio), dejar que un chico lo hiciese (a María eso le parecía innecesario), usar el chafariz del bidet (en su casa no tenían, pero en cuanto visitase a una de sus amigas ricas, probaría).

En cualquier caso, al descubrir la masturbación, y después de usar algunas de las técnicas sugeridas por sus amigas, desistió para siempre de la vida religiosa. Aquello le daba mucho placer, y por lo que insinuaban en la iglesia, el sexo era el mayor de los pecados. Se enteró de algunas leyendas al respecto por sus propias amigas: la masturbación llenaba la cara de espinillas, y podía conducir a la locura o al embarazo. Aun así, corriendo todos esos riesgos, continuó dándose placer al menos una vez a la semana, generalmente los miércoles, cuando su padre salía a jugar a las cartas con los amigos.

Al mismo tiempo, se sentía cada vez más insegura en su relación con los hombres, y más ansiosa por marcharse del lugar en el que vivía. Se enamoró una tercera, una cuarta vez, ya sabía besar, tocaba y se dejaba tocar cuando estaba a solas con sus novios, pero siempre sucedía algo, y la relación terminaba justo en el momento en el que por fin estaba convencida de que aquélla era la persona adecuada para pasar con ella el resto de su vida. Después de mucho tiempo, terminó concluyendo que los hombres sólo aportaban dolor, frustración, sufrimiento, y con la sensación de que los días se arrastraban. Una tarde, mientras observaba en el parque a una madre jugando con su hijo de dos años, decidió que podía llegar a pensar en marido, hijos y en la casa con vistas al mar, pero que jamás volvería a enamorarse de nuevo, porque la pasión lo estropeaba todo.

Y así pasaron los años de la adolescencia de María. Se fue poniendo cada vez más guapa, con su aire misterioso y triste, y la pretendieron muchos hombres. Salió con uno, con otro, soñó y sufrió, a pesar de la promesa que había hecho de no volver a enamorarse. En una de esas citas, perdió la virginidad en el asiento trasero de un coche; ella y su novio se estaban tocando con más ardor que de costumbre, el chico se entusiasmó, y ella, cansada de ser la última virgen de su grupo de amigas, permitió que él la penetrase. Al contrario que la masturbación, que la llevaba al cielo, aquello simplemente la dejó dolorida, con un hilo de sangre que manchó la falda, y que le costó limpiar. No tuvo la sensación mágica del primer beso, las garzas volando, la puesta de sol, la música... no, no quería acordarse más de aquello.

Hizo el amor con el mismo chico algunas veces más, después de amenazarlo, diciendo que su padre sería capaz de matarlo si descubría que habían violentado a su hija. Lo convirtió en un instrumento de aprendizaje, intentando entender a toda costa dónde estaba el placer del sexo con una pareja.

No lo entendió; la masturbación daba mucho menos trabajo, y muchas más recompensas. Pero todas las revistas, programas de televisión, libros, amigas, todo, ABSOLUTAMENTE TODO, decía que un hombre era importante. María empezó a creer que debía de tener algún problema sexual inconfesable, se concentró aún más en los estudios y olvidó por algún tiempo esa cosa maravillosa y asesina llamada Amor.

Del diario de María, cuando tenía diecisiete años:

Mi objetivo es comprender el amor. Sé que estaba viva cuando amé, y sé que todo lo que tengo ahora, por más interesante que pueda parecer, no me entusiasma.

Pero el amor es terrible: he visto a mis amigas sufrir, y no quiero que eso me suceda a mí. Ellas, que antes se reían de mí y de mi inocencia, ahora me preguntan cómo consigo dominar a los hombres tan bien. Sonrío y callo, porque sé que el remedio es peor que el propio dolor: simplemente no me enamoro. Cada día que pasa veo con más claridad qué frágiles son los hombres, inconstantes, inseguros, sorprendentes… algunos padres de estas amigas llegaron a hacerme proposiciones, yo las rechacé. Antes, me sorprendía; ahora creo que forma parte de la naturaleza masculina.

Aunque mi objetivo sea comprender el amor, y aunque sufra por culpa de las personas a las que entregué mi corazón, veo que aquellas que tocaron mi alma no consiguieron despertar mi cuerpo, y aquellos que tocaron mi cuerpo no consiguieron llegar a mi alma.

Cumplió diecinueve años, terminó la educación secundaria, encontró un empleo en una tienda de tejidos y el jefe se enamoró de ella; pero María a esas alturas ya sabía cómo usar a un hombre, sin ser usada por él. Jamás dejó que la tocase, aunque siempre se mostraba insinuante, conocedora del poder de su belleza.

El poder de la belleza: ¿y cómo sería el mundo para las feas? Tenía algunas amigas en las que nadie se fijaba en las fiestas, nadie les decía: «¿Cómo estás?». Por increíble que parezca, esas chicas valoraban mucho más el poco amor que recibían, sufrían en silencio cuando eran rechazadas, e intentaban enfrentarse al futuro buscando otras cosas además de arreglarse para alguien. Eran más independientes, más dedicadas a sí mismas, aunque en la imaginación de María el mundo debía de parecerles insoportable.

Ella, sin embargo, era consciente de su propia belleza. Aunque casi siempre olvidaba los consejos de su madre, había por lo menos uno que no le salía de la cabeza: «Hija mía, la belleza no dura». Por eso, continuó manteniendo una relación ni cercana ni distante con su jefe, lo que se tradujo en un considerable aumento de sueldo (no sabía hasta cuándo conseguiría mantenerlo con la simple esperanza de llevársela un día a la cama, pero mientras tanto ganaba bastante), además de la comisión por trabajar horas extras (al fin y al cabo, a él le gustaba tenerla cerca, temiendo tal vez que, si salía por la noche, encontraría un gran amor). Trabajó veinticuatro meses sin parar, pudo darles un mes de sueldo a sus padres, y ¡finalmente lo consiguió! Ahorró dinero suficiente para, en las vacaciones, pasar una semana en la ciudad de sus sueños, el lugar de los artistas, la postal de su país: ¡Río de Janeiro!

El jefe se ofreció a acompañarla y a pagar todos sus gastos, pero María mintió, diciéndole que la única condición que su madre le había impuesto era dormir en casa de un primo suyo que practicaba jiu-jitsu, ya que iba a uno de los lugares más peligrosos del mundo.

—Además —continuó—, no puede usted dejar la tienda así, sin una persona de confianza a cargo.

—No me trates de usted —dijo él, y María notó en sus ojos aquello que ya conocía: el fuego de la pasión. Eso la sorprendió, porque creía que aquel hombre sólo estaba interesado en el sexo; sin embargo, su mirada decía exactamente lo contrario: «Puedo darte una casa, una familia, y algún dinero para tus padres». Pensando en el futuro, resolvió alimentar la hoguera.

Dijo que iba a echar mucho de menos aquel empleo que tanto le gustaba, a la gente con la que adoraba convivir (evitó mencionar a nadie en particular, dejando el misterio en el aire: «la gente», ¿lo incluiría a él?), y prometió tener mucho cuidado con su cartera y con su integridad. La verdad era otra: no quería que nadie, absolutamente nadie, estropease aquella primera semana de libertad total. Le gustaría hacer de todo, bañarse en el mar, hablar con extraños, ver los escaparates de las tiendas, y estar disponible para que un príncipe encantado apareciese y la raptase para siempre.

—¿Qué es una semana, al fin y al cabo? —dijo con una sonrisa seductora, deseando estar equivocada—. Pasa deprisa, y pronto estaré de vuelta, atendiendo mis responsabilidades.

El jefe, desconsolado, resistió un poco, pero acabó aceptando, pues para entonces ya estaba haciendo planes secretos para pedirle matrimonio en cuanto volviese, y no quería precipitarse demasiado y estropearlo todo.

María viajó cuarenta y ocho horas en autobús, se hospedó en un hotel de quinta categoría de Copacabana (¡ah, Copacabana! Esa playa, ese cielo…), e incluso antes de deshacer las maletas, cogió un biquini que se había comprado, se lo puso, y aun con el cielo nublado, se fue a la playa. Miró el mar, sintió pavor, pero al final entró en sus aguas, muriéndose de vergüenza.

Nadie en la playa notó que aquella chica estaba teniendo su primer contacto con el océano, la diosa Iémanja, las corrientes marítimas, la espuma de las olas, y la costa de África con sus leones, al otro lado del Atlántico. Cuando salió del agua, fue abordada por una mujer que intentaba vender sándwiches naturales, por un guapo negro que le preguntó si estaba libre para salir aquella noche, y por un hombre que no hablaba ni una palabra de portugués, pero que hacía gestos y la invitaba a tomar agua de coco con él.

María compró el sándwich porque tuvo vergüenza de decir «no», pero evitó hablar con los otros dos extraños. Y súbitamente se sintió triste, ahora que finalmente tenía todas las posibilidades de hacer todo lo que quería, ¿por qué reaccionaba de manera tan absolutamente reprobable? A falta de una buena explicación, se sentó a esperar a que el sol saliese de detrás de las nubes, todavía sorprendida por su propio coraje, y por la temperatura del agua, tan fría en pleno verano.

El hombre que no hablaba portugués, sin embargo, apareció a su lado con un coco y le ofreció. Contenta de no verse obligada a hablar con él, María bebió el agua de coco, sonrió y él le devolvió la sonrisa. Durante un rato permanecieron en esa cómoda comunicación que no quiere decir nada, sonrisa por aquí, sonrisa por allá, hasta que él sacó un pequeño diccionario de tapas rojas del bolsillo y dijo, con un acento extraño: «bonita». Ella volvió a sonreír; vale que le gustaría encontrar a su príncipe encantado, pero al menos debía hablar su lengua y ser un poco más joven.

El hombre insistió, hojeando el pequeño libro:

—¿Cenar hoy?

Y después comentó:

—¡Suiza!

Y completó la frase con palabras que suenan a paraíso en cualquier lengua en que sean pronunciadas:

—¡Empleo! ¡Dólar!

María no conocía el restaurante Suiza, pero ¿acaso eran las cosas tan fáciles y los sueños se realizaban tan deprisa? Mejor desconfiar: «Muy agradecida por la invitación, estoy ocupada, y tampoco estaba interesada en comprar dólares».

El hombre, que no entendió una sola palabra de su respuesta, empezaba a desesperarse; después de muchas sonrisas por aquí, sonrisas por allá, la dejó durante algunos minutos, y volvió después con un intérprete. A través de él le explicó que era de Suiza (no era un restaurante, era el país), y que le gustaría cenar con ella, pues tenía una oferta de empleo. El intérprete, que se presentó como asesor del extranjero y agente de seguridad del hotel en el que éste se hospedaba, añadió por su cuenta:

—Si yo fuera tú, aceptaría. Este hombre es un importante empresario artístico, y ha venido a descubrir nuevos talentos para trabajar en Europa. Si quieres, puedo presentarte a otras personas que aceptaron la invitación, se hicieron ricas, y hoy están casadas y con hijos que no tienen que sufrir asaltos ni problemas de desempleo.

Y completó, intentando impresionarla con su cultura internacional:

—Además, en Suiza hacen excelentes chocolates y relojes.

La única experiencia artística de María se reducía a haber interpretado a una vendedora de agua, que entraba muda y salía callada, en la obra sobre la Pasión de Cristo que el ayuntamiento representaba durante la Semana Santa. No había conseguido dormir bien en el autobús, pero estaba entusiasmada con el mar, cansada de comer sándwiches naturales y antinaturales, y confusa porque no conocía a nadie y necesitaba hacer un amigo enseguida. Ya había pasado por este tipo de situaciones antes, cuando un hombre lo promete todo y no cumple nada, de modo que esa historia de ser actriz no era más que una manera de intentar interesarla en algo que fingía no querer.

35

Pero, segura de que la Virgen le había dado aquella oportunidad, convencida de que tenía que aprovechar cada segundo de su semana de vacaciones, y conocer un buen restaurante significaba tener algo muy importante que contar cuando volviese a su tierra, resolvió aceptar la invitación, siempre que el intérprete la acompañase, pues ya se estaba cansando de sonreír y de fingir que entendía lo que el extranjero decía.

El único problema también era el mayor de todos: no tenía ropa adecuada. Una mujer jamás confiesa estas intimidades (es más fácil aceptar que su marido la ha traicionado que confesar el estado de su armario), pero como no conocía a aquellos hombres, y tal vez jamás volviese a verlos de nuevo, resolvió que no tenía nada que perder.

—Acabo de llegar del nordeste, no tengo ropa para ir a un restaurante.

El hombre, a través del intérprete, le dijo que no se preocupase, y le pidió la dirección de su hotel. Aquella tarde, María recibió un vestido como jamás había visto en toda su vida, acompañado de un par de zapatos que debían de haber costado tanto como lo que ella ganaba durante un año.

Sintió que allí comenzaba el camino que tanto había ansiado durante su infancia y adolescencia en la selva brasileña, conviviendo con la sequía, los chicos sin futuro, la ciudad honesta pero pobre, la vida repetitiva y sin interés: ¡estaba a punto de transformarse en la princesa del universo! ¡Un hombre le había ofrecido trabajo, dólares, un par de zapatos carísimos y un vestido de cuento de hadas! Le faltaba el maquillaje, pero la recepcionista de su hotel, solidaria, la ayudó, no sin antes prevenirla de que ni todos los extranjeros son buenos, ni todos los cariocas son delincuentes.

María ignoró la advertencia, se vistió con aquel regalo del cielo, se pasó horas delante del espejo, arrepentida de no haber llevado consigo una simple cámara de fotos para registrar el momento, hasta que finalmente se dio cuenta de que ya llegaba con retraso a su cita. Salió corriendo, tal cual Cenicienta, y fue hasta el hotel donde estaba el suizo.

Para su sorpresa, el intérprete dijo que no iba a acompañarlos y se fue:

—No te preocupes por el idioma, lo importante es que él se sienta bien a tu lado.

—Pero cómo, si no va a entender nada de lo que digo.

—Justamente por eso. No tienes que hablar, es una cuestión de energía.

María no sabía qué significaba eso de una «cuestión de energía». En su tierra, la gente necesitaba intercambiar palabras, frases, preguntas, respuestas, siempre que se veían. Pero Mailson, que así se llamaba el intérprete/agente de seguridad, le garantizó que en Río de Janeiro, y en el resto del mundo, las cosas eran diferentes.

—No tiene que entender, simplemente haz que se sienta bien. Es viudo, sin hijos, dueño de una discoteca, y está buscando brasileñas que quieran presentarse en el extranjero. Yo le dije que tú no dabas la talla, pero él insistió, diciendo que se había enamorado en cuanto te vio salir del agua. También dijo que tu bikini era bonito.

Hizo una pausa.

—Sinceramente, si quieres encontrar un novio aquí, tendrás que cambiar de modelo de biquini; aparte de este suizo, creo que a nadie más en el mundo le va a gustar; es muy anticuado.

María fingió que no lo escuchaba. Mailson continuó.

—Creo que no desea una simple aventura contigo; cree que tienes talento suficiente como para convertirte en la principal atracción de su discoteca. Claro que no te ha visto cantar, ni bailar, pero eso se puede aprender, mientras que la belleza es algo con lo que se nace. Los europeos son así: llegan aquí, creen que todas las brasileñas son sensuales y que saben bailar samba. Si es serio en sus intenciones, te aconsejo que le pidas un contrato firmado, con firma reconocida en el consulado suizo, antes de salir del país. Mañana estaré en la playa, frente al hotel, búscame si tienes alguna duda.

El suizo, sonriendo, la cogió del brazo y le mostró el taxi que los esperaba.

—Sin embargo, si su intención es otra, y la tuya también, el precio normal de una noche es de trescientos dólares. No lo dejes en menos.

Antes de que pudiese responder, ya estaba camino del restaurante con el suizo, que ensayaba las palabras que deseaba decir. La conversación fue muy simple:

—¿Trabajar? ¿Dólar? ¿Estrella brasileña?

María, sin embargo, todavía pensaba en el comentario del agente de seguridad/intérprete: ¡trescientos dólares por una noche! ¡Qué fortuna! No tenía que sufrir por amor, podía seducirlo como había hecho con el dueño de la tienda de tejidos, casarse, tener hijos, y dar una vida cómoda a sus padres. ¿Qué tenía que perder? Él era viejo, tal vez no tardase mucho en morir, y ella sería rica; a fin de cuentas, parecía que los suizos tenían mucho dinero y pocas mujeres en su tierra.

Cenaron sin hablar demasiado; sonrisa por aquí, sonrisa por allá, María fue entendiendo poco a poco qué era «energía». Él le enseñó un álbum con varias cosas escritas en una lengua que no conocía; fotos de mujeres en biquini (sin duda, mejores y más atrevidos que el que ella se había puesto por la tarde), recortes de periódicos, folletos chillones en los que lo único que entendía era la palabra «Brazil», mal escrita (¿acaso no le habían enseñado en el colegio que se escribía con «s»?). Bebió mucho, por miedo a que el suizo le hiciese una proposición (después de todo, aunque jamás lo hubiese hecho en su vida, nadie puede despreciar trescientos dólares, y con un poco de alcohol las cosas son mucho más simples, sobre todo si no hay nadie de tu ciudad cerca). Pero él se comportó como un caballero, incluso apartó la silla cuando ella se sentó y se levantó. Al final, dijo que estaba cansada, y concertó una cita en la playa para el día siguiente (señalar el reloj, enseñar la hora, hacer con la mano el movimiento de las olas del mar, decir «ma-ña-na» muy despacio).

Él pareció satisfecho, miró también su reloj (posiblemente suizo), y estuvo de acuerdo con la hora.

No durmió bien. Soñó que todo era un sueño. Despertó y vio que no lo era: había un vestido en la silla de la modesta habitación, un hermoso par de zapatos y una cita en la playa.

Del diario de María, el día en que conoció al suizo:

Todo me dice que estoy a punto de tomar una decisión equivocada, pero los errores son una manera de reaccionar. ¿Qué es lo que el mundo quiere de mí? ¿Que no corra riesgos? ¿Que vuelva al lugar del que vengo, sin valor para decirle «sí» a la vida?

Ya reaccioné equivocadamente cuando tenía once años y un niño me pidió un lápiz prestado; desde entonces, entendí que a veces no hay una segunda oportunidad, que es mejor aceptar los regalos que el mundo nos ofrece. Claro que es arriesgado, pero ¿será el riesgo mayor que un accidente del autobús que tardó cuarenta y ocho horas en traerme hasta aquí? Si tengo que ser fiel a alguien o a algo, en primer lugar tengo que ser fiel a mí misma. Si busco el amor verdadero, antes tengo que cansarme de los amores mediocres que encuentre. La poca experiencia de vida que tengo me ha enseñado que nadie es dueño de nada, todo es una ilusión, y eso incluye tanto los bienes materiales como los bienes espirituales. Aquel que ya perdió algo que daba por hecho (algo que ya me ocurrió tantas veces) al final aprende que nada le pertenece.

Y si nada me pertenece, tampoco tengo que perder mi tiempo cuidando cosas que no son mías; mejor vivir como si hoy fuese el primer (o el último) día de mi vida.

Al día siguiente, junto con Mailson, el intérprete/agente de seguridad, que ahora decía ser su representante, dijo que aceptaba la invitación, siempre que tuviese un documento expedido por el consulado suizo. El extranjero, que parecía acostumbrado a ese tipo de exigencias, afirmó que no sólo era un deseo de ella, sino también suyo, ya que para trabajar en su tierra era necesario tener un papel que probase que nadie allí podría hacer aquello para lo que ella se estaba ofreciendo, y no sería difícil conseguirlo, pues las suizas no tenían grandes aptitudes para la samba. Fueron juntos hasta el centro de la ciudad, el agente de seguridad/intérprete/representante exigió un adelanto en dinero efectivo en cuanto firmaron el contrato, y se quedó con un treinta por ciento de los quinientos dólares recibidos.

—Esto es una semana de adelanto. Una semana, ¿entiendes? ¡Ganarás quinientos dólares por semana, y sin comisión, porque sólo me quedo con una parte del primer pago!

Hasta aquel momento, los viajes, la idea de marcharse lejos, todo parecía un sueño, y soñar es muy cómodo, siempre que no nos veamos obligados a hacer aquello que planeamos. Así, no corremos riesgos, ni sufrimos frustraciones, momentos difíciles, y cuando seamos viejos, siempre podremos culpar a los demás, a nuestros padres preferentemente, o a nuestros maridos, o a nuestros hijos, por no haber realizado aquello que deseábamos.

¡De repente, allí estaba la oportunidad que tanto esperaba, pero que deseaba que no llegase nunca! ¿Cómo enfrentarse a los desafíos y a los peligros de una vida que ella no conocía? ¿Cómo abandonar todo aquello a lo que estaba acostumbrada? ¿Por qué la Virgen había decidido ir tan lejos?

María se consoló con el hecho de que podía cambiar de idea en cualquier momento, aquello no era más que un juego irresponsable, algo diferente que contar cuando volviese a su tierra. A fin de cuentas, vivía a más de mil kilómetros de allí, ahora tenía trescientos cincuenta dólares en su cartera, y si mañana decidía hacer las maletas y huir, ellos jamás conseguirían saber dónde se había escondido.

La tarde en la que fueron al consulado, María decidió pasear sola por la orilla del mar, mirando a los niños, a los jugadores de voleibol, a los mendigos, a los borrachos, a los vendedores de artesanía típica brasileña (fabricada en China), a los que corrían y hacían ejercicio para ahuyentar la vejez, a los turistas extranjeros, a las madres con sus hijos, a los jubilados que jugaban a las cartas al final de la playa. Había ido a Río de Janeiro, había conocido un restaurante de primerísima clase, un consulado, a un extranjero, había tenido un representante, le habían regalado un vestido y un par de zapatos que nadie, absolutamente nadie en su tierra podría comprar.

¿Y ahora?

Miró hacia el otro lado del mar: su libro de geografía afirmaba que, si seguía en línea recta, llegaría a África, con sus leones y sus selvas llenas de gorilas. Sin embargo, si andaba un poco hacia el norte, acabaría con sus pies en el reino encantado de Europa, donde estaba la torre Eiffel, la Disneylandia europea y la torre inclinada de Pisa. ¿Qué tenía que perder? Como cualquier brasileña, había aprendido a bailar samba incluso antes de decir «mamá»; podía volver si no le gustaba, y había aprendido que las oportunidades están hechas para aprovecharlas.

Había pasado gran parte de su tiempo diciendo «no» a cosas a las que le habría gustado decir «sí», decidida a vivir sólo las experiencias que podía controlar, como ciertas aventuras con hombres, por ejemplo. Ahora estaba ante lo desconocido, tan desconocido como ese mar lo había sido un día para los navegantes que lo cruzaban, así se lo habían enseñado en clase de historia. Podría decir siempre «no», pero ¿se pasaría el resto de su vida lamentándose, como todavía hacía con la imagen del niño que una vez le había pedido un lápiz, y había desaparecido con su primer amor? Siempre podría decir «no», pero ¿por qué no ensayar un «sí» esta vez?

Por una razón muy simple: era una chica de pueblo, sin ninguna experiencia en la vida aparte de un buen colegio, una gran cultura de las telenovelas y la certeza de que era bella. Eso no bastaba para enfrentarse al mundo.

Vio a un grupo de personas riendo y mirando al mar, con miedo de acercarse. Dos días antes ella había sentido lo mismo, pero ahora no tenía miedo, entraba en el agua siempre que lo deseaba, como si hubiese nacido allí. ¿No podía ocurrirle lo mismo en Europa?

Rezó una oración en silencio, pidió de nuevo consejo a la Virgen María y, segundos después, parecía de acuerdo con la decisión de seguir adelante, porque se sentía protegida. Siempre podría volver, pero no siempre tendría la oportunidad de ir tan lejos. Valía la pena correr el riesgo, siempre que el sueño resistiese las cuarenta y ocho horas de vuelta en autobús sin aire acondicionado, y siempre que el suizo no cambiase de idea.

Estaba tan animada que, cuando él la invitó a cenar de nuevo, quiso ensayar un aire sensual, y cogió su mano, pero él la retiró enseguida; María entendió, con cierto miedo, y con un cierto alivio, que realmente hablaba en serio.

—¡Estrella samba! —decía—. ¡Linda estrella samba brasileño! ¡Viaje próxima semana!

Todo era una maravilla, pero «viaje próxima semana» estaba absolutamente fuera de toda previsión. María le explicó que no podía tomar una decisión sin consultar a su familia. El suizo, furioso, le mostró una copia del documento firmado, y por primera vez sintió miedo.

—¡Contrato! —decía él.

Incluso decidida a viajar, resolvió consultarlo con Mailson, su representante; después de todo, le pagaba para que la asesorase.

Mailson, sin embargo, ahora parecía estar más preocupado por seducir a una turista alemana que acababa de llegar al hotel, y que hacía *topless* en la arena (sin darse cuenta de que era la única persona con los pechos al aire, y sin notar que todos los demás miraban con cierto desagrado), segura de que Brasil es el lugar más liberal del mundo. Fue difícil conseguir que prestase atención a lo que estaba diciendo.

—¿Y si cambio de idea? —insistía María.

—No sé qué pone en el contrato, pero tal vez él te denuncie.

—¡No me encontrará nunca!

—Tienes razón. Así que no te preocupes.

El suizo, sin embargo, que ya se había gastado quinientos dólares, había comprado un par de zapatos, un vestido, había pagado dos cenas y los gastos notariales del consulado, empezaba a preocuparse, de modo que, como María insistía en la necesidad de hablar con su familia, resolvió comprar dos pasajes de avión y acompañarla hasta el lugar en el que había nacido, siempre que todo se resolviese en cuarenta y ocho horas, y pudiesen viajar la semana próxima, conforme lo acordado. Con sonrisas por aquí, sonrisas por allá, ella empezaba a entender que eso constaba en el documento, y que no se debe jugar mucho con la seducción, ni con los sentimientos, ni con los contratos.

Fue una sorpresa, y un orgullo para la pequeña ciudad, ver a su bella hija María llegar acompañada de un extranjero que quería invitarla a ser una gran estrella en Europa. Se enteró todo el vecindario, y sus amigas del colegio preguntaban: «¿Pero cómo fue?».

«Tengo suerte.»

Ellas querían saber si eso siempre sucedía en Río de Janeiro, porque habían visto telenovelas con episodios semejantes. María no dijo ni sí ni no, para engrandecer su experiencia y convencer a sus amigas de que ella era una persona especial.

Fueron hasta su casa, él mostró de nuevo los folletos, el Brazil (con «z»), el contrato, mientras que María explicaba que ahora tenía un representante, y pretendía seguir una carrera artística. La madre, viendo el tamaño del biquini de las chicas en las fotos que el extranjero le enseñaba, se las devolvió inmediatamente y no quiso hacer preguntas, todo lo que le importaba era que su hija fuese feliz y rica, o infeliz, pero rica.

—¿Cuál es su nombre?

—Roger.

—¡Rogelio! ¡Yo tenía un primo que se llamaba así!

El hombre sonrió, aplaudió, y todos se dieron cuenta de que no había entendido la pregunta. El padre comentó con María:

—Pero si tiene mi edad.

La madre le pidió que no interfiriese en la felicidad de su hija. Como todas las costureras hablan mucho con sus clientas y acaban teniendo una gran experiencia en materia de matrimonio y amor, ella le aconsejó:

—Querida, es mejor ser infeliz con un hombre rico que ser feliz con un hombre pobre, y allí tienes muchas más posibilidades de ser una rica infeliz. Además, si no sale bien, coges un autobús y vuelves para casa.

María, una chica de pueblo pero con más inteligencia que la que su madre o su futuro marido imaginaban, insistió simplemente para provocar:

—Mamá, no hay autobús de Europa a Brasil. Además, quiero seguir una carrera artística, no busco marido.

La madre miró a su hija con un aire casi desesperado:

—Si llegas hasta allí, también podrás volver. Las carreras artísticas son muy buenas para las chicas jóvenes, pero sólo duran mientras seas bella, y eso se acaba más o menos a los treinta años. Así que aprovecha, encuentra a alguien que sea honesto, apasionado y, por favor, cásate. No tienes que pensar mucho en el amor, al principio yo tampoco amaba a tu padre, pero el dinero lo compra todo, hasta el amor verdadero. ¡Y mira que tu padre ni siquiera es rico!

Era un pésimo consejo de amiga, pero un excelente consejo de madre. Cuarenta y ocho horas después, María estaba de vuelta en Río, no sin antes haber pasado, ella sola, por su antiguo empleo a presentar su dimisión, y a escuchar del dueño de la tienda de tejidos:

—Me he enterado de que un gran empresario francés ha decidido llevarte a París. No puedo impedir que persigas tu felicidad, pero quiero que, antes de irte, sepas una cosa.

Sacó del bolsillo una cadena con una medalla.

—Se trata de la medalla milagrosa de Nuestra Señora de las Gracias. Su iglesia está en París, de modo que vete hasta allí y pídele protección. Mira lo que tiene escrito.

María vio que, alrededor de la Virgen, había algunas palabras: «Oh, María, sin pecado concebida, ruega por nosotros que a Ti recurrimos. Amén».

—No dejes de decir esta frase al menos una vez al día. Y…

Él dudó, pero ahora era tarde.

—… si algún día vuelves, quiero que sepas que te estaré esperando. Dejé pasar la oportunidad de decirte algo tan simple: «Te amo». Tal vez sea tarde, pero me gustaría que lo supieses.

«Dejar pasar una oportunidad», ella había aprendido muy

pronto lo que eso significaba. «Te amo», sin embargo, era una frase que había oído muchas veces a lo largo de sus veintidós años, y parecía que ya no tenía ningún sentido, porque nunca había resultado ser nada serio, profundo, que se tradujese en una relación duradera. María agradeció las palabras, las anotó en su subconsciente (nunca se sabe lo que la vida nos depara, y siempre está bien saber dónde se encuentra la salida de emergencia), le dio un beso en la mejilla, y partió sin mirar atrás.

Volvieron a Río, en sólo un día ella consiguió el pasaporte (Brasil realmente había cambiado, había comentado Roger con algunas palabras de portugués y muchas señas, que María tradujo como «antiguamente tardaban mucho»). Poco a poco, con la ayuda de Mailson, el agente de seguridad/intérprete/representante, hicieron el resto de los preparativos (ropa, zapatos, maquillaje, todo lo que una mujer como ella podía soñar). Roger la vio bailar en una discoteca que visitaron la víspera del viaje a Europa, y quedó entusiasmado con su elección; realmente estaba ante una gran estrella para el cabaret Cologny, la hermosa morena de ojos claros y cabellos negros como el ala del coco negro (un pájaro brasileño con el que los escritores suelen comparar los cabellos de ese color). El permiso de trabajo del consulado suizo estaba listo, hicieron las maletas, y al día siguiente viajaban hacia la tierra del chocolate, del reloj y del queso suizo, mientras María planeaba en secreto hacer que aquel hombre se enamorase de ella; al fin y al cabo, no era ni viejo, ni feo, ni pobre. ¿Qué más se podía desear?

Llegó exhausta y, todavía en el aeropuerto, su corazón se encogió de miedo: descubrió que era totalmente dependiente de aquel hombre, que no conocía el país, ni la lengua, ni el frío. El comportamiento de Roger iba cambiando a medida que pasaban las horas; ya no intentaba ser agradable, y aunque jamás intentase besarla ni tocar sus pechos, su mirada se había vuelto lo más distante posible. La instaló en un pequeño hotel y se la presentó a otra brasileña, una mujer joven y triste llamada Vivian, que se encargaría de prepararla para el trabajo.

Vivian la miró de arriba abajo, sin la menor ceremonia ni el menor cariño por quien tiene su primera experiencia en el extranjero. Y en vez de preguntarle cómo estaba, fue directa al grano:

—No te hagas ilusiones. Él va a Brasil siempre que una de sus bailarinas se casa, y por lo visto eso sucede con mucha frecuencia. Él sabe lo que quiere, y creo que tú también lo sabes: debes de haber venido en busca de una de las tres cosas: aventura, dinero o marido.

¿Cómo podía saberlo? ¿Acaso todo el mundo buscaba lo mismo? ¿O acaso Vivian podía leer los pensamientos ajenos?

—Todas las chicas aquí buscan una de esas tres cosas —continuó Vivian, y María se convenció de que estaba leyendo su pensamiento—. En cuanto a la aventura, hace mucho frío para hacer nada, además, el dinero no sobra para viajes. En cuanto al dinero, tendrás que trabajar casi un año para pagar tu pasaje de vuelta, aparte de los descuentos del hospedaje y la comida.

—Pero...

—Ya sé: eso no fue lo acordado. La verdad es que fuiste tú la que olvidó preguntar, como todo el mundo. Si hubieses tenido más cuidado, si hubieras leído el contrato que firmaste, sabrías exactamente dónde te has metido, porque los suizos no mienten, aunque se sirven del silencio para beneficiarse.

El suelo escapaba bajo los pies de María.

—Finalmente, en cuanto al marido, cada chica que se casa significa un gran perjuicio económico para Roger, de modo que nos está prohibido hablar con los clientes. En este sentido, si quieres algo, tendrás que correr grandes riesgos. Esto no es un lugar donde la gente se conoce, como en la rue de Berne.

—¿Rue de Berne?

—Los hombres vienen aquí con sus mujeres, y los pocos turistas, en cuanto se dan cuenta del ambiente familiar, van en busca de mujeres a otros lugares. Debes bailar; si sabes, también cantar, tu salario aumentará, y la envidia de las demás también. De modo que, aunque seas la mejor voz del Brasil, sugiero que lo olvides y que no intentes cantar.

»Sobre todo, no uses el teléfono. Gastarás todo lo que aún no has ganado, que será muy poco.

—¡Pero él me prometió quinientos dólares a la semana!

—Tú verás.

Del diario de María, en su segunda semana en Suiza:

Fui hasta la discoteca, me encontré con un «director de bailes», de un país llamado Marruecos, y tuve que aprender cada paso de aquello que él, que jamás había pisado Brasil, creía que era «samba». No he tenido tiempo todavía de descansar del largo viaje de avión, todo ha sido sonreír y bailar, ya desde la primera noche. Somos seis chicas, ninguna de ellas es feliz, y ninguna sabe qué hace aquí. Los clientes beben y aplauden, lanzan besos y hacen gestos obscenos a escondidas, pero no pasan de ahí.

Nos pagaron el sueldo ayer, sólo una décima parte de lo que habíamos acordado, el resto, según el contrato, se usará para pagar mi viaje y mi estancia. Según los cálculos de Vivian, eso debe de tardar un año, o sea que durante ese período no tengo adónde huir.

¿Acaso vale la pena huir? Acabo de llegar, aún no conozco nada. ¿Cuál es el problema de bailar siete noches a la semana? Antes lo hacía por placer, ahora lo hago por dinero y por fama; mis piernas no se quejan, lo único difícil es mantener la sonrisa en los labios.

Puedo escoger entre ser una víctima del mundo o una aventurera en busca de su tesoro. Todo es cuestión de cómo ver la vida.

María finalmente escogió ser una aventurera en busca del tesoro, dejó de lado sus sentimientos, dejó de llorar todas las noches, se olvidó de quién era; descubrió que tenía fuerza de voluntad suficiente para fingir que acababa de nacer y que por tanto, no necesitaba sentir nostalgia por nadie. Los sentimientos podían esperar; ahora había que ganar dinero, conocer el país y volver victoriosa a su tierra.

Por lo demás, todo a su alrededor parecía Brasil en general, y su ciudad en particular: las mujeres hablaban portugués, se quejaban de los hombres, hablaban alto, protestaban por los horarios, llegaban con retraso a la discoteca, desafiaban al jefe, se creían las más bellas del mundo y contaban historias de sus príncipes encantados, que generalmente estaban muy lejos, o estaban casados, o no tenían dinero y vivían del trabajo de ellas. El ambiente, al contrario de lo que había imaginado al ver los folletos de propaganda que Roger llevaba consigo, era exactamente como Vivian lo había descrito: familiar. Las chicas no podían aceptar invitaciones ni salir con los clientes, porque estaban registradas como «bailarinas de samba» en sus respectivos permisos de trabajo. Si se las pillaba recibiendo un papel con un teléfono, se quedaban quince días sin trabajar. María, que esperaba algo más movido y emocionante, fue dejándose dominar poco a poco por la tristeza y por el tedio.

Los primeros quince días salió poco de la pensión en la que vivía, principalmente cuando descubrió que nadie hablaba su lengua, aunque ella pronunciase DESPACIO cada frase. También la sorprendió saber que, al contrario de lo que sucedía en su país, la ciudad en la que estaba ahora tenía dos nombres diferentes: Genève para los que vivían allí, y Ginebra para las brasileñas.

Finalmente, durante las largas horas de tedio en su pequeño cuarto sin televisión, María concluyó:

A) Nunca llegaría a encontrar lo que estaba buscando, si no sabía decir lo que pensaba. Para eso necesitaba aprender la lengua local.

B) Como todas sus compañeras también estaban buscando lo mismo, ella necesitaba ser diferente. Para eso aún no tenía una solución ni un método.

Del diario de María, cuatro semanas después de desembarcar en Genève/Ginebra:

Hace una eternidad que estoy aquí, no hablo la lengua, me paso el día escuchando música en la radio, mirando el cuarto, pensando en Brasil, deseando que llegue la hora de trabajar, y cuando estoy trabajando, deseando que llegue la hora de volver a la pensión. O sea, vivo el futuro en vez del presente.

Un día, en un futuro lejano, tendré mi pasaje, podré volver a Brasil, casarme con el dueño de la tienda de tejidos y escuchar los comentarios maliciosos de mis amigas que nunca se han arriesgado y por eso lo único que ven es la derrota de los demás. No, no puedo volver así; prefiero tirarme del avión, cuando esté cruzando el océano.

Como las ventanas del avión no se abren (por cierto, nunca lo habría imaginado; ¡qué pena no poder sentir el aire puro!), me muero aquí mismo. Pero antes de morir, quiero luchar por la vida. Si consigo andar sola, llegaré hasta donde quiera.

Al día siguiente se matriculó inmediatamente en un curso matutino de francés, donde conoció a gente de todos los credos, creencias y edades, hombres con ropas de colores y muchas pulseras de oro en los brazos, mujeres con la cabeza siempre cubierta por un pañuelo, niños que aprendían más deprisa que los adultos, cuando justamente debía ser al contrario, ya que los adultos tienen más experiencia. Se sentía orgullosa al saber que todos conocían su país, el carnaval, la samba, el fútbol, y a la persona más famosa del mundo, llamada Pele. Al principio quiso ser simpática y corregir la pronunciación (¡es Pelé! ¡¡¡Peléé!!!), pero después de algún tiempo desistió, ya que también la llamaban Mariá, esa manía que tienen los extranjeros de cambiar todos los nombres y encima creen que siempre tienen razón.

Durante la tarde, para practicar el idioma, ensayó sus primeros pasos por aquella ciudad de dos nombres, descubrió un chocolate delicioso, un queso que jamás había comido, un gigantesco chafariz en medio del lago, la nieve que los pies de ninguno de los habitantes de su ciudad habían tocado, las cigüeñas, los restaurantes con chimenea (jamás había entrado en ninguno, pero veía el fuego en su interior, y aquello le daba una agradable sensación de bienestar). También se sorprendió al descubrir que no en todos los letreros había publicidad de relojes, también la había de bancos, aunque no conseguía entender por qué había tantos bancos para tan pocos habitantes cuando raramente había alguien dentro de las sucursales, pero resolvió no preguntar nada.

Después de tres meses de autocontrol en su trabajo, su sangre brasileña, sensual y sexual como todo el mundo pensaba, habló más alto; se enamoró de un árabe que estudiaba francés en su mismo curso. La historia duró tres semanas hasta que, una noche, María decidió dejarlo todo de lado e irse a visitar una montaña cerca de Genève. Cuando llegó al trabajo la tarde siguiente, Roger le pidió que fuese a su despacho.

En cuanto abrió la puerta, fue sumariamente despedida, por dar mal ejemplo a las otras chicas que allí trabajaban. Roger, histérico, dijo que una vez más estaba decepcionado, que las mujeres brasileñas no eran de confianza (ah, Dios mío, esa manía de generalizarlo todo). De nada sirvió afirmar que todo se había debido a una fiebre muy alta por culpa de la diferencia del clima, él no se convenció, y encima se quejó porque tenía que volver de nuevo a Brasil para conseguir una sustituta, y que mejor habría sido hacer un espectáculo con música y bailarinas yugoslavas, que eran mucho más bonitas y más responsables.

María, aunque todavía joven, no tenía nada de boba, principalmente después de que su amante árabe le dijo que en Suiza el estatuto de los trabajadores es muy severo, y que podía alegar que estaba realizando un trabajo esclavo, ya que la discoteca se quedaba con gran parte de su salario.

Volvió al despacho de Roger, esta vez hablando un francés

razonable, que incluía en su vocabulario la palabra «abogado». Salió de allí con algunos insultos, y cinco mil dólares de indemnización, un dinero con el que jamás había soñado, y todo gracias a aquella palabra mágica, «abogado». Ahora podía salir libremente con el árabe, comprar algunos regalos, sacar unas fotos en la nieve, y volver a casa con la victoria tan soñada.

Lo primero que hizo fue telefonear a una vecina de su madre y decir que era feliz, que tenía una prometedora carrera por delante, que nadie en casa debía preocuparse. Después, como tenía un plazo para dejar el cuarto de la pensión que Roger le había alquilado, no le quedaba otra alternativa que ir a ver al árabe, jurarle amor eterno, convertirse a su religión, casarse con él, incluso aunque la obligasen a usar uno de aquellos pañuelos extraños en la cabeza; al fin y al cabo, todos allí sabían que los árabes eran muy ricos y eso era suficiente.

Pero el árabe, a esas alturas, ya estaba lejos, posiblemente en Arabia, un país que María no conocía; en el fondo, ella dio gracias a la Virgen María por no verse obligada a traicionar su religión. Ahora que ya hablaba suficiente francés, que tenía dinero para el pasaje de vuelta, permiso de trabajo que la clasificaba como «bailarina de samba», un visado que aún tenía validez, y sabiendo que en último caso podía casarse con un comerciante de tejidos, María resolvió hacer lo que sabía que era capaz: ganar dinero con su belleza.

Cuando estaba todavía en Brasil, había leído un libro sobre un pastor que, en busca de su tesoro, encuentra varias dificultades, y esas dificultades lo ayudan a conseguir lo que desea; ése era exactamente su caso. Ahora era plenamente consciente de que había sido despedida para encontrarse con su verdadero destino: modelo y maniquí.

Alquiló un pequeño cuarto (que no tenía televisión, ya que era preciso ahorrar al máximo, hasta que realmente consiguiese ganar mucho dinero), y al día siguiente comenzó a visitar agencias. En todas había que dejar fotos profesionales, pero al fin y al cabo era una inversión en su carrera, todo sueño cuesta caro. Gastó una considerable parte del dinero en un excelente fotógrafo, que hablaba poco y exigía mucho: tenía un gigantesco guardarropa en su estudio, y ella posó con varios vestidos sobrios, extravagantes, e incluso con un biquini del que su único conocido en Río de Janeiro, el agente de seguridad/intérprete y ex representante Mailson, se moriría de envidia. Pidió una serie de copias extra, escribió una carta contando que era feliz en Suiza y la envió a su familia. Creerían que era rica, que tenía un guardarropa envidiable, y que se había convertido en la hija más ilustre de su pequeña ciudad. Si todo salía bien como pensaba (y ya había leído muchos libros de «pensamiento positivo» que no dejaban la menor duda de su victoria), sería recibida con una banda de música a su vuelta, y hallaría el modo de convencer al alcalde para que inaugurase una plaza con su nombre.

Compró un teléfono móvil, de los de tarjeta (ya que no tenía domicilio fijo), y los días que siguieron esperó las llamadas para el trabajo. Comía en restaurantes chinos (los más baratos) y, para pasar el tiempo, estudiaba como una loca.

Pero el tiempo tardaba en pasar, y el teléfono no sonaba. Para su sorpresa, nadie se metía con ella cuando paseaba por la orilla del lago, salvo algunos traficantes de droga que se ponían siempre en el mismo lugar, debajo de uno de los puentes que unían el bello jardín con la parte más nueva de la ciudad. Empezó a dudar de su belleza, hasta que una de las ex compañeras de trabajo, a quien se encontró por casualidad en un café, le dijo que no era culpa suya, sino de los suizos, a los que no les gusta molestar a nadie, y de los extranjeros, que tienen miedo de ser encarcelados por «acoso sexual», algo que habían inventado para hacer que las mujeres de todo el mundo se sientan fatal.

Del diario de María, una noche en la que no tenía valor ni para salir, ni para vivir, ni para seguir esperando esa llamada que no llegaba:

Hoy pasé por delante de un parque de atracciones. Como no puedo gastar dinero a lo loco, pensé que era mejor observar a la gente. Estuve mucho rato ante la montaña rusa: veía que la mayoría de las personas entraban allí en busca de emoción, pero cuando ésta se ponía en marcha, se morían de miedo y pedían que parasen los vagones.

¿Qué es lo que quieren? Si escogieron la aventura, ¿no deberían estar preparadas para ir hasta el final? ¿O creen que sería más inteligente no pasar por estos sube y baja, y montarse todo el tiempo en un tiovivo, girando en el mismo sitio?

Por el momento estoy demasiado sola como para pensar en el amor, pero necesito convencerme de que va a pasar, conseguiré un empleo, y estoy aquí porque he escogido este destino. La montaña rusa es mi vida, la vida es un juego fuerte y alucinante, la vida es lanzarse en paracaídas, es arriesgarse, caer y volver a levantarse, es alpinismo, es querer subir a lo alto de uno mismo, y sentirse insatisfecho y angustiado cuando no se consigue.

No es fácil estar lejos de mi familia, de la lengua en la que puedo expresar todas mis emociones y sentimientos, pero a partir de hoy, cuando me deprima, recordaré aquel parque de atracciones. Si me hubiese dormido y hubiese despertado de repente en una montaña rusa, ¿qué sentiría?

Bien, la primera sensación es de estar prisionera, de sentir pavor en las curvas, de querer vomitar y salir de allí. Sin embargo, si confío en que los raíles son mi destino, en que Dios guía la máquina, esta pesadilla se transforma en excitación. Pasa a ser exactamente lo que es, una montaña rusa, un juego seguro y fiable, que va a llegar hasta el final, pero mientras dura el viaje, tengo que ver el paisaje alrededor, gritar de excitación.

Aún siendo capaz de escribir cosas que juzgaba muy sabias, no lograba seguir sus propios consejos; los momentos de depresión fueron cada vez más frecuentes, y el teléfono seguía sin sonar. María, para distraerse y ejercitar la lengua en las horas vagas, empezó a comprar revistas de famosos, pero enseguida descubrió que gastaba mucho dinero en eso, y buscó la biblioteca más próxima. La encargada dijo que allí no se prestaban revistas, pero que podía sugerirle algunos títulos que la ayudarían a dominar el francés cada vez más.

—No tengo tiempo para leer libros.

—¿Cómo que no tienes tiempo? ¿Qué haces?

—Muchas cosas: estudio francés, escribo un diario y…

—¿Y qué?

Iba a decir «espero a que suene el teléfono», pero pensó que era mejor callarse.

—Hija mía, eres joven, tienes toda la vida por delante. Lee. Olvida lo que te hayan dicho sobre los libros, y lee.

—Ya he leído mucho.

De repente, María se acordó de aquello que el agente de seguridad Mailson había descrito una vez como «energía». La bi-

bliotecaria le parecía alguien sensible, dulce, alguien que podría
ayudarla si todo lo demás fallaba. Tenía que conquistarla, su intuición le decía que allí podía estar una posible amiga. Rápidamente cambió de opinión:

—Pero quiero leer más. Por favor, ayúdeme a escoger los libros.

La mujer trajo *El Principito*. Aquella noche, María empezó a
hojearlo, vio los dibujos del principio, donde aparecía un sombrero, pero el autor decía que, en realidad, para los niños, aquello era
una culebra con un elefante dentro. «Creo que nunca he sido niña
—pensó—. Para mí, eso se parece más a un sombrero.» A falta de
televisión, María empezó a acompañar al Principito en sus viajes,
aunque se ponía triste siempre que el tema «amor» aparecía; se
había prohibido a sí misma pensar en el asunto, o se arriesgaba a
cometer suicidio. Aparte de las dolorosas escenas románticas entre
un príncipe, un zorro y una rosa, el libro era muy interesante, y no
estaba cada cinco minutos comprobando si la batería del móvil
estaba cargada (se moría de miedo al pensar en dejar pasar su mejor
oportunidad por culpa de un descuido).

María empezó a frecuentar la biblioteca, a hablar con la mujer
que parecía tan sola como ella, a pedirle sugerencias, a comen-
tar la vida de los autores, hasta que el dinero llegó casi a su fin;
dos semanas más y ya no tendría ni para comprar el pasaje de
vuelta.

Y como la vida siempre espera situaciones críticas para mostrar su lado brillante, finalmente el teléfono sonó.

Tres meses después de haber descubierto la palabra «abogado», y dos meses después de estar viviendo de la indemnización recibida, una agencia de modelos preguntó si la señora María todavía se encontraba en aquel número. La respuesta fue un «sí» frío, ensayado durante mucho tiempo para no mostrar ansiedad. Supo entonces que a un árabe, profesional de la moda en su país, le habían gustado mucho sus fotos, y quería invitarla a participar en un desfile. María recordó la reciente decepción, pero también pensó en el dinero que necesitaba desesperadamente.

Quedaron en un restaurante muy chic. Se encontró con un señor elegante, más atractivo y maduro que su experiencia anterior, que preguntaba:

—¿Sabes de quién es ese cuadro de allí? De Joan Miró. ¿Sabes quién es Joan Miró?

María permanecía callada, como si estuviese concentrada en la comida, bastante diferente de los restaurantes chinos. Por otro lado, hacía anotaciones mentales: debía pedir un libro sobre Miró en su próxima visita a la biblioteca.

Pero el árabe insistía:

—Esa mesa de ahí era la preferida de Federico Fellini. ¿Qué te parecen las películas de Fellini?

Ella respondió que le encantaban. El árabe quiso entrar en detalles, y María, percatándose de que su cultura no pasaría el test, resolvió ir directa al grano:

—No he venido aquí a actuar para usted. Todo lo que sé es la diferencia entre una Coca-Cola y una Pepsi. ¿No quería usted hablar sobre un desfile de moda?

La franqueza de la chica pareció impresionarlo bastante.

—Hablaremos cuando vayamos a tomar una copa, después de cenar.

Hubo una pausa, mientras ambos se miraban e imaginaban lo que el otro estaba pensando.

—Eres muy guapa —insistió el árabe—. Si te decides a tomar una copa conmigo en mi hotel, te doy mil francos.

María entendió inmediatamente. ¿Era culpa de la agencia de modelos? ¿Era culpa suya, que debería haber preguntado mejor respecto a la cena? No era culpa de la agencia, ni suya, ni del árabe: era así como funcionaban las cosas. De repente sintió que tenía necesidad de la selva, de Brasil, del regazo de su madre. Se acordó de Mailson, en la playa, hablándole de trescientos dólares; en aquella época le había parecido divertido, aparte de lo que esperaba recibir por una noche con un hombre. Sin embargo, en ese momento, se dio cuenta de que ya no tenía a nadie, absolutamente nadie en el mundo con quien poder hablar; estaba sola, en una ciudad extraña, con veintidós años relativamente bien vividos, pero inútiles para ayudarla a decidir cuál sería la mejor respuesta.

—Sírvame más vino, por favor.

El árabe echó más vino en su vaso, mientras su pensamiento viajaba más deprisa que el Principito en su paseo por diversos planetas. Había ido allí en busca de aventura, dinero, y tal vez un marido, sabía que acabaría recibiendo proposiciones como ésa, porque no era inocente y ya se había acostumbrado al comportamiento de los hombres. Aún creía en agencias de modelos, estrellato, un marido rico, familia, hijos, nietos, ropa, retorno victorioso a la ciudad donde nació. Soñaba con superar todas las dificultades sólo con su inteligencia, su encanto y su fuerza de voluntad.

Pero la realidad acababa de desmoronarse en su cabeza. Para sorpresa del árabe, María se puso a llorar. El hombre, dividido entre el miedo al escándalo y el instinto masculino de proteger a la chica, no sabía qué hacer. Hizo una seña al camarero para pedir la cuenta, pero ella lo interrumpió:

—No haga eso. Sírvame más vino y déjeme llorar un poco.

Y María pensó en el niño que le había pedido un lápiz, en el chico al que había besado con la boca cerrada, en la alegría de conocer Río de Janeiro, en los hombres que la habían usado sin dar nada a cambio, en las pasiones y en los amores perdidos a lo largo de todo su camino. Su vida, a pesar de la aparente libertad, era un sinfín de horas esperando el milagro, un amor verdadero, una aventura con el mismo final romántico que siempre había visto en las películas y había leído en los libros. Un autor había escrito que el tiempo no transforma al hombre, que la sabiduría no transforma al hombre; lo único que puede hacer que alguien cambie de idea es el amor. ¡Qué locura! El que lo escribió sólo conocía una cara de la moneda.

Realmente, el amor era la primera de las cosas capaces de cambiar totalmente la vida de una persona, de un momento a otro. Pero existía la otra cara de la moneda, la segunda cosa que hacía al ser humano tomar una dirección totalmente distinta de la que había planeado: se llamaba desesperación. Sí, tal vez el amor fuese capaz de transformar a alguien, pero la desesperación transforma más deprisa. ¿Y ahora, María? ¿Debía salir corriendo, volver a Brasil, convertirse en profesora de francés, casarse con el dueño de la tienda de tejidos? ¿Debía llegar un poco más lejos, una única noche, en una ciudad donde no conocía a nadie ni nadie la conocía a ella? ¿Acaso una única noche y el dinero fácil la harían seguir adelante, hasta un punto del camino de donde ya no podría volver? ¿Qué estaba sucediendo en aquel minuto: una gran oportunidad o una prueba de la Virgen María?

Los ojos del árabe se paseaban por el cuadro de Joan Miró, por el lugar en el que comía Fellini, por la chica que guardaba los abrigos, por los clientes que entraban y salían.

—¿No lo sabías?

—Más vino, por favor —fue la respuesta de María, aún entre lágrimas.

Rezaba para que el camarero no se acercase y descubriese lo que estaba pasando, y el camarero, que asistía a todo a distancia con el rabillo del ojo, rezaba para que el hombre con la chica pagase ya la cuenta, porque el restaurante estaba lleno y había gente esperando.

Finalmente, después de lo que pareció ser una eternidad, ella habló:

—¿Ha dicho usted una copa por mil francos?

La propia María se extrañó del tono de su voz.

—Sí —respondió el árabe, ya arrepentido de haber hecho la proposición—. Pero no quiero de ninguna manera...

—Pague la cuenta y vayamos a tomar esa copa a su hotel.

De nuevo, se extrañó de sí misma. Hasta entonces era una joven amable, educada, alegre, y jamás habría usado ese tono de voz con un extraño. Pero parecía que aquella joven había muerto para siempre: ante ella estaba otra existencia, en la que las copas costaban mil francos o, en una moneda más universal, en torno a los seiscientos dólares.

Y todo ocurrió exactamente según lo esperado: se fue al hotel con el árabe, bebió champán, se embriagó casi completamente, abrió las piernas, esperó a que él tuviese un orgasmo (no se le ocurrió fingir que ella también tenía uno), se lavó en el bidet de mármol, cogió el dinero y se dio el lujo de pagar un taxi hasta casa.

Se tumbó en la cama y durmió una noche sin sueños.

Del diario de María, al día siguiente:

Me acuerdo de todo, menos del momento en el que tomé la decisión. Curiosamente, no tengo ningún sentimiento de culpa. Antes acostumbraba a ver a las chicas que aceptaban irse a la cama con alguien por dinero, como gente a la que la vida no le había dejado otra elección, y ahora veo que no es así. Yo podía decir «sí» o «no», nadie me estaba forzando a aceptar nada.

Ando por las calles, veo a las personas, ¿habrán escogido sus propias vidas? ¿O habrán sido, como yo, «escogidas» por el destino? El ama de casa que soñaba con ser modelo, el ejecutivo de banca que pensó en ser músico, el dentista que tenía un libro escondido, y al que le gustaría dedicarse a la literatura, la chica a la que le encantaría trabajar en televisión, pero todo lo que encontró fue un empleo de cajera en un supermercado.

No siento la menor pena por mí misma. Sigo sin ser una víctima, porque podría haber salido del restaurante con mi dignidad intacta y con mi cartera vacía. Podría haberle dado lecciones de moral a aquel hombre, o haber intentado hacerle ver que ante sus ojos estaba una princesa, que era mejor conquistarla que comprarla. Podría haber adoptado un sinfín de actitudes, y sin embargo, como la mayoría de los seres humanos, dejé que el destino escogiese qué rumbo tomar.

No soy la única, aunque parezca que mi destino es más ilegal y marginal que el de los demás. Pero, en la búsqueda de la felicidad, estamos todos suspensos: el ejecutivo/músico, el dentista/escritor, la cajera/actriz, el ama de casa/modelo, ninguno de nosotros es feliz.

¿Entonces era eso? ¿Era así de fácil? Estaba en una ciudad extraña, no conocía a nadie, lo que ayer era un suplicio hoy le daba una inmensa sensación de libertad, no tenía que darle explicaciones a nadie.

Decidió que, por primera vez en muchos años, iba a dedicar el día entero a pensar en sí misma. Hasta entonces vivía siempre preocupada por los demás: su madre, los compañeros del colegio, su padre, los funcionarios de la agencia de modelos, el profesor de francés, el camarero, la bibliotecaria, por lo que las personas de la calle, que nunca había visto, pensaban. En verdad, nadie pensaba nada, y mucho menos en ella, una pobre extranjera, que si desapareciese mañana, no se iba a enterar ni la policía.

Ya era suficiente. Salió temprano, desayunó en el lugar de siempre, caminó un poco por el lago, vio una manifestación de exiliados. Una mujer, con un pequeño cachorro, comentó que eran curdos y una vez más, en vez de fingir que sabía la respuesta para demostrar que era más culta e inteligente de lo que pensaban, María preguntó:

—¿De dónde vienen los curdos?

La mujer, para su sorpresa, no supo responder. Todo el mundo es así: hablan como si lo supiesen todo, y si osas preguntar, no saben nada. Entró en un cibercafé, y descubrió que los curdos venían del Curdistán, un país que ya no existe, hoy dividido entre Turquía e Irak. Volvió al lugar en el que estaba, intentando encontrar a la mujer con el cachorro, pero ya se había ido, tal vez porque el animal no había aguantado allí media hora observando un desfile de seres humanos con fajas, pañuelos, música y gritos extraños.

«Eso soy yo, o mejor dicho, eso era yo: una persona que fingía saberlo todo, escondida en mi silencio, hasta que aquel árabe me irritó tanto que tuve el coraje de decir que sólo sabía la diferencia entre dos refrescos. ¿Se quedó extrañado? ¿Cambió de idea respecto a mí? ¡Nada! Debió de pensar que mi espontaneidad era fantástica. Siempre he salido perdiendo cuando he querido parecer más lista de lo que soy: ¡ya basta!»

Se acordó de la agencia de modelos. ¿Sabrían lo que quería el árabe, en cuyo caso María, una vez más, había pecado de ingenua, o realmente pensaban que él podía conseguirle un trabajo en su país?

Fuese lo que fuese, María se sentía menos sola en aquella mañana cenicienta de Genève, con la temperatura casi a cero, los curdos manifestándose, los tranvías llegando a tiempo a cada parada, las tiendas reponiendo joyas en los escaparates, los bancos abriendo, los mendigos durmiendo, los suizos yendo al trabajo. Estaba menos sola porque a su lado había otra mujer, tal vez invisible para los que pasaban. Jamás había notado su presencia, pero ella estaba allí.

Sonrió a la mujer invisible que estaba a su lado, que se parecía a la Virgen María, la madre de Jesús. La mujer le devolvió la sonrisa y le dijo que tuviese cuidado, ya que las cosas no eran tan simples como ella pensaba. María no le dio importancia al consejo, respondió que era una persona adulta, responsable de sus decisiones, y que no podía creer que había una conspiración cósmica contra ella. Había aprendido que existe gente dispuesta a pagar mil francos suizos por una noche, por media hora entre sus piernas, y todo lo que tenía que decidir, en los próximos días, era si cogía los mil francos suizos que ahora tenía en casa, compraba un pasaje de avión y volvía a la ciudad en la que había nacido, o si se quedaba un poco más, lo suficiente para comprar una casa para sus padres, bonitos vestidos y pasajes a lugares que había soñado visitar algún día.

La mujer invisible que estaba a su lado volvió a insistir en que las cosas no eran así de simples, pero María, aunque contenta con la compañía inesperada, le pidió que no interrumpiese sus pensamientos, que tenía que tomar decisiones importantes.

Volvió a analizar, esta vez con más cuidado, la posibilidad de volver a Brasil. Sus amigas del colegio que nunca habían salido de allí comentarían que había sido despedida muy pronto de su empleo, que jamás había tenido talento para ser una estrella internacional. Su madre se pondría triste porque nunca había recibido el dinero prometido, aunque María, en sus cartas, afirmase que lo robaban los de correos. Su padre la miraría el resto de su vida con aquella expresión de «yo ya lo sabía», ella volvería a trabajar en la tienda de tejidos, se casaría con el dueño, después de haber viajado en avión, de comer queso suizo en Suiza, de aprender francés y de pisar la nieve.

Por otro lado, estaban las copas a mil francos suizos. Tal vez no durase mucho tiempo, la belleza cambia rápido como el viento, pero podía trabajar duro, y en poco tiempo tener dinero para recuperarlo todo y volver al mundo, esta vez dictando ella las reglas. Su único problema concreto era que no sabía qué hacer, cómo empezar. Recordó que en su época en la discoteca familiar una chica había mencionado un lugar llamado rue de Berne, de hecho había sido uno de sus primeros comentarios, incluso antes de enseñarle dónde debía dejar las maletas.

Se dirigió hasta uno de los grandes paneles que había en varios sitios de Gèneve, aquella ciudad tan amable con los turistas, a la que no le gustaba verlos perdidos. Para evitarlo, estos paneles tenían anuncios por un lado y mapas por el otro.

Había un hombre allí, y María le preguntó si sabía dónde estaba la rue de Berne. Él la miró intrigado, le preguntó si era eso exactamente lo que buscaba, o si quería saber dónde se encontraba la carretera que iba hasta Berna, la capital de Suiza. «No, —respondió María—, quiero esa calle que queda aquí mismo.» El hombre la miró de arriba abajo y se apartó sin decir una palabra, seguro de que tal vez lo estaban filmando para uno de esos programas de la tele, en los que la gran alegría del público es hacer que todos parezcan ridículos. María estuvo allí quince minutos, después de todo, la ciudad era pequeña y acabó encontrando el sitio.

Su amiga invisible, que había permanecido callada mientras ella se concentraba en el mapa, ahora intentaba argumentar; no era una cuestión de moral, sino de entrar en un camino sin retorno.

María respondió que, si era capaz de tener dinero para irse de Suiza, era capaz de salir de cualquier situación. Además, ninguna de aquellas personas con las que se cruzaba en su paseo había escogido lo que deseaba hacer. Ésa era la realidad de la vida.

«Estamos en un valle de lágrimas —le dijo a la amiga invisible—. Podemos tener muchos sueños, pero la vida es dura, implacable, triste. ¿Qué intentas decirme, que me condenarán? Nadie lo sabrá, sólo es un período de mi vida.»

Con una sonrisa dulce pero triste, la amiga invisible desapareció.

Fue hasta el parque de atracciones, compró una entrada para la montaña rusa, gritó como todos los demás, pero entendiendo que no había peligro, que era simplemente un juego. Comió en un restaurante japonés, aunque sin saber muy bien qué comía, sólo que era muy caro, y ahora estaba dispuesta a darse todos los lujos. Estaba contenta, no tenía que esperar una llamada de teléfono, ni contar los céntimos que gastaba.

Al final del día, llamó a la agencia, dijo que la cita había ido muy bien y que estaba agradecida. Si eran serios, preguntarían sobre las fotos. Si eran de otra clase, le conseguirían más citas.

Atravesó el puente, volvió al pequeño cuarto y decidió que no compraría una televisión de ninguna manera, incluso teniendo dinero y muchos planes por delante: necesitaba pensar, usar todo su tiempo para pensar.

Del diario de María aquella noche (con una nota al margen que decía: «No estoy muy convencida»).

He descubierto por qué un hombre paga por una mujer: quiere ser feliz.

No va a pagar mil francos sólo por tener un orgasmo; quiere ser feliz. Yo también quiero, todo el mundo quiere, y nadie lo consigue. ¿Qué puedo perder si decido convertirme por algún tiempo en una… la palabra es difícil de pensar y de escribir… pero vamos allá… qué puedo perder si decido ser una prostituta durante algún tiempo?

El honor. La dignidad. El respeto por mí misma. Pensándolo bien, nunca he tenido ninguna de las tres cosas. No pedí nacer, no he conseguido a nadie que me amase, siempre he tomado las decisiones equivocadas, ahora dejo que la vida elija por mí.

La agencia telefoneó al día siguiente, preguntó sobre las fotos, y para cuándo sería el desfile, ya que ganaban una comisión por cada trabajo. María dijo que el árabe se pondría en contacto con ellos, y dedujo inmediatamente que no sabían nada.

Fue hasta la biblioteca y pidió libros sobre sexo. Estaba considerando seriamente la posibilidad de trabajar —sólo por un año, se había prometido a sí misma— en algo que no conocía, lo primero que tenía que aprender era cómo comportarse, cómo dar placer y cómo recibir dinero a cambio.

Para su decepción, la bibliotecaria le dijo que solamente tenían unos pocos tratados técnicos, ya que aquello era una institución del gobierno. María leyó el índice de uno de los tratados técnicos y se lo devolvió: no entendían nada de la felicidad, sólo hablaban de erección, penetración, impotencia, precauciones, cosas sin el menor sabor. Por un momento, llegó a considerar seriamente la posibilidad de llevarse *Consideraciones psicológicas sobre la frigidez de la mujer*, ya que, en su caso, sólo conseguía tener orgasmos a través de la masturbación, aunque fuese muy agradable ser poseída y penetrada por un hombre.

Pero no estaba allí en busca de placer, sino de trabajo. Dio las gracias a la bibliotecaria, pasó por una tienda e hizo su primera inversión en la posible carrera que se delineaba en el horizonte: ropa que consideraba lo suficientemente sexy para despertar todo tipo de deseo. Después, fue al lugar que había descubierto en el mapa. La rue de Berne comenzaba en una iglesia (¡coincidencia, cerca del restaurante japonés donde había estado el día anterior!) y se transformaba en escaparates de relojes baratos, hasta el final, donde estaban las discotecas de las que había oído hablar, todas cerradas a aquella hora del día. Volvió a pasear alrededor del lago, compró, sin ningún reparo, cinco revistas pornográficas para estudiar lo que eventualmente debería hacer, esperó a la noche, y se dirigió de nuevo al lugar. Allí, escogió al azar un bar con el sugestivo nombre brasileño de Copacabana.

No había decidido nada, se decía a sí misma. Era simplemente una experiencia. Nunca se había sentido tan bien y tan libre en todo el tiempo que había pasado en Suiza.

—Estás buscando empleo —dijo el dueño, que fregaba vasos detrás de una barra, sin poner siquiera un tono de interrogación en la frase. El lugar se componía de una serie de mesas, una esquina con una especie de pista de baile y algunos sofás arrimados a las paredes—. Nada sofisticado. Para trabajar aquí, ya que obedecemos la ley, es preciso tener por lo menos un permiso de trabajo.

María mostró el suyo, y el hombre pareció mejorar su mal humor.

—¿Tienes experiencia?

Ella no sabía qué decir: si decía que sí, él le preguntaría dónde había trabajado antes. Si decía que no, él podía rechazarla.

—Estoy escribiendo un libro.

La idea había salido de la nada, como si una voz invisible la ayudase en aquel momento. Notó que el hombre sabía que era mentira pero fingía que la creía.

—Antes de tomar ninguna decisión, habla con alguna de las chicas. Tenemos por lo menos seis brasileñas todas las noches, y podrás saber todo lo que te espera.

María quiso decir que no necesitaba consejos de nadie, que tampoco había tomado una decisión, pero el hombre ya se había ido al otro lado del bar, dejándola sola, sin ni siquiera un vaso de agua para beber.

Las chicas fueron llegando, el dueño identificó a algunas brasileñas y les pidió que hablasen con la recién llegada. Ninguna de ellas parecía dispuesta a obedecer; María dedujo que tenían miedo de la competencia. Conectaron el sonido de la discoteca, sonaron algunas canciones brasileñas (después de todo, el sitio se llamaba Copacabana), entraron chicas con rasgos asiáticos, otras que parecían haber salido de las montañas nevadas y románticas de los alrededores de Gèneve. Finalmente, después de casi dos horas de espera, mucha sed, algunos cigarrillos, una sensación cada vez más profunda de que estaba tomando una decisión equivocada, una repetición mental infinita de la frase «¿qué hago aquí?», e irritada por la total falta de interés tanto del propietario, como de las chicas, una de las brasileñas acabó por acercarse.

—¿Por qué has escogido este lugar?

María podía volver a la historia del libro, o hacer lo que había hecho respecto a los curdos y a Joan Miró: decir la verdad.

—Por el nombre. No sé por dónde empezar, y tampoco sé si quiero empezar.

La chica pareció sorprenderse con el comentario directo y franco. Bebió un trago de algo que parecía whisky, escuchó la música brasileña que sonaba, hizo comentarios sobre la nostalgia de su tierra y señaló que iba a haber poco movimiento aquella noche, porque habían cancelado un gran congreso internacional que había cerca de Gèneve. Al final, al ver que María no se iba, dijo:

—Es muy simple, tienes que obedecer tres reglas. La primera: no te enamores de nadie con quien trabajas o haces el amor. La segunda: no creas en las promesas y cobra siempre por adelantado. La tercera: no tomes drogas.

Hizo una pausa.

—Y empieza ya. Si vuelves hoy para casa sin haber conseguido un hombre, lo pensarás dos veces, y no tendrás valor para volver.

María sólo había ido preparada para una consulta, una información sobre sus posibilidades en un trabajo provisional. Pero notó que estaba ante aquel sentimiento que hace que las personas tomen una decisión rápidamente: ¡desesperación!

—Está bien. Empiezo hoy.

No confesó que había empezado el día anterior. La mujer se dirigió al dueño del bar, a quien llamó Milan, y éste fue a hablar con María.

—¿Llevas ropa interior bonita?

Nadie jamás le había hecho esa pregunta. Ni sus novios, ni el árabe, ni sus amigas, y mucho menos un extraño. Pero la vida era así en aquel lugar: directo al grano.

—Llevo unas braguitas azul claro.

»Y sin sujetador —añadió, provocativa. Pero todo lo que consiguió fue una reprimenda:

—Mañana, ponte braguitas negras, sujetador y medias panty. Forma parte del ritual quitarse el máximo de ropa posible.

Sin perder más tiempo, y con la certeza de que estaba ante una novata, Milan le enseñó el resto del ritual: el Copacabana debía ser un lugar agradable, y no un prostíbulo. Los hombres entraban en aquella discoteca queriendo creer que iban a encontrar a una mujer sin compañía, sola. Si alguien se acercaba a su mesa, y no era interrumpido en el transcurso (porque, además, existía el concepto de «cliente exclusivo de ciertas chicas»), con toda seguridad la invitaría: «¿Quieres tomar algo?».

A lo que María podría responder sí o no. Era libre para decidir su compañía, aunque no era aconsejable decir «no» más de una vez por noche. En caso de responder afirmativamente, pediría un cóctel de frutas, que (casualmente) era la bebida más cara de la lista. Nada de alcohol, nada de dejar que el cliente escogiese por ella.

Después, debía aceptar una eventual invitación para bailar. La mayoría de los que frecuentaban el local eran conocidos y, a excepción de los «clientes exclusivos», sobre los que no entró en detalles, nadie representaba ningún riesgo. La policía y el Ministerio de Sanidad exigían análisis de sangre mensuales, para ver si no eran portadoras de enfermedades de transmisión sexual. El uso del preservativo era obligatorio, aunque no tenían ningún modo de vigilar si esta norma se cumplía o no. No debían montar un escándalo jamás, Milan estaba casado, era padre de familia, preocupado por su reputación y el buen nombre de su discoteca.

Continuó explicando el ritual: después de bailar volvían a la mesa, y el cliente, como quien dice algo inesperado, la invitaba a ir a un hotel con él. El precio habitual era de trescientos cincuenta francos, de los cuales cincuenta se los quedaría Milan, en concepto de alquiler de la mesa (un artificio legal para evitar, en el futuro, complicaciones jurídicas y la acusación de explotar el sexo con fines lucrativos).

María todavía intentó argumentar:

—Pero yo gané mil francos por…

El dueño hizo ademán de marcharse, pero la brasileña, que asistía a la conversación, intervino:

—Está de broma.

Y girándose hacia María, dijo en buen y sonoro portugués:

—Éste es el lugar más caro de Gèneve. Allí la ciudad se llamaba Gèneve, y no Ginebra—. No vuelvas a repetirlo. Él conoce el precio del mercado, y sabe que nadie paga mil francos por ir a la cama, excepto los «clientes especiales», si tienes suerte y eres competente.

Los ojos de Milan, que más tarde María descubriría que era un yugoslavo que vivía allí hacía veinte años, no dejaban lugar a la menor duda:

—El precio es trescientos cincuenta francos.

—Sí, ése es el precio —repitió una humillada María.

Primero, le pregunta el color de su ropa interior. Acto seguido, decide el precio de su cuerpo.

Pero no tenía tiempo para pensar, él continuaba dando instrucciones: no debía aceptar invitaciones para ir a casas o a hoteles que no fuesen de cinco estrellas. Si el cliente no tenía adónde llevarla, irían a un hotel situado a cinco manzanas de allí, pero siempre en taxi, para evitar que otras mujeres de otras discotecas de la rue de Berne se acostumbrasen a su cara; María no lo creyó, pensó que la verdadera razón era el riesgo de recibir una invitación para trabajar en mejores condiciones, en otra discoteca. Pero se guardó sus pensamientos para sí, ya había tenido bastante con la discusión sobre el precio.

—Repito una vez más: como los policías en las películas, nunca bebas mientras trabajas. Te dejo, el movimiento empieza dentro de un rato.

—Dale las gracias —dijo, en portugués, la brasileña.

María se lo agradeció. Él sonrió, pero todavía no había terminado su lista de recomendaciones:

—He olvidado algo: el tiempo desde que pides la bebida hasta el momento de salir no debe sobrepasar, de ninguna manera, los cuarenta y cinco minutos, y en Suiza, con relojes por todos lados, hasta los yugoslavos y los brasileños aprenden a respetar el horario. Recuerda que yo alimento a mis hijos con tu comisión.

Estaba recordado.

Le sirvió un vaso de agua mineral con gas y limón, que fácilmente podía pasar por un gin-tonic, y le pidió que esperase. Poco a poco, la discoteca empezó a llenarse: los hombres entraban, miraban a su alrededor, se sentaban solos, y enseguida aparecía alguien de la casa, como si fuese una fiesta, todos se conociesen desde hacía mucho tiempo, y ahora estuviesen aprovechando para divertirse un poco después de un largo día de trabajo. Cada vez que un hombre encontraba compañía, María suspiraba, aliviada, aunque ya empezaba a sentirse mejor. Tal vez porque era Suiza, tal vez porque, tarde o temprano, encontraría aventura, dinero, o un marido como siempre había soñado. Tal vez porque, ahora se daba cuenta, era la primera vez en muchas semanas que salía de noche e iba a un lugar donde ponían música y donde, de vez en cuando, podía oír a alguien hablando en portugués. Se divertía con las chicas a su alrededor, riendo, tomando cócteles de frutas, charlando alegremente.

Ninguna de ellas se había acercado a saludarla ni a desearle éxito en su nueva profesión, pero eso era normal, a fin de cuentas era la competencia, una adversaria que se disputaba el mismo trofeo. En vez de deprimirse, sintió orgullo, estaba luchando, combatiendo, no era una persona desamparada. En cuanto quisiese, podía abrir la puerta y marcharse, pero siempre recordaría que había tenido el coraje de llegar hasta allí, negociar y discutir cosas sobre las que, en ningún momento de su vida, había osado pensar. No era una víctima del destino, se repetía cada minuto: estaba corriendo sus riesgos, yendo más allá de sus límites, viviendo cosas que un día, en el silencio de su corazón, en los momentos llenos de tedio de la vejez, podría recordar con una cierta dosis de nostalgia, por más absurdo que eso pudiese parecer.

Tenía la certeza de que nadie se iba a acercar a ella, y mañana todo sería como una especie de sueño loco, que ella jamás osaría repetir, porque acababa de darse cuenta de que mil francos por una sola noche sólo ocurre una vez; era más seguro comprar el billete de avión para Brasil. Para que el tiempo pasase más deprisa, se puso a calcular cuánto ganaba cada una de aquellas chicas: si salían tres veces al día, conseguían, por cada cuatro horas de trabajo, el equivalente a dos meses de su trabajo en la tienda de tejidos.

En un día, el equivalente a dos meses de su salario en la tienda de tejidos.

¿Tanto? Bueno, ella había ganado mil francos en una noche, pero quizá hubiese sido suerte de principiante. En cualquier caso, lo que ganaba una prostituta normal era más, mucho más de lo que podría conseguir dando clases de francés en su tierra. Todo eso, siendo el único esfuerzo estar en un bar durante un rato, bailar, abrirse de piernas y punto. Ni siquiera era necesario hablar.

El dinero podía ser una razón, continuó pensando. ¿Pero lo era todo? ¿O la gente que estaba allí, clientes y mujeres, se divertían en cierto modo? ¿Acaso el mundo era muy diferente de lo que le habían contado en el colegio? Si usaba preservativo, no había ningún riesgo, ni siquiera el de ser reconocida por alguien de su tierra. Nadie visita Gèneve, excepto (como le habían dicho una vez en clase) aquellos a los que les gusta frecuentar los bancos. Pero a los brasileños, en su gran mayoría, lo que les gusta es

frecuentar tiendas, preferentemente de Miami o de París. Nove-
cientos francos suizos por día, cinco días por semana.

¡Una fortuna! ¿Qué seguían haciendo allí aquellas chicas, si en
un mes tenían el dinero suficiente para volver y comprarles una
casa a sus madres? ¿Acaso llevaban poco tiempo trabajando?

O —y María tuvo miedo de la propia pregunta—, ¿o acaso
les gustaba?

De nuevo sintió ganas de beber, el champán le había ayudado mucho la noche anterior.

—¿Aceptas una copa?

Ante ella, un hombre de aproximadamente treinta años, con
el uniforme de una compañía aérea.

El mundo entró en cámara lenta y María experimentó la sensación de salir de su cuerpo y observarse desde el lado de fuera.
Muriéndose de vergüenza, pero luchando para controlar el ru-
bor de su cara, asintió con la cabeza, sonrió, y entendió que a
partir de aquel minuto su vida cambiaría para siempre.

Cóctel de frutas, conversación, ¿qué haces aquí, hace frío,
verdad? Me gusta esta música, pues yo prefiero a Abba, los suizos son fríos, ¿eres de Brasil? Háblame de tu tierra. Tienes carnaval. Las brasileñas son guapas, ¿lo sabías?

Sonreír y aceptar el elogio, mostrar tal vez un aire de timidez. Bailar otra vez, pero prestando atención a la mirada de
Milan, que a veces se rasca la cabeza y señala el reloj de su
muñeca. Olor a perfume de él, entiende rápido que tiene que
acostumbrarse a los olores. Por lo menos éste es de perfume.
Bailan agarrados. Otro cóctel de frutas más, el tiempo pasa, ¿no
había dicho que eran cuarenta y cinco minutos? Mira el reloj, él

pregunta si está esperando a alguien, ella dice que dentro de una hora vendrán algunos amigos, él la invita a salir. Hotel, trescientos cincuenta francos, ducha después del sexo (el hombre comenta, intrigado, que nadie había hecho eso antes). No es María, es otra persona que está en su cuerpo, que no siente nada, simplemente cumple mecánicamente una especie de ritual. Es una actriz. Milan se lo había enseñado todo, menos cómo despedirse del cliente, ella le da las gracias, él tampoco sabe qué hacer, y tiene sueño.

Resiste, quiere volver a casa, pero debe ir a la discoteca a entregar los cincuenta francos, y entonces otro hombre, otro cóctel de frutas, preguntas sobre Brasil, hotel, otra ducha (esta vez sin comentarios), vuelve al bar, el dueño coge su comisión, le dice que ya puede irse, que no hay mucho movimiento ese día. No coge un taxi, cruza toda la rue de Berne a pie, mirando las otras discotecas, los escaparates con relojes, la iglesia de la esquina (cerrada, siempre cerrada...). Nadie le devuelve la mirada, como siempre.

Camina por el frío. No siente la temperatura, no llora, no piensa en el dinero que ha ganado, está en una especie de trance. Alguna gente nace para encarar la vida sola; eso no es bueno ni malo, simplemente es la vida. María es una de esas personas.

Comienza a esforzarse para reflexionar sobre lo sucedido, ha empezado hoy y, sin embargo, ya se considera una profesional, parece que fue hace mucho tiempo, que lo ha hecho toda su vida. Siente un extraño amor por sí misma, está contenta por no haber huido. Ahora tiene que decidir si va a seguir adelante. Si sigue, será la mejor, cosa que nunca ha sido, en ningún momento.

Pero la vida le estaba enseñando, muy deprisa, que sólo los fuertes sobreviven. Para ser fuerte, tiene que ser de verdad la mejor, no hay alternativa.

Del diario de María, una semana después:

Yo no soy un cuerpo que tiene un alma, soy un alma que tiene una parte visible, llamada cuerpo. Durante todos estos días, al contrario de lo que podía imaginar, esta alma estuvo mucho más presente. No me decía nada, no me criticaba, no sentía pena de mí: sólo me observaba.

Hoy me he dado cuenta de por qué sucedía eso: hace mucho tiempo que no pienso en algo llamado amor. Parece que huye de mí, como si ya no fuese importante, y no se sintiese bienvenido. Pero, si no pienso en el amor, no seré nada.

Cuando volví al Copacabana, el segundo día, ya me miraban con mucho más respeto; por lo que entendí, muchas chicas aparecen una noche y no son capaces de seguir. La que sigue adelante pasa a ser una especie de aliada, de compañera, porque puede entender las dificultades y las razones o, mejor dicho, la ausencia de razones para haber escogido este tipo de vida.

Todas sueñan con alguien que llegue y las descubra como verdadera mujer, compañera, sensual, amiga. Pero todas saben, desde el primer minuto de una nueva cita, que nada de eso sucederá.

Necesito escribir sobre el amor. Necesito pensar, pensar, escribir y escribir sobre el amor, o mi alma no resistirá.

A pesar de que creía que el amor era algo tan importante, María no olvidó el consejo que había recibido la primera noche, y procuró vivirlo sólo en las páginas de su diario. Por lo demás, buscaba desesperadamente un modo de ser la mejor, de conseguir mucho dinero en poco tiempo, no pensar mucho, y encontrar una buena razón para aquello que hacía.

Ésa era la parte más difícil: ¿cuál era la verdadera razón?

Hacía aquello porque lo necesitaba. No era exactamente así; todo el mundo necesita ganar dinero, y no todos escogían vivir completamente al margen de la sociedad. Lo hacía porque quería tener una experiencia nueva. ¿De verdad? La ciudad estaba llena de experiencias nuevas, como esquiar o pasear en barco por el lago, por ejemplo, pero ella jamás había sentido curiosidad al respecto. Lo hacía porque ya no tenía nada más que perder, su vida era una frustración diaria y constante.

No, ninguna de las repuestas era verdadera, mejor olvidar el asunto y simplemente seguir viviendo lo que estaba en su camino. Tenía muchas cosas en común con las demás prostitutas, y con el resto de las mujeres que había conocido en su vida: casarse y tener una vida segura era el más común de todos los sueños. Las que no pensaban en eso, o tenían marido (casi un tercio de sus compañeras estaban casadas), o venían de una experiencia reciente de divorcio. Por eso, para entenderse a sí misma, intentó, con mucho cuidado, entender por qué sus compañeras habían escogido aquella profesión.

No oyó ninguna novedad, e hizo una lista con las respuestas:

a) Decían que tenían que ayudar a su marido en casa (¿y los celos? ¿Y si aparecía un amigo del marido? Pero no tuvo el coraje de ir tan lejos);

b) Comprar una casa para su madre (misma disculpa que la suya, que parecía noble, pero era la más común);

c) Conseguir dinero para el pasaje de vuelta (a las colombianas, las tailandesas y las brasileñas les encantaba este motivo, aunque ya hubiesen ganado muchas veces el dinero, y después se hubiesen deshecho de él, por miedo a realizar su sueño);

d) Placer (no encajaba mucho con el ambiente, sonaba a falso);

e) No habían conseguido hacer nada más (tampoco era una buena razón, Suiza estaba llena de empleos como mujer de la limpieza, chófer, cocinera).

En fin, no descubrió ningún buen motivo, y dejó de intentar explicar el Universo a su alrededor.

Vio que el propietario, Milan, tenía razón: nadie le había ofrecido nunca más de mil francos suizos por pasar algunas horas con ella. Por otro lado, nadie protestaba cuando pedía trescientos cincuenta francos, como si ya lo supiesen, y simplemente preguntasen para humillar, o para no tener sorpresas desagradables.

Una de las chicas comentó:

—La prostitución es un negocio diferente de los demás: la que empieza gana más, la que tiene experiencia gana menos. Finge siempre que eres una novata.

Aún no sabía qué eran los «clientes especiales», tema que había sido mencionado sólo en la primera noche; nadie tocaba el tema. Poco a poco, fue aprendiendo algunos de los trucos más importantes de la profesión, como no preguntar nunca por la vida personal, sonreír y hablar lo mínimo posible, y no concertar citas fuera de la discoteca. El consejo más importante fue el de una filipina llamada Nyah:

—Debes gemir en el momento del orgasmo. Eso hace que el cliente te siga siendo fiel.

—Pero ¿por qué? Ellos pagan por satisfacerse.

—Te equivocas. Un hombre no demuestra que es un macho cuando tiene una erección. Es un macho si es capaz de dar placer a una mujer. Si es capaz de dar placer a una prostituta, entonces se creerá el mejor de todos.

Y así pasaron seis meses: María aprendió todas las lecciones que necesitaba, como, por ejemplo, el funcionamiento del Copacabana. Como era uno de los lugares más caros de la rue de Berne, la clientela se componía mayoritariamente de ejecutivos, que tenían permiso para llegar tarde a casa, ya que estaban «cenando con unos clientes», pero el límite para esas «cenas» no debía sobrepasar las 23.00 horas. La mayoría de las prostitutas tenían entre dieciocho y veintidós años, y permanecían una media de dos años en la casa, y después eran sustituidas por otras recién llegadas. Entonces se iban al Neón, luego al Xenium, y a medida que la edad aumentaba, el precio bajaba, y las horas de trabajo se evaporaban. Casi todas acababan en el Tropical Extasy, en donde aceptaban a mujeres de más de treinta años. Una vez allí, sin embargo, la única salida para sustentarse era conseguir lo suficiente para la comida y el alquiler con uno o dos estudiantes por día (media de precio por servicio: lo suficiente para comprar una botella de vino barato).

María se acostó con muchos hombres. Jamás le importaba la edad, ni la ropa que usaban, el «sí» o «no» dependía del olor que despedían. No tenía nada en contra del tabaco, pero detestaba los perfumes baratos, a los que no se lavaban, y a los que tenían la ropa impregnada de bebida. El Copacabana era un lugar tranquilo, y Suiza tal vez fuese el mejor país del mundo para trabajar como prostituta, siempre que tuviese permiso de residencia y de trabajo, los papeles al día, y pagase la seguridad social religiosamente; Milan vivía repitiendo que no deseaba que sus hijos lo viesen en las páginas de los periódicos sensacionalistas, y llegaba a ser más rígido que un policía cuando se trataba de verificar la situación de sus contratadas.

En fin, una vez superada la barrera de la primera o de la segunda noche, era una profesión como cualquier otra, en la que había que trabajar duro, luchar contra la competencia, esforzarse por mantener un patrón de calidad, cumplir los horarios, un poco de estrés, quejas del movimiento, y descanso los domingos. La mayor parte de las prostitutas tenían algún tipo de fe, y frecuentaban sus cultos, sus misas, sus oraciones, sus encuentros con Dios.

María, sin embargo, luchaba con las páginas de su diario para no perder su alma. Descubrió, para su sorpresa, que uno de cada cinco clientes no estaba allí para hacer el amor, sino para charlar un poco. Pagaban el precio de la tarifa, el hotel, pero a la hora de quitarse la ropa decían que no era necesario. Querían hablar de las presiones del trabajo, de la esposa que los engañaba con alguien, del hecho de sentirse solos, sin tener con quien hablar (ella conocía bien esa situación).

Al principio, le pareció extraño. Hasta que un día, cuando se dirigía al hotel con un importante francés, encargado de buscar talentos para altos cargos ejecutivos —él lo explicaba como si fuese la cosa más interesante del mundo—, oyó de su cliente el siguiente comentario:

—¿Sabes quién es la persona más solitaria del mundo? Es el ejecutivo que tiene una carrera de éxito, gana un enorme sueldo, recibe la confianza de quien está por encima y por debajo de él, tiene una familia con la que pasa las vacaciones, hijos a los que ayuda con los deberes del cole y, un buen día, se le aparece un tipo como yo, con la siguiente proposición: «¿Quieres cambiar de trabajo, y ganar el doble?».

»Ese hombre, que lo tiene todo para sentirse deseado y feliz, se vuelve la persona más miserable del planeta. ¿Por qué? Porque no tiene con quién hablar. Está tentado de aceptar mi proposición, pero no puede comentarlo con los colegas del trabajo, pues harían de todo para convencerlo de que se quedase donde está. No puede hablar con su mujer, que durante años ha acompañado su carrera victoriosa, entiende mucho de seguridad, pero no entiende de riesgos. No puede hablar con nadie, y se encuentra ante la gran decisión de su vida. ¿Puedes imaginar lo que siente ese hombre?

No, no era ésa la persona más solitaria del mundo, porque María conocía a la persona más sola de la faz de la Tierra: ella misma. Aun así, estuvo de acuerdo con su cliente, con la esperanza de recibir una buena propina, lo que terminó sucediendo. Y a partir de aquel comentario, entendió que tenía que descubrir algo para liberar a sus clientes de la enorme presión que parecían

soportar; eso significaría una mejora en la calidad de sus servicios
y una posibilidad de obtener algún dinero extra.

Cuando entendió que liberar la tensión del alma era tanto o
más lucrativo que liberar la tensión del cuerpo, volvió a frecuentar la biblioteca. Empezó a pedir libros sobre problemas conyu-
gales, psicología, política; la bibliotecaria estaba encantada, porque la joven por la que sentía tanto cariño había desistido del
sexo y ahora se concentraba en cosas más importantes. Empezó
a leer regularmente los periódicos, incluyendo, siempre que le era
posible, las páginas de economía, ya que la mayor parte de sus
clientes eran ejecutivos. Pidió libros de autoayuda, pues casi todos le pedían consejos. Estudió tratados sobre la emoción humana, ya que todos sufrían por una razón o por otra. María era una
prostituta respetable, diferente, y al final de los seis meses de trabajo, tenía una clientela selecta, grande y fiel, y despertaba por
ello la envidia, los celos, pero también la admiración de sus compañeras.

En cuanto al sexo, hasta aquel momento en nada había mejo-
rado su vida: era abrirse de piernas, exigir al cliente que se pusiese
un preservativo, gemir un poco para aumentar la posibilidad de
una propina —gracias a la filipina Nyah, ella había descubierto que
los gemidos podían rendir cincuenta francos más—, y darse una
ducha después de la relación, para que el agua lavase un poco su
alma. Nada de variaciones. Nada de besos. El beso, para una
prostituta, era más sagrado que cualquier otra cosa. Nyah le había enseñado que debía guardar el beso para el amor de su vida,
igual que el cuento de *La bella durmiente*; un beso que la haría
despertar del sueño, y volver al mundo de cuento de hadas, en

el cual Suiza se transformaba de nuevo en el país del chocolate, de las vacas y de los relojes.

Tampoco nada de orgasmos, placer o cosas excitantes. En su búsqueda para ser la mejor de todas, María asistió a algunas sesiones de cine porno, esperando aprender algo que pudiese usar en su trabajo. Había visto muchas cosas interesantes, pero no se animaba a ponerlas en práctica con sus clientes; se tardaba mucho, y Milan siempre se ponía contento cuando ellas atendían a tres hombres por noche.

Al final de ese medio año, María había ingresado sesenta mil francos suizos en el banco, comía en restaurantes más caros, tenía una televisión en color (que nunca ponía, pero que le gustaba tener cerca) y ahora consideraba seriamente la posibilidad de mudarse a un apartamento mejor. Ya podía comprar libros, pero seguía frecuentando la biblioteca, que era su puente con el mundo real, más sólido y más duradero. Le gustaba charlar unos minutos con la bibliotecaria, que estaba feliz porque María por fin había encontrado un amor, y tal vez un empleo, aunque no preguntaba nada, ya que los suizos son tímidos y discretos (gran mentira, porque en el Copacabana y en la cama eran desinhibidos, alegres o acomplejados como cualquier otro pueblo del mundo).

Del diario de María, una cálida tarde de domingo:

Todos los hombres, bajos o altos, arrogantes o tímidos, simpáticos o distantes, tienen una característica en común: llegan a la discoteca con miedo. Los de más experiencia esconden su pavor hablando alto, los reprimidos no son capaces de disimular y se ponen a beber para ver si la sensación desaparece. Pero no me cabe la menor duda de que, salvo rarísimas excepciones (es decir, los «clientes especiales», que Milan aún no me ha dejado conocer) están asustados.

¿Miedo de qué? En verdad, soy yo la que debería estar temblando. Soy yo la que salgo, voy a un lugar extraño, no tengo fuerza física, no llevo armas. Los hombres son muy raros, y no sólo me refiero a los que vienen al Copacabana, sino a todos los que he conocido hasta hoy. Pueden pegar, pueden gritar, pueden amenazar, pero se mueren de miedo ante una mujer. Tal vez no ante aquella con la que se casaron, pero siempre hay una que los asusta y los somete a todos sus caprichos. Ni que fuese la propia madre.

Los hombres que había conocido desde su llegada a Gèneve hacían de todo para parecer seguros de sí mismos, como si gobernasen el mundo y sus propias vidas; María, sin embargo, veía en los ojos de cada uno de ellos el terror a la esposa, el pánico a no conseguir una erección, a no ser lo suficientemente machos ni ante una simple prostituta a quien estaban pagando. Si fueran a una tienda y no les gustase el calzado, serían capaces de volver con el ticket en la mano y exigir el reembolso. Sin embargo, aunque también estuviesen pagando por una compañía, si no tenían una erección jamás volverían a la misma discoteca, porque creían que la historia ya se habría extendido entre todas las demás mujeres de allí, y eso era una vergüenza.

«Soy yo la que debería tener vergüenza por no ser capaz de excitar a un hombre. Pero, en realidad, son ellos los que la tienen.»

Para evitar estos dilemas, María procuraba dejarlos siempre a su aire, y cuando alguno de ellos parecía más borracho o más frágil de lo normal, evitaba el sexo, y se concentraba sólo en las caricias y la masturbación, lo que los dejaba muy contentos, por más absurda que fuese la situación, ya que podían masturbarse ellos solos.

Siempre era preciso evitar que se sintiesen avergonzados. Aquellos hombres, tan poderosos y arrogantes en sus trabajos, luchando sin parar con empleados, clientes, proveedores, prejuicios, secretos, falsas actitudes, hipocresía, miedo, opresión, terminaban el día en una discoteca, y no les importaba pagar trescientos cincuenta francos suizos para dejar de ser ellos mismos durante la noche.

«¿Durante la noche? María, estás exagerando. En realidad, son cuarenta y cinco minutos y, aun así, si descontamos el tiempo de quitarse la ropa, ensayar alguna falsa caricia, hablar de algo trivial, vestirse, reduciremos este tiempo a once minutos de sexo propiamente dicho.»

Once minutos. El mundo giraba en torno a algo que duraba solamente once minutos.

Y por esos once minutos en un día de veinticuatro horas (considerando que todos hiciesen el amor con sus esposas todos los días, lo que era un verdadero absurdo y una gran mentira), ellos se casaban, sustentaban a la familia, aguantaban el llanto de los niños, se deshacían en explicaciones cuando llegaban tarde a casa, veían a decenas, centenas de mujeres con las que les gustaría pasear por el lago de Gèneve, compraban ropa cara para ellos, ropa aún más cara para ellas, pagaban a prostitutas para compensar lo que echaban en falta, sustentaban una gigantesca industria de cosméticos, dietas, gimnasia, pornografía, poder, y cuando quedaban con otros hombres, al contrario de lo que decía la leyenda, jamás hablaban de mujeres. Charlaban sobre trabajo, dinero y deporte.

Algo iba muy mal en la civilización; y ese algo no era la deforestación amazónica, ni la capa de ozono, ni la muerte de los pandas, ni el tabaco, ni los alimentos cancerígenos, ni la situación de las cárceles, como gritaban los periódicos.

Era exactamente aquello en lo que ella trabajaba: el sexo.

Pero María no estaba allí para salvar a la humanidad, sino para aumentar su cuenta corriente, sobrevivir seis meses más a la soledad y a la elección que había hecho, enviar regularmente un dinero a su madre (que se puso muy contenta al saber que la falta de dinero se debía simplemente al correo suizo, que no funcionaba tan bien como el correo brasileño), comprar todo lo que siempre había querido y jamás tuvo. Se mudó a un apartamento mucho mejor, con calefacción central (aunque el verano ya había llegado), y desde su ventana podía ver una iglesia, un restaurante japonés, un supermercado y un simpático café, que acostumbraba a frecuentar para leer un poco los periódicos.

Por lo demás, conforme se había prometido a sí misma, sólo tenía que aguantar medio año más en la rutina de siempre: Copacabana, aceptar una copa, bailar, qué piensa de Brasil, hotel, cobrar por adelantado, conversación y saber tocar los puntos exactos, tanto en el cuerpo como en el alma, ayudar en los problemas íntimos, ser amiga durante media hora, de la cual once minutos se gastarán en abrir las piernas, cerrar las piernas, gemidos fingiendo placer. Gracias, espero verte la próxima semana, eres realmente un hombre, escucharé el resto de la historia la próxima vez que nos veamos, excelente propina, aunque no hacía falta porque ha sido un placer estar contigo.

Y, sobre todo, no enamorarse jamás. Éste era el más importante, el más sensato de todos los consejos que la brasileña le había dado, antes de huir, tal vez porque se había enamorado. En dos meses de trabajo ya había tenido varias proposiciones de matrimonio, de las que, por lo menos tres de ellas, eran muy serias: el director de una firma de contabilidad, el piloto con el que había salido la primera noche, y el dueño de una tienda especializada en navajas y armas blancas. Los tres le habían prometido «sacarla de aquella vida» y darle una casa decente, un futuro, tal vez hijos y nietos.

¿Todo por sólo once minutos al día? No era posible. Ahora, después de su experiencia en el Copacabana, sabía que no era la única persona que se sentía sola. Y el ser humano puede soportar una semana de sed, dos semanas de hambre, muchos años sin techo, pero no puede soportar la soledad. Es la peor de todas las torturas, de todos los sufrimientos. Aquellos hombres, y los otros muchos que querían su compañía, sufrían como ella este sentimiento destructor, la sensación de que nadie en esta tierra se preocupaba de ellos.

Para evitar tentaciones del amor, su corazón sólo estaba en su diario. Entraba en el Copacabana sólo con su cuerpo y su cerebro, cada vez más receptivo, más afilado. Había conseguido convencerse de que había llegado a Gèneve y había acabado en la rue de Berne por alguna razón mayor, y cada vez que alquilaba un libro en la biblioteca, confirmaba: nadie ha escrito como es debido sobre estos once minutos más importantes del día. Tal vez fuese ése su destino, por más duro que pudiese parecer en ese momento: escribir un libro, contar su historia, su aventura.

Eso, Aventura. Aunque fuese una palabra prohibida que nadie osaba pronunciar, que la mayoría preferían ver en la televisión, en películas que ponían y reponían a distintas horas del día, era eso lo que ella buscaba. Combinaba con desiertos, con viajes a lugares desconocidos, con hombres misteriosos buscando conversación en un barco en medio del río, con aviones, estudios de cine, tribus de indios, icebergs, África.

Le gustó la idea del libro, y llegó a pensar en el título: *Once minutos.*

Clasificó a los clientes en tres tipos: los Terminator (nombre puesto en honor de una película que le había gustado mucho), que entraban oliendo a bebida, fingían que no miraban a nadie pero creían que todo el mundo los miraba, bailaban un poco e iban directos al asunto del hotel. Los Pretty Woman (también por una película), que pretendían ser elegantes, amables, cariñosos, como si el mundo dependiese de ese tipo de bondad para volver a su sitio, como si estuviesen caminando por la calle y entrasen por casualidad en la discoteca; eran dulces al principio, e inseguros cuando llegaban al hotel, y por culpa de eso, siempre eran más exigentes que los Terminators. Y, finalmente, los Padrinos (también por otra película), que trataban el cuerpo de una mujer como si fuese una mercancía. Eran los más auténticos, bailaban, charlaban, no dejaban propina, sabían lo que estaban comprando y cuánto valía, jamás se dejarían llevar por la conversación de ninguna mujer que escogiesen. Ésos eran lo únicos que, de una manera muy sutil, conocían el significado de la palabra Aventura.

Del diario de María, un día que tenía la regla y no podía trabajar:

Si tuviese que contarle hoy mi vida a alguien, podría hacerlo de tal manera que me verían como a una mujer independiente, valiente y feliz. Nada de eso: me está prohibido mencionar la única palabra que es mucho más importante que los once minutos: amor.

Durante toda mi vida he entendido el amor como una especie de esclavitud consentida. Es mentira: la libertad sólo existe cuando él está presente. Aquel que se entrega totalmente, que se siente libre, ama al máximo.

Y el que ama al máximo se siente libre.

Por eso, a pesar de todo lo que pueda vivir, hacer, descubrir, nada tiene sentido. Espero que este tiempo pase deprisa, para poder volver a la búsqueda de mí misma, bajo la forma de un hombre que me entienda, que no me haga sufrir.

¿Pero qué tonterías estoy diciendo? En el amor, nadie puede machacar a nadie; cada uno de nosotros es responsable de lo que siente, y no podemos culpar al otro por eso.

Me sentí herida cuando perdí a los hombres de los que me

enamoré. Hoy estoy convencida de que nadie pierde a nadie, porque nadie posee a nadie.

Ésa es la verdadera experiencia de la libertad: tener lo más importante del mundo, sin poseerlo.

Pasaron otros tres meses, el otoño llegó, y llegó también finalmente la fecha marcada en el calendario: noventa días para el viaje de vuelta. Todo había pasado tan deprisa y tan lentamente, pensó ella, descubriendo que el tiempo corría en dos dimensiones diferentes, dependiendo de su estado de espíritu; pero, en cualquier caso, su aventura estaba llegando al final. Podría continuar, está claro, pero no olvidaba la sonrisa triste de la mujer invisible que la había acompañado por el paseo alrededor del lago, diciéndole que las cosas no eran así de simples. Por más que estuviese tentada de continuar, por más preparada que estuviese para los desafíos que habían surgido en su camino, todos esos meses conviviendo sólo consigo misma le habían enseñado que hay un momento para dejarlo todo. Dentro de noventa días, volvería al interior de Brasil, compraría una pequeña hacienda (después de todo, había ganado más de lo que esperaba), algunas vacas (brasileñas, no suizas), invitaría a su padre y a su madre a vivir con ella, contrataría a dos empleados, y la pondría a funcionar.

Aunque creyese que el amor es la verdadera experiencia de la libertad, y que nadie puede poseer a otra persona, todavía alimentaba sus secretos deseos de venganza, y parte de ellos era su retorno triunfal a Brasil. Después de montar su hacienda, iría hasta la ciudad, pasaría por el banco donde trabajaba el chico que había salido con su mejor amiga y haría un gran ingreso en efectivo.

«Hola, ¿cómo estás? ¿No me reconoces?», preguntaría él. Ella fingiría un gran esfuerzo de memoria, y acabaría diciendo que no, que llevaba un año entero en EU-RO-PA (pronunciar bien despacio, para que todos sus compañeros escuchen); mejor dicho, en SUI-ZA (sonaría más exótico y más aventurero que Europa), donde están los mejores bancos del mundo.

¿Quién era? Él mencionaría los tiempos del colegio. Ella diría: «Ah… creo que ya me acuerdo», pero poniendo cara de quien no se acuerda. Ya está, la venganza estaba consumada, después había que seguir trabajando, y cuando el negocio fuese como preveía, podría dedicarse a aquello que más le importaba en la vida: descubrir a su verdadero amor, el hombre que la había esperado todos esos años, pero que todavía no había tenido la oportunidad de conocer.

María resolvió olvidar para siempre la idea de escribir un libro con el título de *Once minutos*. Ahora tenía que concentrarse en la hacienda, en los planes para el futuro, o acabaría retrasando su viaje, un riesgo fatal.

Aquella tarde salió a visitar a su mejor y única amiga, la bibliotecaria. Le pidió un libro sobre economía y administración de haciendas. La bibliotecaria le confesó:

—¿Sabes? Hace algunos meses, cuando viniste en busca de títulos sobre sexo, llegué a temer por tu destino. Son muchas las chicas bonitas que se dejan llevar por la ilusión del dinero fácil, y se olvidan de que un día serán viejas, y ya no tendrán la oportunidad de encontrar al hombre de sus vidas.

—¿Se refiere a la prostitución?

—Una palabra muy fuerte.

—Como ya le he dicho, trabajo en una empresa de importación y exportación de carne. Sin embargo, si tuviese la oportunidad de prostituirme, ¿serían las consecuencias tan graves si parase en el momento justo? Después de todo, ser joven también significa hacer cosas equivocadas.

—Todos los drogadictos dicen lo mismo; basta con saber cuándo parar. Pero nadie para.

—Debe de haber sido usted muy guapa, nacida en un país que respeta a sus habitantes. ¿Ha sido eso suficiente para sentirse feliz?

—Estoy orgullosa de cómo superé mis obstáculos.

¿Debía continuar la historia? Bueno, aquella chica necesitaba aprender algo sobre la vida.

—Tuve una infancia feliz, estudié en uno de los mejores colegios de Berna, vine a trabajar a Genève y me casé con un hombre que amaba. Lo hice todo por él, él también lo hizo todo por mí, el tiempo pasó, y llegó la jubilación. Cuando se vio libre para emplear su tiempo en todo lo que le apetecía, sus ojos se volvieron tristes, porque tal vez, en toda su vida, jamás pensó en sí mismo. Nunca discutimos seriamente, no tuvimos grandes emociones, él jamás me traicionó ni me faltó al respeto en público. Vivimos una vida normal, pero tan normal, que sin trabajo él se sintió inútil, sin importancia, y murió un año después, de cáncer.

Le estaba contando la verdad, pero podía influir de manera negativa en la chica.

—En cualquier caso, es mejor una vida sin sorpresas —concluyó—. Tal vez mi marido se habría muerto antes, de no ser así.

María salió decidida a investigar sobre haciendas. Como tenía la tarde libre, resolvió pasear un poco, y se fijó, en la parte alta de la ciudad, en una pequeña placa amarilla con un sol y una inscripción: CAMINO DE SANTIAGO. ¿Qué era aquello? Como había un bar del otro lado de la calle, y como había aprendido a preguntar todo lo que no sabía, decidió entrar e informarse.

—No tengo ni idea —dijo la chica de detrás de la barra.

Era un lugar elegante, y el café costaba tres veces más de lo normal. Pero como tenía dinero, y ya que estaba allí, pidió un café, y resolvió dedicar las horas siguientes a aprenderlo todo sobre administración de haciendas. Abrió el libro con entusiasmo, pero no consiguió concentrarse en la lectura, era aburridísimo. Sería mucho más interesante hablar con alguno de sus clientes al respecto, ellos siempre sabían la mejor manera de administrar el dinero. Pagó el café, se levantó, dio las gracias a la chica que la atendió, dejó una buena propina (había creado una superstición al respecto, si daba mucho, recibiría también mucho), caminó en dirección a la puerta y, sin darse cuenta de la importancia de aquel momento, oyó la frase que cambiaría para siempre sus planes, su futuro, su hacienda, su idea de felicidad, su alma de mujer, su actitud de hombre, su lugar en el mundo:

—Espera un momento.

Miró sorprendida hacia un lado. Aquello era un bar respetable, no era el Copacabana, donde los hombres tienen derecho a decir eso, aunque las mujeres puedan responder: «Me voy, y tú no vas a impedírmelo».

Se preparaba para ignorar el comentario, pero su curiosidad fue más fuerte, y se volvió en dirección a la voz. Lo que vio fue una escena extraña: un hombre de aproximadamente treinta años (¿o acaso debía pensar «un chico de aproximadamente treinta años»? Su mundo había envejecido muy deprisa), de pelo largo, arrodillado en el suelo, con varios pinceles diseminados a su lado, dibujando a un señor, sentado en una silla, con un vaso de anís a su lado. No se había fijado en ellos al entrar.

—No te vayas. Estoy terminando este retrato y me gustaría pintarte a ti también.

María respondió, y al responder, creó el lazo que faltaba en el universo:

—No me interesa.

—Tienes luz. Déjame por lo menos hacer un esbozo.

¿Qué era un esbozo? ¿Qué era «luz»? No dejaba de ser una mujer vanidosa, ¡imagina tener un retrato pintado por alguien que parecía serio! Empezó a delirar: ¿y si era un pintor famoso? ¡Ella sería inmortalizada para siempre en un lienzo! ¡Expuesta en París, o en Salvador de Bahía! ¡Un mito!

Por otro lado, ¿qué hacía aquel hombre, con todo aquel desorden a su alrededor, en un bar tan caro y posiblemente bien frecuentado?

Adivinando su pensamiento, la chica que servía a los clientes dijo bajito:

—Es un artista muy conocido.

Su intuición no había fallado. María procuró controlarse y mantener la sangre fría.

—Viene aquí de vez en cuando y siempre trae a un cliente importante. Dice que le gusta el ambiente, que lo inspira; está haciendo un cuadro con la gente que representa a la ciudad, fue un encargo del ayuntamiento.

María miró al hombre que estaba siendo pintado. De nuevo la camarera leyó su pensamiento.

—Es un químico que ha hecho un descubrimiento revolucionario. Ha ganado el Premio Nobel.

—No te vayas —repitió el pintor—. Acabo dentro de cinco minutos. Pide lo que quieras y que lo pongan en mi cuenta.

Como hipnotizada por la orden, María se sentó en el bar,

pidió un cóctel de anís (como no acostumbraba a beber, lo único que se le ocurrió fue imitar al tal premio Nobel), y esperó mientras miraba trabajar al hombre. «No represento a la ciudad, debe de estar interesado en otra cosa. Pero no es mi tipo», pensó automáticamente, repitiendo lo que siempre decía para sí misma desde que había empezado a trabajar en el Copacabana; era su tabla de salvación y su renuncia voluntaria a las trampas del corazón.

Una vez que estaba eso claro, no le costaba nada esperar un poco, tal vez la chica de la barra tuviese razón, y aquel hombre podría abrirle las puertas de un mundo que no conocía, pero con el que siempre había soñado: al fin y al cabo, ¿no había pensado seguir la carrera de modelo?

Permaneció observando la agilidad y la rapidez con las que él concluía su trabajo, por lo visto era un lienzo muy grande, pero estaba completamente doblado, y ella no podía ver los demás rostros allí retratados. ¿Y si ahora tuviese una segunda oportunidad? El hombre —había decidido que era «hombre» y no «chico», porque si no comenzaría a sentirse demasiado vieja para su edad— no parecía de los que hacen esa proposición sólo para pasar una noche con ella. Cinco minutos después, conforme había prometido, él había terminado su trabajo, mientras María se concentraba en Brasil, en su futuro brillante y en su absoluta falta de interés por conocer gente nueva que pudiese poner todos sus planes en peligro.

—Gracias, ya puede cambiar de posición —le dijo el pintor al químico, que pareció despertar de un sueño.

Y girándose hacia María, dijo sin rodeos:

—Colócate en aquella esquina, y ponte cómoda. La luz es perfecta.

Como si ya todo estuviese planeado por el destino, como si fuese lo más natural del mundo, como si siempre hubiese conocido a aquel hombre, o hubiese vivido aquel momento en sueños y ahora supiese qué hacer en la vida real, María cogió su vaso de anís, el bolso, los libros sobre administración de haciendas, y se dirigió al lugar indicado por el pintor, una mesa cerca de la ventana. Él cogió los pinceles, el lienzo grande, una serie de pequeños frascos llenos de tinta de diversos colores, un paquete de cigarrillos, y se arrodilló a sus pies.

—Mantén siempre la misma posición.

—Eso es mucho pedir; mi vida está en constante movimiento.

Era una frase que consideraba brillante, pero él no le prestó la menor atención. María, procurando mantener la naturalidad, porque la mirada de aquel hombre la hacía sentirse muy incómoda, señaló el lado de fuera de la ventana, donde se veía la calle y la placa:

—¿Qué es «Camino de Santiago»?

—Una ruta de peregrinación. En la Edad Media, personas venidas de toda Europa pasaban por esta calle, en dirección a una ciudad de España, Santiago de Compostela.

Él dobló una parte del lienzo y preparó los pinceles. María seguía sin saber muy bien qué hacer.

—¿Quieres decir que, si sigo esta calle, llegaré a España?

—Dentro de dos o tres meses. Pero ¿puedo pedirte un favor?

Permanece en silencio; esto no dura más de diez minutos. Y quita el paquete de la mesa.

—Son libros —respondió ella, con una cierta dosis de irritación por el tono autoritario de la petición. Quería que él supiese que estaba ante una mujer culta, que gastaba su tiempo en bibliotecas, no en tiendas. Pero él mismo cogió el paquete y lo puso en el suelo, sin ningún tipo de ceremonia.

No había conseguido impresionarlo. De hecho, no tenía la menor intención de impresionarlo, estaba fuera de su horario de trabajo, guardaría la seducción para más tarde, con hombres que pagaban bien por su esfuerzo. ¿Por qué intentar relacionarse con aquel pintor, que tal vez no tuviese dinero ni para invitarla a un café? Un hombre de treinta años no debe llevar el pelo largo, queda ridículo. ¿Por qué creía que no tenía dinero? La chica del bar había dicho que era una persona conocida, ¿o acaso era el químico el que era famoso? Se fijó en su ropa, pero no le decía mucho; la vida le había enseñado que hombres vestidos displicentemente, como era su caso, parecían siempre tener más dinero que los que usaban traje y corbata.

«¿Qué hago pensando en este hombre? Lo que me interesa es el cuadro.»

Diez minutos no era un precio muy alto por la oportunidad de hacerse inmortal en una pintura. Vio que él la estaba pintando al lado del químico premiado, y empezó a preguntarse si iba a pedirle algún tipo de pago al final.

—Vuelve la cabeza hacia la ventana.

Una vez más, María obedeció sin preguntar nada, lo que no formaba en absoluto parte de su carácter. Se puso a mirar a las personas que pasaban, la placa del camino, imaginando que aquella calle llevaba allí muchos siglos, una ruta que había sobrevivido al progreso, a los cambios del mundo, a los propios cambios del hombre. Tal vez fuese un buen presagio; aquel cuadro podía tener el mismo destino, estar en un museo dentro de quinientos años.

Él empezó a dibujar y, a medida que el trabajo progresaba, ella iba perdiendo la alegría inicial y empezó a sentirse insignificante. Al entrar en aquel bar, era una mujer segura de sí misma, capaz de tomar una decisión muy difícil, abandonar un trabajo que le daba dinero, para aceptar un desafío todavía más difícil, dirigir una hacienda en su tierra. Ahora, parecía haber vuelto la sensación de inseguridad ante el mundo, cosa que una prostituta jamás se puede permitir el lujo de sentir.

Finalmente acabó descubriendo la razón de su incomodidad: por primera vez en muchos meses, alguien no la veía como un objeto, ni como una mujer, sino como algo que no conseguía entender, aunque la definición más próxima fuese «él está viendo mi alma, mis miedos, mi fragilidad, mi incapacidad para luchar con un mundo que yo finjo dominar, pero del que no sé nada».

Ridículo, continuaba delirando.

—Me gustaría que…

—Por favor, no hables —dijo el hombre—. Estoy viendo tu luz.

Nunca nadie le había dicho eso. «Estoy viendo tus senos duros», «estoy viendo tus muslos bien torneados», «estoy viendo esa belleza exótica de los trópicos», o, como mucho, «estoy viendo que quieres salir de esta vida, ¿por qué no me das una oportunidad y alquilo un apartamento para ti?». Éstos eran los comentarios que acostumbraba oír pero... ¿tu luz? ¿Acaso se refería al atardecer?

—Tu luz personal —completó él, dándose cuenta de que ella no había entendido nada.

Luz personal. Bien, nadie podía estar más lejos de la realidad que aquel inocente pintor, que incluso con sus posibles treinta años no había aprendido nada de la vida. Como todo el mundo sabe, las mujeres maduran mucho más deprisa que los hombres, y María, aunque no se pasase las noches en vela pensando en conflictos filosóficos, al menos una cosa sí sabía: no poseía aquello que el pintor llamaba «luz» y que ella interpretaba como un «brillo especial». Era una persona como todas las demás, sufría su soledad en silencio, intentaba justificar todo lo que hacía, fingía ser fuerte cuando se sentía muy débil, fingía ser débil cuando se sentía fuerte, había renunciado a cualquier pasión en nombre de un trabajo peligroso; pero, ahora ya cerca del final, tenía planes para el futuro y arrepentimientos en el pasado, y una persona así no tiene ningún «brillo especial». Aquello debía de ser simplemente una manera de mantenerla callada y satisfecha por permanecer allí, inmóvil, haciendo el papel de boba.

«Luz personal. Podría haber escogido otra cosa, como "tu perfil es bonito".»

¿Cómo entra luz en una casa? Si las ventanas están abiertas. ¿Cómo entra luz en una persona? Si la puerta del amor está abierta. Y, definitivamente, la suya no lo estaba. Debía de ser un pésimo pintor, no entendía nada.

—He terminado —dijo él, y empezó a recoger sus enseres.

María no se movió. Tenía ganas de pedirle que la dejase ver el cuadro, pero al mismo tiempo eso podía significar una falta de educación, no confiar en lo que él había hecho. La curiosidad, sin embargo, habló más alto. Ella se lo pidió, él aceptó.

Sólo había dibujado su rostro; se parecía a ella, pero si algún día hubiese visto aquel cuadro sin conocer a la modelo, habría dicho que era alguien mucho más fuerte, llena de una «luz» que ella no conseguía ver reflejada en el espejo.

—Mi nombre es Ralf Hart. Si quieres, puedo invitarte a otra copa.

—No, gracias.

Por lo visto, el encuentro ahora caminaba de la manera tristemente prevista: el hombre intentaba seducir a la mujer.

—Por favor, otros dos vasos de anís —pidió, sin dar importancia al comentario de María.

¿Qué tenía que hacer? Leer un aburrido libro sobre administración de haciendas. Caminar, como ya había hecho otras tantas veces, por la orilla del lago. O charlar con alguien que había visto en ella una luz que desconocía, justamente en la fecha marcada en el calendario para el comienzo del fin de su «experiencia».

—¿Qué haces?

Ésta era la pregunta que no quería oír, que la había hecho evitar muchas citas cuando, por una razón o por otra, alguien se acercaba a ella (lo que ocurría raramente en Suiza, dada la naturaleza discreta de sus habitantes). ¿Cuál sería la respuesta posible?

—Trabajo en una discoteca.

Ya está. Un enorme peso desapareció de su espalda, y se ale-

gró por todo lo que había aprendido desde su llegada a Suiza;
preguntar (¿qué son los curdos? ¿Qué es el Camino de Santiago?)
y responder (trabajo en una discoteca) sin importarle lo que pen-
saran.

—Creo que te he visto antes.

María presintió que él quería ir más lejos, y saboreó su pequeña victoria; el pintor que minutos antes le daba órdenes, que
parecía absolutamente seguro de lo que quería, ahora volvía a ser
un hombre como los demás, inseguro ante una mujer que no
conoce.

—¿Y esos libros?

Ella se los enseñó. Administración de haciendas. El hombre
pareció sentirse más inseguro aún.

—¿Trabajas en sexo?

Él se había arriesgado. ¿Acaso se vestía como una prostituta?
En cualquier caso, tenía que ganar tiempo. Se estaba probando
a sí misma, aquello empezaba a ser un juego interesante, no tenía absolutamente nada que perder.

—¿Por qué los hombres sólo piensan en eso?

Él volvió a meter los libros en la bolsa.

—Sexo y administración de haciendas. Dos cosas muy abu-
rridas.

¿Qué? De repente, se sentía desafiada. ¿Cómo podía hablar
tan mal de su profesión? Bien, él todavía no sabía en qué trabajaba ella, simplemente se arriesgaba con una suposición, pero no
podía dejarlo sin respuesta.

—Pues yo pienso que no hay nada más aburrido que la pintura; algo parado, un movimiento que fue interrumpido, una

fotografía que jamás es fiel al original. Algo muerto, por lo que ya nadie se interesa, aparte de los pintores, gente que se cree importante, culta, y que no ha evolucionado como el resto del mundo. ¿Has oído hablar de Joan Miró? Yo no, sólo a un árabe en un restaurante, y eso no cambió absolutamente nada en mi vida.

No sabía si había ido demasiado lejos, porque llegaron las bebidas, y la conversación fue interrumpida. Ambos permanecieron sin decir palabra durante un rato. María pensó que ya era hora de irse, y tal vez Ralf Hart hubiese pensado lo mismo. Pero allí estaban aquellos dos vasos llenos de aquella bebida horrorosa, y eso era un pretexto para seguir juntos.

—¿Por qué los libros sobre haciendas?

—¿Qué quieres decir?

—He estado en la rue de Berne. Después de decirme dónde trabajabas, recordé que ya te había visto antes: en aquella discoteca cara. Sin embargo, mientras te pintaba, no me di cuenta: tu «luz» era muy fuerte.

María sintió que el suelo desaparecía bajo sus pies. Por primera vez sintió vergüenza de lo que hacía, aunque no tuviese la menor razón para ello; trabajaba para sustentarse ella y su familia. Era él el que debería sentir vergüenza de ir a la rue de Berne; de un momento a otro, todo aquel posible encanto había desaparecido.

—Escucha, Ralf Hart, aunque sea brasileña, hace nueve meses que vivo en Suiza. Y he aprendido que los suizos son discretos porque viven en un país muy pequeño, casi todos se conocen, como acabamos de ver, razón por la cual nadie pregunta por la vida de los demás. Tu comentario ha sido impropio y muy poco delicado, pero si tu objetivo era humillarme para sentirte mejor, estás perdiendo el tiempo. Gracias por el licor de anís, que es horroroso, pero que voy a tomar hasta el final. Y después voy a fumarme un cigarrillo. Y finalmente, me levantaré y me marcharé. Pero tú puedes salir en este momento, ya que no es bueno para los pintores famosos sentarse a la misma mesa que una prostituta. Porque es eso lo que soy, ¿sabes? Una prostituta. Sin ninguna culpa, de los pies a la cabeza, de arriba abajo, una prostituta. Y ésta es mi virtud: no engañar, ni a mí misma ni a ti. Porque no vale la pena, no mereces ni una mentira. ¿Te imaginas si el químico famoso, al otro lado del restaurante, descubriese quién soy?

Ella empezó a levantar la voz:

—¡Una prostituta! ¿Y sabes qué más? ¡Eso me hace libre, saber que me marcho de esta maldita tierra exactamente dentro de noventa días, cargada de dinero, mucho más culta, capaz de escoger un buen vino, con la bolsa repleta de fotos que saqué en la nieve, y entendiendo la naturaleza de los hombres!

La chica del bar escuchaba, asustada. El químico parecía no prestar atención. Pero tal vez fuese el alcohol, tal vez la sensación de que pronto sería otra vez una mujer de pueblo, tal vez la gran alegría de poder decir en qué trabajaba, y reírse de las reacciones de sorpresa, de las miradas de crítica, de los gestos de escándalo.

—¿Has entendido bien, Ralf Hart? De arriba abajo, de los pies a la cabeza, ¡soy una prostituta, y ésa es mi cualidad, mi virtud!

Él no dijo nada. Ni se movió. María sintió que su confianza volvía.

—Y tú eres un pintor que no entiende a sus modelos. Tal vez el químico sentado allí, distraído, durmiendo, sea realmente un ferroviario, y el resto de las personas de tu cuadro sean siempre aquello que no son. Si no fuese así, jamás habrías dicho que puedes ver una «luz especial» en una mujer que, como has descubierto durante la pintura, ¡NO ES MÁS QUE UNA PROS-TI-TU-TA!

Las palabras finales fueron pronunciadas lentamente, en voz alta. El químico despertó, y la chica del bar trajo la cuenta.

—No tiene nada que ver con la prostituta, sino con la mujer que eres —Ralf ignoró la cuenta, y también respondió lentamente, pero en voz baja—. Tienes brillo. La luz que viene de la fuerza de voluntad, de alguien que sacrifica cosas importantes, en nombre de otras que juzga todavía más importantes. Los ojos, esa luz se manifiesta en los ojos.

María se sintió desarmada; él no había aceptado su provocación. Quiso creer que deseaba seducirla y nada más. Le estaba prohibido pensar —por lo menos en los próximos noventa días— que existen hombres interesantes sobre la faz de la tierra.

—¿Ves este licor de anís? —continuó él—. Pues tú ves simplemente un licor de anís. Yo, sin embargo, como necesito entrar en lo que hago, veo la planta de donde nació, las tempestades a las que esa planta se enfrentó, la mano que cogió los granos, el viaje en barco desde otro continente hasta aquí, los olores y colores que esa planta, antes de ser puesta en alcohol, dejó que la tocasen y que formasen parte de ella. Si algún día yo pintase esta escena, pintaría todo eso, aunque, al mirar el cuadro, tú creyeses que estabas ante un simple licor de anís.

»De la misma manera, mientras mirabas la calle y pensabas

—porque sé que lo pensabas— en el Camino de Santiago, yo pinté tu infancia, tu adolescencia, tus sueños deshechos en el pasado, tus sueños en el futuro, tu voluntad, que es lo que más me intriga. Cuando viste el cuadro...

María bajó la guardia, sabiendo que sería muy difícil levantarla de allí en adelante.

—Yo vi esa luz...

»... aunque allí hubiese una mujer que sólo se parece a ti.

De nuevo, el incómodo silencio. María miró el reloj.

—Tengo que irme dentro de unos minutos. ¿Por qué dijiste que el sexo era aburrido?

—Tú debes de saberlo mejor que yo.

—Yo lo sé porque trabajo en eso. Hago lo mismo todos los días. Pero tú eres un hombre de treinta años...

—Veintinueve...

—... Joven, atractivo, famoso, que todavía debería estar interesado en estas cosas, y que no necesita ir a la rue de Berne para conseguir compañía.

—Sí que lo necesita. Me he acostado con alguna de tus colegas, no porque tuviese problemas para conseguir compañía. Mi problema es conmigo mismo.

María sintió un poco de celos, y se asustó. Ahora entendía que realmente tenía que irse.

—Era mi última tentativa. Ahora he desistido —dijo Ralf, empezando a reunir el material diseminado por el suelo.

—¿Tienes algún problema físico?

—Ninguno. Simplemente, desinterés.

No era posible.

—Paga la cuenta. Vamos a caminar. En realidad, creo que mucha gente siente lo mismo, pero nadie lo dice, está bien charlar con alguien tan sincero.

Salieron por el Camino de Santiago, era una subida y una bajada que terminaba en el río, que terminaba en el lago, que terminaba en las montañas, que terminaba en un remoto lugar de España. Pasaron junto a gente que volvía de comer, madres con sus cochecitos de bebé, turistas que sacaban fotos del hermoso chorro de agua en el medio del lago, mujeres musulmanas con la cabeza cubierta por un pañuelo, chicos y chicas haciendo jogging, todos peregrinos en busca de esa ciudad mitológica, Santiago de Compostela, que tal vez ni siquiera existía, que tal vez era una leyenda en la que la gente necesita creer para darle sentido a su vida. En el camino recorrido por tanta gente, hace tanto tiempo, también andaban aquel hombre de pelo largo cargando una pesada mochila llena de pinceles, tintas, lienzos, y una chica con una bolsa llena de libros sobre administración de haciendas. A ninguno de los dos se le ocurrió preguntar por qué hacían aquella peregrinación juntos; era lo más normal del mundo, él lo sabía todo sobre ella, aunque ella no supiese nada sobre él.

Y por eso resolvió preguntar, ahora lo preguntaba todo. Al principio él se hizo el tímido, pero ella sabía cómo conseguir cualquier cosa de un hombre, y él acabó contando que se había casado dos veces (¡récord para tener veintinueve años!), que había viajado mucho, había conocido reyes, actores famosos, fiestas inolvidables… Había nacido en Gènève, había vivido en Madrid, Amsterdam, Nueva York, y en una ciudad del sur de Francia llamada Tarbes, que no estaba en ninguna ruta turística importante, pero que a él le encantaba por su proximidad a las montañas y por el calor en el corazón de sus habitantes. Su talento había sido descubierto cuando tenía veinte años, cuando un gran marchante de arte había ido a comer, por casualidad, a un restaurante japonés de su ciudad natal, decorado con sus trabajos. Había ganado mucho dinero, era joven y estaba sano, podía hacer cualquier cosa, ir a cualquier lugar, quedar con quien desease, ya había vivido todos los placeres que un hombre puede vivir, hacía lo que le gustaba, y sin embargo, a pesar de todo aquello, fama, dinero, mujeres, viajes, era un hombre infeliz que sólo tenía una alegría en la vida: el trabajo.

—¿Te han hecho sufrir las mujeres? —preguntó ella, dándose cuenta enseguida de que era una pregunta idiota, probablemente escrita en un manual sobre *Todas las cosas que las mujeres deben saber para conquistar a un hombre.*

—Nunca me han hecho sufrir. Fui muy feliz en mis dos matrimonios. Fui traicionado y traicioné como cualquier pareja normal. Sin embargo, después de pasado algún tiempo, ya no me interesaba el sexo. Continuaba amando, sintiendo la falta de compañía, pero el sexo… ¿por qué estamos hablando de sexo?

—Porque, como tú mismo has dicho, yo soy una prostituta.

—Mi vida no tiene gran interés. Soy un artista que consiguió tener éxito siendo joven, lo cual es raro, y en pintura, rarísimo. Que hoy en día puede pintar cualquier tipo de cuadro, y valdrá un buen dinero, aunque los críticos se pongan furiosos, creyendo que sólo ellos saben lo que es el «arte». Una persona de la que todos creen que tiene respuesta para todo, y cuanto más callado estoy, más inteligente me consideran.

Él continuó contando su vida: todas las semanas lo invitaban a algún acto, en algún lugar del mundo. Tenía un agente que vivía en Barcelona, ¿sabía dónde estaba? Sí, María lo sabía, estaba en España. El agente se ocupaba de todo lo relacionado con dinero, invitaciones, exposiciones, pero jamás lo presionaba para hacer nada que a él no le apeteciese, ya que, después de muchos años de trabajo, habían conseguido una cierta estabilidad en el mercado.

—¿Es una historia interesante? —su voz denotaba una ligera inseguridad.

—Yo diría que es una historia muy diferente. A mucha gente le gustaría estar en tu piel.

Ralf quiso saber cosas de María.

—Yo soy tres, dependiendo de la persona que me busca. La Niña Ingenua, que mira al hombre con admiración, y finge estar impresionada con sus historias de poder y de gloria. La Mujer Fatal, que ataca a aquellos que se sienten más inseguros, pero que al reaccionar así, tomando el control de la situación, hace que se sientan más cómodos, porque ellos no tienen que preocuparse por nada más.

»Y, finalmente, la Madre Comprensiva, que cuida de los que necesitan consejo y escucha, con aire de quien lo comprende todo, historias que le entran por un oído y le salen por el otro. ¿A cuál de las tres quieres conocer?

—A ti.

María se lo contó todo, porque necesitaba contarlo, era la primera vez que lo hacía, desde que había salido de Brasil. Al final, descubrió que, a pesar de su empleo poco convencional, no había sucedido nada demasiado emocionante aparte de la semana en Río y del primer mes en Suiza. Todo era casa, trabajo, casa, trabajo, y nada más.

Cuando terminó, estaban de nuevo sentados en un bar, esta vez al otro lado de la ciudad, lejos del Camino de Santiago, cada cual pensando en lo que el destino había reservado para el otro.

—¿Falta algo? —preguntó ella.

—Cómo decir «hasta luego».

Sí. Porque no había sido una tarde como las demás. María se sentía angustiada, tensa, por haber abierto una puerta y no saber cómo cerrarla.

—¿Cuándo podré ver el lienzo?

Ralf le tendió una tarjeta de su agente en Barcelona.

—Llámalo dentro de seis meses, si aún estás en Europa. *Las caras de Gèneve*, gente famosa y gente anónima, será expuesta por primera vez en una galería de Berlín. Después hará una gira por Europa.

María se acordó del calendario, de los noventa días que faltaban, de todo lo que cualquier relación, cualquier lazo, podría significar de peligroso.

«¿Qué es lo más importante de esta vida? ¿Vivir o fingir que he vivido? ¿Me arriesgo ahora, diciéndole que ha sido la tarde más hermosa que he pasado en esta ciudad? ¿Le agradezco que me haya escuchado sin críticas y sin comentarios? ¿O me limito a poner la coraza de mujer con fuerza de voluntad, con "luz especial", y me voy sin hacer ningún comentario?»

Mientras andaban por el Camino de Santiago, y a medida que se escuchaba a sí misma contando su vida, María había sido una mujer feliz. Podía contentarse con eso, ya era un gran regalo de la vida.

—Iré a buscarte —dijo Ralf Hart.

—No lo hagas. Me voy dentro de nada a Brasil. No tenemos nada que darnos el uno al otro.

—Iré a buscarte como cliente.

—Eso será una humillación para mí.

—Iré a buscarte para que me salves.

Él había hecho aquel comentario al principio, sobre el desinterés por el sexo. Ella quiso decir que sentía lo mismo, pero se controló; había ido demasiado lejos en sus negativas, era más inteligente permanecer callada.

Qué patético. Una vez más estaba allí con un chico, que esta vez no le pedía un lápiz, sino un poco de compañía. Miró a su pasado y, por primera vez, se perdonó a sí misma: no había sido culpa suya, sino del niño inseguro, que había desistido a la primera tentativa. Eran críos, y los críos se comportan así, ni ella ni el niño estaban equivocados, y eso supuso un gran alivio, se sintió mejor, no había desperdiciado su primera oportunidad en la vida. Todos lo hacen, es parte de la iniciación del ser humano en busca de su otra parte, las cosas son así.

Sin embargo, ahora la situación era diferente. Por mejores que fuesen las razones (me voy a Brasil, trabajo en una discoteca, no hemos tenido tiempo de conocernos bien, no me interesa el sexo, no quiero saber nada del amor, tengo que aprender a administrar haciendas, no entiendo nada de pintura, vivimos en mundos diferentes), la vida la desafiaba. Ya no era una niña, tenía que escoger.

Prefirió no responder. Apretó su mano, como era la costumbre en aquella tierra, y se fue en dirección a su casa. Si él era realmente el hombre que le gustaría que fuese, no se dejaría intimidar por su silencio.

Fragmento del diario de María, escrito aquel mismo día:

Hoy, mientras andábamos alrededor del lago, por este extraño Camino de Santiago, el hombre que estaba conmigo, un pintor, una vida diferente de la mía, tiró una piedrecilla al agua. En el lugar en el que cayó la piedra aparecieron pequeños círculos que se fueron ampliando, ampliando, hasta alcanzar a un pato que pasaba casualmente por allí y que nada tenía que ver con la piedra. En vez de asustarse con la onda inesperada, decidió jugar con ella.

Algunas horas antes de esta escena, yo entré en un café, oí una voz y fue como si Dios hubiese tirado una piedrecilla en aquel lugar. Las ondas de energía me tocaron a mí y a un hombre que estaba en una esquina, pintando un cuadro. Él sintió la vibración de la piedra, yo también. ¿Y ahora?

El pintor sabe cuándo encuentra a una modelo. El músico sabe cuándo su instrumento está afinado. Aquí, en mi diario, soy consciente de que ciertas frases no son escritas por mí, sino por una mujer llena de «luz» que soy y rechazo aceptar.

Puedo seguir así. Pero también puedo, como el patito del lago, divertirme y alegrarme con la ola que llegó de repente y alteró el agua.

Existe un nombre para esa piedra: pasión. Describe la belleza de un encuentro fulminante entre dos personas, pero no se limita a eso; está en la excitación de lo inesperado, en el deseo de hacer algo con fervor, en la certeza de que se va a conseguir realizar un sueño. La pasión nos da señales que nos guían la vida, y me toca a mí descifrar esas señales.

Me gustaría creer que estoy enamorada. De alguien a quien no conozco, y que no entraba en mis planes. Todos estos meses de autocontrol, de rechazar el amor, han dado como resultado exactamente lo opuesto: dejarme llevar por la primera persona que me prestó una atención diferente.

Aún menos mal que no cogí su teléfono, que no sé dónde vive, que puedo perderlo sin culparme a mí misma de haber perdido una oportunidad.

Y si fuera ése el caso, aunque ya lo haya perdido, yo he obtenido un día feliz en mi vida. Considerando el mundo tal y como es, un día feliz es casi un milagro.

Cuando entró en el Copacabana aquella noche, él estaba allí, esperando. Era el único cliente. Milan, que acompañaba la vida de aquella brasileña con cierta curiosidad, vio que la joven había perdido la batalla.

—¿Aceptas una copa?

—Tengo que trabajar. No puedo perder mi empleo.

—Soy un cliente. Y te estoy haciendo una proposición profesional.

Aquel hombre, que en el café durante la tarde parecía tan seguro de sí mismo, que manejaba bien el pincel, que conocía a grandes personajes, que tenía un agente en Barcelona, y que debía de ganar mucho dinero, ahora mostraba su fragilidad, había entrado en el ambiente equivocado, ya no estaba en un romántico café en el Camino de Santiago. El encanto de la tarde desapareció.

—¿Entonces aceptas la copa?

—En otro momento. Hoy ya tengo clientes que me esperan.

Milan alcanzó a oír el final de la frase; estaba equivocado, la chica no se había dejado llevar por la trampa de las promesas de amor. Aun así, al final de una noche sin mucho movimiento, se preguntó por qué había preferido la compañía de un viejo, de un contable mediocre y de un agente de seguros…

Bien, ése era su problema. Siempre y cuando pagase su precio, no le correspondía a él decidir con quién debía o no irse a la cama.

Del diario de María, después de la noche con el viejo, el contable y el agente de seguros:

¿Qué es lo que quiere ese pintor de mí? ¿Acaso no sabe que somos de países, culturas, sexos diferentes? ¿Piensa que sé más sobre el placer que él, y quiere aprender algo?

¿Por qué no me dijo nada más que «soy un cliente»? Era tan fácil decir: «Te he echado de menos», o «Me encantó la tarde que pasamos juntos». Yo respondería del mismo modo («soy una profesional») pero él tiene la obligación de entender mis inseguridades, porque soy mujer, soy frágil, y en ese lugar soy otra persona.

Él es un hombre, y un artista: tiene la obligación de saber que el gran objetivo del ser humano es comprender el amor total. El amor no está en el otro, está dentro de nosotros mismos; nosotros lo despertamos. Pero para que despierte necesitamos del otro. El universo sólo tiene sentido cuando tenemos con quién compartir nuestras emociones.

¿Está cansado del sexo? Yo también, y sin embargo, ni él ni yo sabemos lo que es. Estamos dejando morir una de las cosas más importantes de la vida, necesitaba ser salvada por él, necesitaba salvarlo, pero él no me dejó otra elección.

Estaba atemorizada. Empezaba a notar que, después de tanto autocontrol, la presión, el terremoto, el volcán de su alma daba señales de explotar, y a partir del momento en que eso sucediese, ya no podría controlar sus sentimientos. ¿Quién era aquel aprendiz de artista, que podía estar mintiendo respecto a su vida, con quien no había pasado más que unas horas, que no la había tocado, que no había intentado seducirla (podía haber algo peor que eso)?

¿Por qué su corazón daba señales de alarma? Porque creía que él sentía lo mismo, pero, claro, estaba muy equivocada. Ralf Hart quería encontrar a la mujer capaz de despertar el fuego que estaba casi apagado; quería convertirla en su gran diosa del sexo, con una «luz especial» (y en eso había sido sincero), dispuesta a coger su mano y mostrarle el camino de vuelta a la vida. No podía imaginar que María sentía el mismo desinterés, que tenía sus propios problemas (incluso después de tantos hombres, no había conseguido alcanzar un orgasmo durante la penetración), que había hecho planes aquella mañana y que había organizado una vuelta triunfal a su tierra.

¿Por qué pensaba en él? ¿Por qué pensaba en alguien que en

ese preciso momento podía estar pintando a otra mujer, diciéndole que tenía una «luz especial», que podía ser su diosa del sexo?

«Pienso en él porque pude hablar.»

¡Qué ridículo! ¿Pensaba también en la bibliotecaria? No. ¿Pensaba en Nyah, la filipina, la única de todas las mujeres del Copacabana con quien podía compartir un poco sus sentimientos? No, no pensaba en ellas. Y eran personas con las que había estado muchas veces, y con las que se sentía cómoda.

Intentó desviar su atención hacia el calor que hacía, o hacia el supermercado que no consiguió visitar el día anterior. Le escribió una larga carta a su padre, llena de detalles respecto al terreno que le gustaría comprar, eso pondría a su familia contenta. No precisó la fecha de vuelta, pero dio a entender que sería pronto. Durmió, despertó, durmió de nuevo, volvió a despertar. Descubrió que el libro sobre haciendas era muy bueno para los suizos, pero no servía para los brasileños, los mundos eran completamente distintos.

Durante la tarde vio que el terremoto, el volcán, la presión disminuía. Estaba más relajada; ya había experimentado en otras ocasiones este tipo de pasión súbita, y desaparecía siempre al día siguiente (qué bien, su universo seguía siendo el mismo). Tenía una familia que la amaba, un hombre que la esperaba, y que ahora le escribía con mucha frecuencia, contándole que la tienda de tejidos estaba creciendo. Aunque decidiese coger el avión aquella misma noche, tenía el dinero suficiente para, por lo menos, comprar un solar. Había sobrevivido a la peor parte, la barrera de la lengua, la soledad, el primer día en el restaurante con el árabe, la manera de convencer a su alma para que no se quejase de lo que hacía con su cuerpo. Sabía muy bien cuál era su sueño, y estaba dispuesta a todo por él. Y este sueño no incluía a un hombre; por lo menos, no incluía a hombres que no hablasen su lengua materna y que no viviesen en su ciudad.

Cuando el terremoto se calmó, María entendió que parte de la culpa era suya, porque no había dicho en aquel momento: «Yo estoy sola, soy tan miserable como tú, ayer viste mi "luz", y fue la primera cosa bonita y sincera que un hombre me ha dicho desde que llegué aquí».

En la radio sonaba una vieja canción: «Mis amores mueren incluso antes de nacer». Sí, ése era su caso, su destino.

Del diario de María, dos días después de que todo volvió a la normalidad:

La pasión hace que uno deje de comer, de dormir, de trabajar, de estar en paz. Mucha gente se asusta porque, cuando aparece, derrumba todas las cosas viejas que encuentra.

Nadie quiere desorganizar su mundo. Por eso, mucha gente consigue controlar esta amenaza, y es capaz de mantener en pie una casa o una estructura que ya está podrida. Son los ingenieros de las cosas superadas.

Otra gente piensa exactamente lo contrario: se entrega sin pensar, esperando encontrar en la pasión las soluciones para todos sus problemas. Descarga sobre la otra persona toda la responsabilidad por su felicidad, y toda la culpa por su posible infelicidad. Está siempre eufórica porque algo maravilloso sucedió, o deprimida porque algo inesperado acabó destruyéndolo todo.

Apartarse de la pasión, o entregarse ciegamente a ella, ¿cuál de las dos actitudes es la menos destructiva?

No sé.

Al tercer día, como resucitando de entre los muertos, Ralf Hart volvió, y casi llegó un poco tarde, porque María ya estaba hablando con otro cliente. Cuando lo vio, sin embargo, le dijo educadamente al otro que no quería bailar, que estaba esperando a alguien.

Entonces se dio cuenta de que lo había esperado todos esos días. Y en ese momento aceptó todo lo que el destino había puesto en su camino.

No se quejó; se puso contenta, podía permitirse ese lujo, porque un día se iría de aquella ciudad, sabía que ese amor era imposible, y por tanto, ya que no esperaba nada, tendría todo lo que aún esperaba de aquella etapa de su vida.

Ralf le preguntó si quería una copa y María pidió un cóctel de frutas. El dueño del bar, fingiendo que fregaba los vasos, miró a la brasileña sin entender nada: ¿qué la habría hecho cambiar de idea? Esperaba que aquel hombre no fuese allí simplemente a tomar algo, y se sintió aliviado cuando él la sacó a bailar. Estaban cumpliendo el ritual, no había por qué preocuparse.

María sentía la mano que rodeaba su cintura, su cara pegada, la música muy alta que, gracias a Dios, impedía cualquier conversación. Un cóctel de frutas no bastaba para tener coraje, y las pocas palabras que habían intercambiado habían sido muy formales. Ahora era una cuestión de tiempo: ¿irían a un hotel? ¿Harían el amor? No debía de ser difícil, ya que él había dicho que no estaba interesado en el sexo, sería simplemente cuestión de cumplir su compromiso profesional. Eso ayudaría a acabar de matar cualquier vestigio de una posible pasión, no sabía por qué se había torturado tanto después del primer encuentro.

Esa noche sería la Madre Comprensiva. Ralf Hart era simplemente un hombre desesperado, como tantos millones de hombres. Si hacía bien su papel, si conseguía seguir las normas que se había marcado desde que había comenzado a trabajar en el Copacabana, no tenía por qué preocuparse. Era muy arriesgado tener a aquel hombre cerca, ahora que sentía su olor, y le gustaba, que experimentaba su roce, y le gustaba, se descubría esperándolo, y no le gustaba.

Al cabo de cuarenta y cinco minutos ya habían seguido todos los pasos, y él se dirigió al dueño de la discoteca:

—Me la llevo para el resto de la noche. Pagaré por tres clientes.

El dueño se encogió de hombros y pensó de nuevo que la chica brasileña acabaría cayendo en la trampa del amor. María, a su vez, se sorprendió: no sabía que Ralf Hart conocía tan bien las reglas.

—Vayamos a mi casa.

«Tal vez ésa fuese realmente la mejor decisión», pensó ella. Aunque fuese en contra de todas las recomendaciones de Milan, en este caso decidió hacer una excepción. Además de descubrir de una vez por todas si estaba o no casado, conocería la forma de vida de los pintores famosos, y un día podría escribir algo para el periódico de su pequeña ciudad, de modo que todos supiesen que, durante su período en Europa, ella había frecuentado círculos intelectuales y artísticos.

«Qué absurda disculpa», rió consigo misma.

Media hora después llegaron a un pequeño pueblo al lado de Gèneve, llamado Cologny; una iglesia, la panadería, el ayuntamiento, todo en su lugar. ¡Y era realmente una casa de dos plantas, no un apartamento! Primera observación: debía de tener dinero de verdad. Segunda observación: si estuviese casado, no osaría hacer aquello, porque siempre había gente mirando.

Entonces, era rico y soltero.

Entraron por un hall con una escalera que conducía al segundo piso, pero siguieron recto, hasta las dos salas de la parte de atrás, que daban a un jardín. Una de ellas tenía una mesa, y las paredes estaban cubiertas de cuadros. La otra sala tenía algunos sofás, sillas, estanterías llenas de libros, ceniceros sucios, vasos que habían sido usados hace mucho tiempo, y que todavía estaban allí.

—Puedo preparar un café…

María negó con la cabeza. No, no puedes preparar un café. Aún no puedes tratarme de forma diferente. Estoy desafiando mis propios demonios, haciendo exactamente todo lo contrario de lo que me prometí a mí misma. Pero vayamos con calma; hoy haré el papel de prostituta, o de amiga, o de Madre Comprensiva, aunque en mi alma yo sea una Hija que precisa cariño. Finalmente, cuando todo esté terminado, podrás prepararme un café.

—Al fondo del jardín está mi estudio, mi alma. Aquí, entre todos estos cuadros y libros, está mi cerebro, lo que pienso.

María pensó en su propia casa. No tenía un jardín al fondo. Ni libros, simplemente los que cogía prestados de la biblioteca, ya que no había necesidad de gastar dinero con lo que podía conseguir gratis. Tampoco había cuadros, sólo un póster del Circo Acrobático de Shangai, al que ella soñaba con ir.

Ralf cogió una botella de whisky y le ofreció.

—No, gracias.

Él se sirvió un trago, y se lo tomó todo, sin hielo, sin tiempo. Empezó a hablar de cosas inteligentes, y por más que la conversación le interesase, ella sabía que aquel hombre tenía miedo de lo que iba a suceder, ahora que estaban a solas. María recuperaba el control de la situación.

Ralf se sirvió otro trago, y como si dijese algo sin importancia, comentó:

—Te necesito.

Una pausa. Un silencio largo. «No lo ayudes a romper este silencio, veamos cómo sigue.»

—Te necesito, María. Tienes luz, aunque pienses que todavía no crees en mí, que simplemente estoy intentando seducirte con esta conversación. No me preguntes: «¿Por qué yo? ¿Qué tengo yo de especial?». No tienes nada de especial, nada que pueda explicarme a mí mismo. Sin embargo, he ahí el misterio de la vida, no consigo pensar en otra cosa.

—No te preguntaría eso —mintió.

—Si yo buscase una explicación, diría: esta mujer ha conseguido superar el sufrimiento y lo ha transformado en algo positivo, creativo. Pero eso no basta para explicarlo todo.

Se hacía difícil escapar. Él continuó:

—¿Y yo? Con toda mi creatividad, con mis cuadros que son disputados y deseados por galerías de todo el mundo, con mi sueño realizado, con un pueblo que sabe que soy un hijo querido, con mis mujeres que jamás me cobran pensión ni cosas así, con salud, buena apariencia, todo lo que un hombre puede desear, ¿y yo? Aquí estoy, diciéndole a una mujer que conocí en un café, y con la que he pasado una sola tarde: «Te necesito». ¿Sabes lo que es la soledad?

—Sé lo que es.

—Pero no sabes qué es la soledad cuando se tiene la posibilidad de estar con todo el mundo, cuando se recibe todas las noches una invitación para una fiesta, un cóctel, un estreno de teatro. Cuando el teléfono no deja de sonar, y son mujeres a las que les encanta tu trabajo, que dicen que les gustaría mucho cenar contigo, son hermosas, inteligentes, educadas. Y algo te empuja lejos y te dice: no vayas. No te vas a divertir. Una vez más pasarás la noche entera intentando impresionarlas, gastarás tu energía demostrándote a ti mismo que eres capaz de seducir al mundo.

»Entonces me quedo en casa, entro en mi estudio, busco la luz que vi en ti, y sólo consigo verla mientras trabajo.

—¿Qué puedo darte que ya no tengas? —respondió ella, sintiéndose un poco humillada por aquel comentario sobre otras mujeres, pero recordando que, al fin y al cabo, él había pagado para tenerla a su lado.

Él bebió el tercer trago. María lo acompañó en su imaginación, el alcohol que quemaba su garganta, su estómago, que entraba en su corriente sanguínea llenándolo de valor; ella se sentía también embriagada, aunque no había bebido ni una sola gota. La voz de Ralf Hart sonó más firme.

—Está bien. No puedo comprar tu amor, pero dijiste que lo sabías todo sobre el sexo. Entonces, enséñame. O enséñame algo sobre Brasil. Cualquier cosa, siempre que pueda estar a tu lado.

¿Y ahora?

—Solamente conozco dos ciudades de mi país: aquella en la que nací y Río de Janeiro. En cuanto al sexo, no creo que pueda enseñarte nada. Tengo casi veintitrés años, tú eres sólo seis años mayor, pero sé que has vivido mucho más intensamente. Yo conozco a hombres que pagan por hacer lo que ellos quieren, no lo que yo quiero.

—Ya he hecho todo lo que un hombre puede soñar hacer con una, dos, tres mujeres al mismo tiempo. Y no sé si he aprendido mucho.

De nuevo el silencio, pero era el turno de María. Y él no la ayudó, como ella no lo había ayudado antes.

—¿Me quieres como profesional?

—Te quiero como tú quieras.

No, él no podía haber respondido eso, porque era todo lo que ella deseaba oír. De nuevo el terremoto, el volcán, la tempestad. Iba a ser imposible escapar de su propia trampa, iba a perder a ese hombre, sin haberlo tenido nunca realmente.

—Tú sabes, María. Enséñame. Tal vez eso me salve, nos salve a los dos, nos traiga de vuelta a la vida. Tienes razón, sólo tengo seis años más que tú, y, aun así, ya he vivido el equivalente a muchas vidas. Hemos pasado por experiencias completamente distintas, pero ambos estamos desesperados.

»Lo único que nos da paz es estar juntos.

¿Por qué decía esas cosas? No era posible, y, aun así, era verdad. Se habían visto sólo una vez, y ya se necesitaban el uno al otro. Imagina que siguiesen viéndose, ¡qué desastre! María era una mujer inteligente, con muchos meses de lectura y observación del género humano; tenía un propósito en la vida, pero también tenía un alma, que necesitaba conocer y descubrir su «luz».

Ya se estaba cansando de ser quien era, y aunque el inminente viaje a Brasil fuese un desafío interesante, todavía no había aprendido todo lo que podía. Ralf Hart era un hombre que había aceptado desafíos, lo había aprendido todo, pero ahora le pedía a aquella chica, a aquélla prostituta, a aquella Madre Comprensiva, que lo salvase. ¡Qué absurdo!

Anteriormente otros hombres se habían comportado de la misma manera ante ella. Muchos no habían conseguido tener una erección, otros querían ser tratados como niños, otros decían que les gustaría tenerla por esposa porque se excitaban al saber que su mujer había tenido muchos amantes. Aunque todavía no hubiese conocido a ninguno de los «clientes especiales», ya había descubierto el enorme universo de fantasías que habitaba el alma humana. Pero todos estaban acostumbrados a sus mundos, y nunca le habían pedido «sácame de aquí». Al contrario, querían llevarse a María consigo.

Y aunque todos esos hombres siempre la hubiesen dejado con algún dinero y sin ninguna energía, no era posible que ella no hubiese aprendido nada. Sin embargo, si alguno de ellos realmente estuviese buscando el amor, y si el sexo fuese sólo una parte de esa búsqueda, ¿cómo le gustaría que la tratasen? ¿Qué sería importante que sucediese en el primer encuentro?

¿Qué le gustaría realmente que sucediese?

—Recibir un regalo —dijo María.

Ralf Hart no entendió. ¿Regalo? Él ya le había pagado por adelantado aquella noche, en el taxi, porque conocía el ritual. ¿Qué quería decir con aquello?

María acababa de darse cuenta de que entendía, en ese minuto, lo que una mujer y un hombre tenían que sentir. Lo cogió de la mano y lo condujo hasta una de las salas.

—No vamos a subir a la habitación —dijo.

Apagó casi todas las luces, se sentó en la alfombra y le pidió que se sentase delante de ella. Se fijó en que había una chimenea.

—Enciende la chimenea.

—Pero si estamos en verano.

—Enciende la chimenea. Me has pedido que dirija nuestros pasos esta noche, y lo estoy haciendo.

Ella lo miró fijamente, esperando que él viese de nuevo su «luz». Él la vio, porque fue hasta el jardín, cogió unos troncos de madera mojados por la lluvia y puso algunos periódicos viejos para hacer que el fuego secase los troncos y los encendiese. Fue hasta la cocina para coger más whisky, pero María lo interrumpió.

—¿Me has preguntado qué quería?

—No.

—Pues que sepas que la persona que está contigo existe. Piensa en ella. Piensa si ella desea whisky, o ginebra, o café. Pregúntale qué quiere.

—¿Qué quieres beber?

—Vino. Y me gustaría que me acompañases.

Él dejó la botella de whisky, y volvió con una de vino. A esas alturas, el fuego ya quemaba los troncos; María apagó las pocas luces que todavía estaban encendidas, dejando que sólo las llamas iluminasen el ambiente. Se comportaba como si siempre hubiese sabido que aquél era el primer paso: reconocer al otro, saber que está ahí.

Abrió el bolso y encontró un bolígrafo que había comprado en un supermercado. Cualquier cosa servía.

—Esto es para ti. Cuando lo compré, pensaba en tener algo para anotar las ideas sobre administración de haciendas. Lo he usado durante dos días, he trabajado hasta cansarme. Tiene un poco de mi sudor, de mi concentración, de mi voluntad, y ahora te lo entrego.

Depositó el bolígrafo suavemente en su mano.

—En vez de comprarte algo que te gustaría tener, te estoy dando algo que es mío, realmente mío. Un regalo. Una señal de respeto por la persona que está ante mí, pidiéndole que comprenda lo importante que es estar a su lado. Ahora tiene una pequeña parte de mí misma, que le he dado por libre y espontáneo deseo.

Ralf se levantó, fue hasta una estantería y volvió con un objeto. Se lo tendió a María:

—Éste es el vagón de un tren eléctrico que yo tenía cuando era niño. No tenía permiso para jugar con él yo solo, porque mi padre decía que era caro, importado de Estados Unidos. Así pues, no tenía más remedio que esperar a que él tuviese ganas de montar el tren en medio de la sala, aunque generalmente se pasaba los domingos escuchando ópera. Por eso el tren sobrevivió a mi infancia, pero no me dio ninguna alegría. Allí encima tengo guardados todos los raíles, la locomotora, las casas, incluso el manual; porque yo tenía un tren que no era mío, con el cual no jugaba.

»Ojalá hubiese sido destruido como todos los demás juguetes que recibí y de los que ya ni me acuerdo, porque esta pasión por destruir forma parte del modo en que el niño descubre el mundo. Pero este tren intacto siempre me recuerda una parte de mi infancia que no viví, porque era demasiado preciosa, o demasiado trabajosa para mi padre. O tal vez porque, cada vez que montaba el tren, tenía miedo de demostrar su amor por mí.

María empezó a mirar fijamente el fuego en la chimenea. Algo estaba sucediendo, y no era el vino, ni el ambiente acogedor. Era la entrega de regalos.

Ralf también se volvió hacia el fuego. Permanecieron callados escuchando el crepitar de las llamas. Bebieron vino, como si no fuese importante decir nada, hablar de nada, hacer nada. Simplemente estar allí, el uno con el otro, mirando en la misma dirección.

—Tengo muchos trenes intactos en mi vida —dijo María, después de un rato—. Uno de ellos es mi corazón. Al igual que tú, sólo jugaba con él cuando el mundo ponía los raíles, y no siempre era el momento adecuado.

—Pero tú amaste.

—Sí, amé. Amé mucho. Amé tanto que, cuando mi amado me pidió un regalo, tuve miedo y huí.

—No entiendo.

—No hace falta. Te estoy enseñando, porque he descubierto algo que no sabía. El regalo, la entrega de algo que es tuyo. Dar antes de pedir algo que sea importante. Tú tienes mi tesoro: el bolígrafo con el que he escrito algunos de mis sueños. Yo tengo tu tesoro: el vagón de tren, parte de la infancia que no viviste.

»Yo ahora llevo conmigo parte de tu pasado, y tú guardas un poco de mi presente. Qué bien.

Dijo todo eso sin pestañear, sin extrañarse, como si supiese hace mucho tiempo que ésa era la mejor y la única manera de comportarse. Se levantó con suavidad, cogió su chaqueta del perchero y le dio un beso en la mejilla. Ralf Hart en ningún momento hizo ademán de levantarse de donde estaba, hipnotizado por el fuego, posiblemente pensando en su padre.

—Nunca había entendido muy bien por qué guardaba ese vagón. Hoy ha quedado claro: para dártelo una noche con la chimenea encendida. Ahora esta casa es más ligera.

Él dijo que, al día siguiente, donaría el resto de los raíles, la locomotora, las pastillas que imitaban el humo, a algún orfanato.

—Tal vez hoy este tren sea una rareza que ya no se fabrica y valga mucho dinero —advirtió María, para luego arrepentirse. No se trataba de eso, sino de librarse de algo todavía más caro para nuestro corazón.

Antes de volver a decir algo que no encajaba en aquel momento, volvió a darle un beso en la mejilla y se dirigió a la puerta. Él todavía seguía observando el fuego, ella le pidió, delicadamente, que fuese a abrirla.

Ralf se levantó y ella le explicó que, aunque la alegrase verlo observando el fuego, los brasileños tienen una extraña superstición: cuando visitan a alguien por primera vez, no pueden abrir la puerta al salir, porque si lo hacen, jamás volverán a aquella casa.

—Y yo quiero volver.

—Aunque no nos hayamos quitado la ropa y yo no haya entrado dentro de ti, ni siquiera te haya tocado, hemos hecho el amor.

Ella rió. Él se ofreció a llevarla a casa, pero María lo rechazó.

—Iré a verte mañana al Copacabana.

—No lo hagas. Espera una semana. He aprendido que esperar es la parte más difícil, y también quiero acostumbrarme a eso; saber que tú estás conmigo, aunque no estés a mi lado.

Anduvo de nuevo por el frío y por la oscuridad de la noche, como había hecho tantas otras veces en Gèneve; normalmente esas caminatas estaban asociadas con tristeza, soledad, ganas de volver a Brasil, nostalgia de la lengua que no hablaba hacía tanto tiempo, cálculos financieros, horarios.

Hoy, sin embargo, caminaba para encontrarse a sí misma, encontrar a aquella mujer que, durante cuarenta minutos estuvo ante el fuego con un hombre, y estaba llena de luz, de sabiduría, de experiencia, de encanto. Había visto el rostro de esa mujer algún tiempo atrás, cuando paseaba por el lago pensando si debía o no dedicarse a una vida que no era la suya; aquella tarde, había sonreído de un modo muy triste. Había visto su rostro por segunda vez en un lienzo doblado, y ahora sentía de nuevo su presencia. Cogió un taxi después de mucho tiempo, al ver que aquella presencia mágica se había ido y la había dejado sola como siempre.

Entonces era mejor no pensar en el asunto para no estropearlo, para no dejar que la ansiedad sustituyese todo aquello de bueno que acababa de vivir. Si aquella otra María existía de verdad, volvería en el momento adecuado.

F ragmento del diario de María escrito la noche en que recibió el vagón de tren:

El deseo profundo, el deseo más real es aquel de acercarse a
alguien. A partir de ahí, comienzan las reacciones, el hombre y
la mujer entran en juego, pero lo que sucede antes, la atracción
que los unió, es imposible de explicar. Es el deseo intacto, en
estado puro.

Cuando el deseo todavía está en ese estado puro, hombre y
mujer se apasionan por la vida, viven cada momento con veneración y, conscientemente, esperan siempre el momento adecuado para celebrar la siguiente bendición.

Así, las personas no tienen prisa, no precipitan los acontecí-
mientos con acciones inconscientes. Saben que lo inevitable se
manifestará, que lo verdadero siempre encuentra una manera de
mostrarse. Cuando llega el momento, no dudan, no pierden una
oportunidad, no dejan pasar ningún momento mágico porque
respetan la importancia de cada segundo.

En los días siguientes, María se descubrió de nuevo presa de la trampa que tanto había evitado, pero no estaba triste ni preocupada por eso. Al contrario: ya que no tenía nada más que perder, era libre.

Sabía que, por más romántica que fuese la situación, un día Ralf comprendería que ella no era más que una prostituta, mientras que él era un respetado artista; que ella vivía en un país distante, siempre en crisis, mientras él vivía en el paraíso, con la vida organizada y protegida desde su nacimiento. Él había sido educado en los mejores colegios y museos del mundo, mientras que ella apenas había terminado la enseñanza secundaria. En fin, los sueños como ése no duran mucho, y María ya había vivido lo bastante para entender que la realidad no coincidía con sus sueños. Ésa era ahora su gran alegría: decirle a la realidad que no necesitaba de ella, que no dependía de lo que sucedía para ser feliz.

«Qué romántica soy, Dios mío.»

Durante esa semana intentó descubrir algo que hiciese feliz a Ralf Hart; él le había devuelto una dignidad y una «luz» que ella creía perdidas para siempre. Pero la única manera de recompensarlo era a través de lo que él juzgaba que era la especialidad de María: el sexo. Como las cosas no variaban mucho en la rutina del Copacabana, decidió procurar otras fuentes.

Fue a ver algunas películas pornográficas, y de nuevo no encontró nada interesante, a no ser algunas variaciones en el número de parejas. Como las películas no ayudaban mucho, por primera vez desde su llegada a Gèneve decidió comprar libros, aunque todavía creía que era mucho más práctico no tener que ocupar el espacio de su casa con algo que, una vez leído, ya no servía para nada. Fue hasta una librería que había visto mientras andaba con Ralf por el Camino de Santiago y preguntó si tenían algo sobre el tema.

—Muchas, muchas cosas —respondió la chica encargada de las ventas—. En realidad, parece que la gente sólo se interesa por eso. Además de una sección especial, en todas las novelas que ve a su alrededor también hay por lo menos una escena de sexo. Aunque esté escondido en bonitas historias de amor, o en tratados serios sobre el comportamiento del ser humano, el hecho es que la gente sólo piensa en eso.

María, con toda su experiencia, sabía que la chica estaba equivocada: la gente quería pensar eso, porque creía que todo el mundo se preocupaba sólo de ese tema. Hacían regímenes, usaban pelucas, se pasaban horas en la peluquería o en el gimnasio, se ponían ropa insinuante, intentaban provocar la chispa deseada, ¿y después? Cuando llegaba el momento de ir a la cama, once minutos y listo. Ninguna creatividad, nada que llevase al paraíso; en poco tiempo, la chispa ya no tenía fuerza para mantener el fuego encendido.

Pero era inútil discutir con la chica rubia, que creía que el mundo podía explicarse en los libros. Preguntó de nuevo dónde estaba la sección especial, y allí descubrió varios títulos sobre gays, lesbianas, monjas que revelaban cosas escabrosas de la Iglesia, y libros ilustrados con técnicas orientales que mostraban posturas muy incómodas. Sólo le interesó uno de los volúmenes: *El sexo sagrado*. Por lo menos debía de ser diferente.

Lo compró, fue para casa, puso la radio en una emisora que siempre la ayudaba a pensar (porque la música era tranquila), abrió el libro y vio que tenía varias ilustraciones, con posturas que solamente aquel que trabaja en un circo puede practicar. El texto era aburrido.

María había aprendido lo suficiente en su profesión como para saber que no todo en la vida era una cuestión de la postura en la que uno se pone mientras hace el amor, sino que, la mayoría de las veces, cualquier variación sucedía de manera natural, sin pensar, como los pasos de un baile. Aun así, intentó concentrarse en lo que leía.

Dos horas después, se dio cuenta de dos cosas.

La primera, que tenía que cenar pronto, pues debía volver al Copacabana.

La segunda, que la persona que había escrito aquel libro no entendía nada, NADA del asunto. Mucha teoría, cosas orientales, rituales inútiles, sugerencias idiotas. Se veía que el autor había meditado en el Himalaya (tenía que enterarse de dónde quedaba eso), que había frecuentado cursos de yoga (ya había oído hablar de ello), que había leído mucho sobre el asunto, pues citaba a uno y otro autor, pero no había aprendido lo esencial. El sexo no era teoría, incienso, puntos tántricos, veneración, ni tanta ceremonia. ¿Cómo aquella persona (en verdad, una mujer) osaba escribir sobre un tema que ni siquiera María, que trabajaba en el gremio, conocía bien? Tal vez fuese culpa del Himalaya, o de la necesidad de complicar algo cuya belleza está en la simplicidad y en la pasión. Si aquella mujer había sido capaz de publicar y de vender un libro tan estúpido, era mejor volver a pensar seriamente en su texto *Once minutos*. No sería cínico ni falso, simplemente sería su historia, nada más.

Pero no tenía ni tiempo, ni interés; necesitaba concentrar su energía en alegrar a Ralf Hart, y en aprender cómo administrar haciendas.

Extracto del diario de María, justo después de dejar el aburrido libro a un lado:

He encontrado a un hombre y me he enamorado de él. Me he dejado llevar por una simple razón: no espero nada. Sé que dentro de tres meses estaré lejos, él será un recuerdo, pero ya no podía aguantar más vivir sin amor; estaba al límite.

Estoy escribiendo una historia para Ralf Hart, ése es su nombre. No estoy segura de si volverá a la discoteca en la que trabajo, pero por primera vez en mi vida eso no tiene la menor importancia. Me basta con amarlo, estar con él en mi pensamiento, y colorear esta ciudad tan hermosa con sus pasos, sus palabras, su cariño. Cuando deje este país, tendrá un rostro, un nombre, el recuerdo de una chimenea. Todo lo demás que he vivido aquí, todas las cosas duras por las que he pasado, no serán nada al lado de ese recuerdo.

Me gustaría poder hacer por él lo que él hizo por mí. He estado pensando mucho, y he descubierto que no entré en aquel café por casualidad; los encuentros más importantes ya han sido planeados por las almas antes incluso de que los cuerpos se hayan visto.

Generalmente estos encuentros suceden cuando llegamos a un límite, cuando necesitamos morir y renacer emocionalmente. Los encuentros nos esperan, pero la mayoría de las veces evitamos que sucedan. Sin embargo, si estamos desesperados, si ya no tenemos nada que perder, o si estamos muy entusiasmados con la vida, entonces lo desconocido se manifiesta, y nuestro universo cambia de rumbo.

Todos sabemos amar, pues hemos nacido con ese don. Algunas personas lo practican naturalmente bien, pero la mayoría tienen que reaprender, recordar cómo se ama, y todos, sin excepción, tenemos que quemarnos en la hoguera de nuestras emociones pasadas, revivir algunas alegrías y dolores, malos momentos y recuperación, hasta conseguir ver el hilo conductor que hay detrás de cada nuevo encuentro; sí, hay un hilo.

Y entonces, los cuerpos aprenden a hablar el lenguaje del alma, eso se llama sexo, eso es lo que puedo darle al hombre que me ha devuelto el alma, aunque él desconozca totalmente su importancia en mi vida. Eso fue lo que él me pidió, y eso tendrá; quiero que sea muy feliz.

La vida es a veces muy avara: la gente pasa días, semanas, meses y años sin sentir nada nuevo. Sin embargo, una vez que abre una puerta, y ése fue el caso de María con Ralf Hart, una verdadera avalancha entra por el espacio abierto. En un momento no tienes nada, y al momento siguiente tienes más de lo que puedes aceptar.

Dos horas después de haber escrito su diario, cuando llegó al trabajo, Milan, el dueño, habló con ella:

—Entonces saliste con el pintor...

Debía de ser conocido de la casa, ella lo había comprendido cuando él pagó por tres clientes, la cantidad exacta, sin preguntar el precio. María simplemente asintió con la cabeza, procurando crear un cierto misterio, al que Milan no dio la menor importancia, ya que conocía esa vida mejor que ella.

—Tal vez ya estés preparada para dar un siguiente paso. Hay un cliente especial que siempre pregunta por ti. Yo le digo que no tienes experiencia y él me cree; pero tal vez ahora sea el momento de intentarlo.

¿Un cliente especial?

—¿Y qué tiene eso que ver con el pintor?

—También él es un cliente especial.

Entonces todo lo que había hecho con Ralf Hart ya debía de haber sido probado y hecho por otra de sus colegas. Se mordió el labio y no dijo nada, había pasado una hermosa semana, no podía olvidar lo que había escrito.

—¿Debo hacer lo mismo que hice con él?

—No sé lo que hiciste; pero hoy, si alguien te ofrece una copa, no aceptes. Los clientes especiales pagan mejor, y no te arrepentirás.

El trabajo comenzó como de costumbre. Las tailandesas sentadas juntas como siempre, las colombianas con aire de quien lo entiende todo, las tres brasileñas (entre las cuales se incluía) fingiendo estar distraídas, como si nada de aquello fuese nuevo o interesante. Había una austríaca, dos alemanas, y el resto se componía de mujeres del antiguo este de Europa, todas altas, de ojos claros, guapas, y que acababan casándose más rápido que las demás.

Los hombres entraron: rusos, suizos, alemanes, siempre ejecutivos ocupados, dispuestos a pagar por los servicios de las prostitutas más caras de una de las ciudades más caras del mundo. Algunos se dirigieron a su mesa, pero ella siempre miraba a Milan, y él negaba con la cabeza. María estaba contenta: no tendría que abrirse de piernas aquella noche, aguantar olores, ducharse en baños que no siempre estaban calientes; todo lo que tenía que hacer era enseñar a un hombre, ya cansado del sexo, cómo debía hacer el amor. Y ahora, pensándolo bien, ninguna otra mujer tendría la misma creatividad para inventar la historia del presente.

Al mismo tiempo se preguntaba: «¿Por qué será que, después de haberlo probado todo, quieren volver al principio?». En fin, eso no era problema suyo; siempre que pagasen bien, ella estaba allí para servirlos.

Un hombre más joven que Ralf Hart entró en el local; guapo, pelo negro, dientes perfectos, y un traje que le recordaba a los de los chinos, sin corbata, simplemente con un cuello alto, y una impecable camisa blanca por debajo. Se dirigió hasta el bar, ambos miraron a María, y él se acercó:

—¿Aceptas una copa?

Milan asintió con la cabeza, y ella lo invitó a sentarse en su mesa. Pidió su cóctel de frutas, y estaba esperando la invitación para bailar, cuando el hombre se presentó:

—Mi nombre es Terence, y trabajo en una compañía discográfica en Inglaterra. Como sé que estoy en un lugar en el que puedo confiar en la gente, pienso que esto quedará entre nosotros.

María iba a empezar a hablar de Brasil, cuando él la interrumpió:

—Milan dijo que entiendes lo que quiero.

—No sé qué quieres. Pero entiendo de lo que hago.

El ritual no fue cumplido; él pagó la cuenta, la cogió del brazo, entraron en el taxi, y le tendió mil francos. Por un momento, ella se acordó del árabe con el que había ido a cenar a aquel restaurante lleno de pinturas famosas; era la primera vez que volvía a recibir la misma cantidad, y en vez de contentarla, eso la puso nerviosa.

El taxi se detuvo frente a uno de los hoteles más caros de la ciudad. Él dio las buenas noches al portero, demostrando una gran familiaridad con el sitio. Subieron directamente a la habitación, una suite con vistas al río. Él abrió una botella de vino, posiblemente muy raro, y le ofreció una copa.

María lo miraba mientras bebía; ¿qué quería un hombre como aquél, rico, guapo, de una prostituta? Como él casi no hablaba, ella también permaneció la mayor parte del tiempo en silencio, intentando descubrir qué era lo que podía dejar a un cliente especial satisfecho. Entendió que no debía tomar la iniciativa, pero una vez que el proceso comenzase, pretendía acompañarlo con la velocidad que fuese necesaria; al fin y al cabo, no todas las noches ganaba mil francos.

—Tenemos tiempo —dijo Terence—. Todo el tiempo que queramos. Puedes dormir aquí, si lo deseas.

La inseguridad volvió. No parecía intimidado, y hablaba con una voz tranquila, diferente de la de los demás. Sabía lo que deseaba; puso una música perfecta, en el momento perfecto, en la habitación perfecta, con la ventana perfecta, que daba al lago de una ciudad perfecta. Su traje era de buen corte, la maleta estaba en una esquina, pequeña, como si no necesitase muchas cosas para viajar, o como si hubiese venido a Gèneve sólo por aquella noche.

—Voy a dormir a casa —respondió María.

Él cambió por completo. Sus ojos de caballero ganaron un brillo frío, glacial.

—Siéntate allí —dijo, señalando una silla al lado del escritorio.

¡Era una orden! Una verdadera orden. María obedeció y, curiosamente, aquello la excitó.

—Siéntate bien. Endereza la espalda, como una mujer con clase. Si no lo haces, te voy a castigar.

¡Castigar! ¡Cliente especial! En un minuto ella lo entendió todo, sacó los mil francos del bolso y los puso sobre el escritorio.

—Sé lo que quieres —dijo, mirando al fondo de aquellos helados ojos azules—. Y no estoy dispuesta.

Él pareció volver a la normalidad, y vio que ella decía la verdad.

—Toma tu vino —dijo—. No voy a forzarte a nada. Puedes quedarte un rato más, o puedes salir si quieres.

Aquello la dejó más tranquila.

—Tengo un empleo. Tengo un jefe que me protege y que cree en mí. Por favor, no le digas nada de esto.

María lo dijo sin ningún tono de piedad, sin implorar nada, era simplemente la realidad de su vida.

Terence también había vuelto a ser el mismo hombre, ni dulce, ni duro, simplemente alguien que, al contrario de los otros clientes, daba la impresión de saber lo que deseaba. Ahora parecía salir de un trance, de una obra de teatro que aún no había comenzado.

¿Valía la pena irse así, sin descubrir qué significa aquello de un «cliente especial»?

—¿Qué quieres exactamente?

—Ya sabes. Dolor, sufrimiento. Y mucho placer.

«Dolor y sufrimiento no encajan mucho con placer», pensó María. Aunque quisiese desesperadamente creer que sí, y de esta manera convertir en positivas una gran parte de las experiencias negativas de su vida.

Él la cogió de la mano, y la llevó hasta la ventana: al otro lado del lago podían ver la torre de una catedral, María recordó que había pasado por allí mientras recorría con Ralf Hart el Camino de Santiago.

—¿Ves ese río, ese lago, esas casas, aquella iglesia? Hace quinientos años, era todo más o menos igual.

»De no ser porque la ciudad estaba completamente vacía; una enfermedad desconocida se había extendido por toda Europa, y nadie sabía por qué moría tanta gente. Llamaron a la enfermedad la Peste Negra, un castigo que Dios había enviado al mundo a causa de los pecados del hombre.

»Entonces, un grupo de personas decidió sacrificarse por la humanidad: ofrecieron aquello que más temían: el dolor físico. Empezaron a caminar día y noche por estos puentes, estas calles, azotando su propio cuerpo con látigos o cadenas. Sufrían en nombre de Dios, y alababan a Dios con su dolor. Al cabo de poco tiempo, descubrieron que eran más felices haciendo eso que cociendo pan, trabajando al jornal, alimentando animales. El dolor ya no era sufrimiento, sino el placer de rescatar a la humanidad de sus pecados. El dolor se transformó en alegría, en el sentido de la vida, en el placer.

Sus ojos volvieron a tener la misma frialdad que había visto algunos minutos antes. Cogió el dinero que ella había dejado sobre el escritorio, separó ciento cincuenta francos y los metió en su bolso.

—No te preocupes por tu jefe. Aquí está su comisión, y prometo no decirle nada. Puedes irte.

Ella cogió todo el dinero.

—¡No!

Era el vino, el árabe en el restaurante, la mujer de sonrisa triste, la idea de que nunca volvería a aquel maldito lugar, el miedo al amor que llegaba bajo la forma de un hombre, las cartas a su madre que contaban una bonita vida llena de oportunidades de trabajo, el niño que le había pedido un lápiz en la infancia, las luchas consigo misma, la culpa, la curiosidad, el dinero, la búsqueda de sus propios límites, las ocasiones y las oportunidades que había perdido. Era otra María la que estaba allí: ya no ofrecía regalos, sino que se entregaba en sacrificio.

—Ya no tengo miedo. Sigamos adelante. Si es necesario, castígame por ser rebelde. Mentí, traicioné, actué equivocadamente con quien me protegió y me amó.

María había entrado en el juego. Estaba diciendo las cosas adecuadas.

—¡Arrodíllate! —dijo Terence, con una voz baja y amenazante.

María obedeció. Nunca había sido tratada de aquella manera, y no sabía si era bueno o malo, simplemente quería ir más lejos, merecía ser humillada por todo lo que había hecho en toda su vida. Estaba entrando en un personaje, un nuevo personaje, una mujer que desconocía completamente.

—Serás castigada. Porque eres inútil, porque no conoces las reglas, nada sabes sobre el sexo, sobre la vida, sobre el amor.

Mientras hablaba, Terence se transformaba en dos hombres distintos: el que explicaba tranquilamente las reglas, y el que la hacía sentirse la persona más miserable del mundo.

—¿Sabes por qué te lo permito? Porque no hay mayor placer

que iniciar a alguien en un mundo desconocido. Arrancarle la virginidad, no del cuerpo, sino del alma, ¿entiendes?

Entendía.

—Hoy podrás hacer preguntas. Pero la próxima vez, cuando el telón de nuestro teatro se abra, la obra comenzará y no podrás parar. Si paras, es porque nuestras almas no se han entendido. Recuerda: es una obra de teatro. Tienes que ser el personaje que nunca has tenido el coraje de ser. Poco a poco, descubrirás que ese personaje eres tú misma, pero hasta que seas capaz de verlo con claridad, procura fingir, inventar.

—¿Y si no soporto el dolor?

—No existe el dolor, existe algo que se convierte en delicia, en misterio. Forma parte de la obra pedir «no me trates así, me estás haciendo mucho daño». Está permitido pedir: «¡Para, no aguanto más!». Para evitar el peligro… baja la cabeza, ¡y no me mires!

María, arrodillada, bajó la cabeza y miraba al suelo.

—Para evitar que esta relación cause daños físicos serios, tendremos dos códigos. Si uno de nosotros dice «amarillo», eso significa que la violencia debe ser reducida un poco. Si decimos «rojo», hay que parar inmediatamente.

—¿Has dicho «uno de nosotros»?

—Los papeles se alternan. No existe uno sin el otro, y nadie sabrá humillar si no es humillado también.

Aquéllas eran palabras terribles, venidas de un mundo que no conocía, lleno de sombras, de fango, de podredumbre. Aun así, María deseaba seguir adelante, su cuerpo temblaba, de miedo y excitación.

La mano de Terence tocó su cabeza, con una ternura inesperada.

—Fin.

Le pidió que se levantase. Sin especial cariño, pero sin la agresividad seca que había demostrado. María se puso la chaqueta, todavía temblando. Terence notó su estado.

—Fúmate un cigarrillo antes de irte.

—No ha sucedido nada.

—No hace falta. Comenzará a suceder en tu alma, y la próxima vez que nos veamos estarás preparada.

—¿Esta noche ha valido mil francos?

Él no respondió. Encendió también un cigarrillo, terminaron el vino, escucharon música perfecta, saborearon juntos el silencio. Hasta que llegó el momento de decir algo, y María se sorprendió de sus propias palabras.

—No entiendo por qué tengo ganas de pisar este fango.

—Mil francos.

—No es eso.

—Terence parecía contento con la respuesta.

—Yo también me pregunté lo mismo. El marqués de Sade decía que las experiencias más importantes del hombre son aquellas que lo llevan al límite; sólo así aprendemos, porque eso requiere todo nuestro coraje.

»Cuando un jefe humilla a un empleado, o un hombre humilla a su mujer, simplemente está siendo cobarde, o vengándose de la vida; son personas que jamás se han atrevido a mirar en el fondo de sus almas, que jamás han procurado saber de dónde viene el deseo de soltar la fiera salvaje, de entender que el sexo, el dolor y el amor son experiencias límite del hombre.

»Y solamente aquel que conoce esas fronteras conoce la vida; el resto es simplemente pasar el tiempo, repetir una misma tarea, envejecer y morir sin saber realmente lo que se estaba haciendo aquí.

De nuevo la calle, de nuevo el frío, de nuevo el deseo de andar. Él estaba equivocado, no era necesario conocer sus demonios para encontrar a Dios. Se cruzó con un grupo de estudiantes que salían de un bar; estaban alegres, habían bebido un poco, eran guapos, llenos de salud, pronto terminarían la universidad y comenzarían aquello que llaman «la verdadera vida». Trabajo, matrimonio, hijos, televisión, amargura, vejez, sensación de haber perdido muchas cosas, frustraciones, enfermedad, invalidez, dependencia de los demás, soledad, muerte.

¿Qué estaba sucediendo? Ella también buscaba tranquilidad para vivir su «verdadera vida»; el tiempo pasado en Suiza, haciendo algo que jamás había soñado, era simplemente un período difícil, al que todo el mundo se enfrenta tarde o temprano. En ese período difícil, frecuentaba el Copacabana, salía con hombres por dinero, interpretaba a la Niña Ingenua, la Mujer Fatal o la Madre Comprensiva, dependiendo del cliente.

Era simplemente un trabajo, al cual se dedicaba con el máximo de profesionalidad, por las propinas, y el mínimo de interés, por miedo a acostumbrarse a él. Había pasado nueve meses controlando el mundo a su alrededor, y poco tiempo antes de volver a su tierra, se estaba descubriendo capaz de amar sin exigir nada a cambio, y sufrir sin motivo. Como si la vida hubiese escogido este medio sórdido, extraño, para enseñarle algo sobre sus propios misterios, su luz y sus tinieblas.

D el diario de María, la noche en que salió con Terence por primera vez:

Él citó a Sade, del que yo nunca había oído nada, solamente los comentarios habituales sobre sadismo: «Sólo nos conocemos cuando conocemos nuestros propios límites», y eso es verdad. Pero también es un error, porque no es importante conocerlo todo de nosotros mismos; el ser humano no fue hecho sólo para buscar la sabiduría, sino también para arar la tierra, esperar la lluvia, plantar trigo, recoger el grano, hacer el pan.

Soy dos mujeres: una desea tener toda la alegría, la pasión, las aventuras que la vida me puede dar. La otra quiere ser esclava de una rutina, de la vida familiar, de las cosas que pueden ser planeadas y cumplidas. Soy el ama de casa y la prostituta, ambas viviendo en el mismo cuerpo, y una luchando contra la otra.

El encuentro de una mujer consigo misma es un juego con riesgos serios. Una danza divina. Cuando nos encontramos, somos dos energías divinas, dos universos que chocan. Si el encuentro no tiene la reverencia necesaria, un universo destruye al otro.

Se encontraba de nuevo en la sala de estar de la casa de Ralf Hart, el fuego en la chimenea, el vino, los dos sentados en el suelo, y todo lo que había experimentado el día anterior, con aquel ejecutivo inglés de la compañía discográfica, no pasaba de un sueño o de una pesadilla, dependiendo de su estado de ánimo. Ahora volvía a la búsqueda de su razón de vivir, mejor dicho, a la entrega más disparatada posible, aquella en la que uno ofrece su corazón y no pide nada a cambio.

Había crecido mucho mientras esperaba ese momento. Había descubierto, por fin, que el amor real nada tenía que ver con lo que imaginaba, o sea, una cadena de acontecimientos provocados por la energía amorosa: enamoramiento, compromiso, matrimonio, hijos, espera, cocina, parque de atracciones los domingos, más espera, vejez juntos, la espera acaba y en su lugar llega el retiro del marido, las enfermedades, la sensación de que ya es muy tarde para vivir juntos lo que soñaban.

Miró al hombre a quien había decidido entregarse, y a quien había decidido no contar jamás lo que sentía, porque lo que sentía ahora estaba lejos de cualquier forma, incluso la física. Él parecía más cómodo, como si estuviese empezando un período

interesante de su existencia. Sonreía, contaba historias de su reciente viaje a Munich, para reunirse con un importante director
de museo.

—Me preguntó si el lienzo sobre los rostros de Gèneve estaba acabado. Le dije que había encontrado a una de las principales personas a las que me gustaría pintar; una mujer llena de luz.
Pero no quiero hablar de mí, quiero abrazarte. Te deseo.

Deseo. ¿Deseo? ¡Deseo! Eso, ése el punto de partida para
aquella noche, porque era algo que ella conocía muy bien.

Por ejemplo: despertar el deseo sin entregar ya su objeto.

—Entonces, deséame. Es lo que estamos haciendo, en este
momento. Estás a menos de un metro de mí, fuiste hasta una
discoteca, pagaste por mis servicios, sabes que tienes derecho a
tocarme. Pero no te atreves. Mírame. Mírame, y piensa que tal
vez yo no quiera que me mires. Imagina lo que está escondido
bajo mi ropa.

Siempre usaba vestidos negros para trabajar, y no entendía
por qué las demás chicas del Copacabana intentaban ser provocativas con sus escotes y sus colores agresivos. Para ella, excitar a
un hombre era vestirse como cualquier mujer que él puede encontrar en la oficina, en el tren, o en casa de una amiga de su
mujer.

Ralf la miró, María sintió que él la desnudaba, y le gustó ser
deseada de aquella manera, sin contacto, como en un restaurante
o en la cola del cine.

—Estamos en una estación —continuó María—. Estoy esperando el tren junto a ti, tú no me conoces. Pero mis ojos se cruzan con los tuyos, por casualidad, y no se desvían. Tú no sabes qué intento decir, porque aunque seas un hombre inteligente, capaz de ver la «luz» de la gente, no eres lo suficientemente sensible como para ver lo que la luz ilumina.

Se había aprendido el «teatro». Quiso olvidar rápidamente la cara del ejecutivo inglés, pero él estaba allí, guiando su imaginación.

—Mis ojos están fijos en los tuyos, y puedo estar preguntándome a mí misma: «¿Lo conozco de algún sitio?». O puedo estar distraída. O puede que tema ser antipática, tal vez tú me conozcas, voy a darle el beneficio de la duda por algunos segundos, hasta concluir que es un hecho, o un malentendido.

»Pero también puede que quiera la cosa más simple del mundo: encontrar a un hombre. Puedo estar intentando huir de un amor que sufrí. Puedo estar procurando vengarme de una traición que acaba de suceder, y he decidido ir hasta la estación en busca de un desconocido. Puedo desear ser tu prostituta sólo por una noche, sólo para hacer algo diferente en mi vida aburrida. Puedo, incluso, ser una prostituta de verdad, que está allí buscando trabajo.

Un rápido silencio; María se había distraído de repente. Había vuelto al hotel, la humillación, «amarillo», «rojo», dolor y mucho placer. Aquello perturbaba su alma de una manera que no le estaba gustando.

Ralf lo notó e intentó empujarla de nuevo hacia la estación de tren:

—¿En este encuentro tú también me deseas?

—No lo sé. No nos hablamos, no lo sabes.

Otros segundos de distracción. En cualquier caso, la idea de «teatro» ayudaba mucho; hacía surgir al verdadero personaje, apartaba a muchas personas falsas que habitan en nosotros mismos.

—Pero el hecho es que yo no desvío mis ojos, y tú no sabes qué hacer. ¿Debes acercarte? ¿Serás rechazado? ¿Llamaré a un guardia? ¿O te invitaré a tomar un café?

—Vuelvo de Munich —dijo Ralf Hart, y su tono de voz era diferente, como si realmente se estuviesen viendo por primera vez—. Estoy pensando en una colección de cuadros sobre las personalidades del sexo. Las muchas máscaras que usa la gente para no vivir jamás el verdadero encuentro.

Él conocía el «teatro». Milan había dicho que también era un cliente especial. La alarma sonó, pero ella necesitaba tiempo para pensar.

—El director del museo me dijo: ¿en qué pretendes basar tu trabajo? Yo respondí: en mujeres que se sienten libres para ganar dinero haciendo el amor. Él comentó: no puede ser, llamamos a esas mujeres prostitutas. Yo respondí: bueno, son prostitutas, voy a estudiar su historia y haré algo más intelectual, pero al gusto de las familias que visitarán el museo. Todo es cuestión de cultura, ¿sabes? De presentar de una manera agradable aquello que cuesta digerir.

»El director insistió: pero el sexo ya no es tabú. Es algo tan explorado, que es difícil hacer un trabajo sobre él. Yo respondí: ¿y tú sabes de dónde viene el deseo sexual? Del instinto, dijo el director. Sí, del instinto, pero eso todo el mundo lo sabe. ¿Cómo hacer una bonita exposición, si simplemente estamos hablando de ciencia? Yo quiero hablar de cómo un hombre explica esa atracción. Cómo un filósofo, por ejemplo, lo contaría. El director me pidió que pusiese un ejemplo. Yo dije que, cuando tomase el tren de vuelta a casa y alguna mujer me mirase, hablaría con ella; diría que, por ser una extraña, podríamos tener la libertad de hacer todo lo que habíamos soñado, vivir todas nuestras fantasías, y después irnos a nuestras casas, nuestras mujeres y nuestros maridos, y no volver a vernos jamás. Y entonces, en esa estación de tren, te veo.

—Tu historia es tan interesante que está matando el deseo.

Ralf Hart rió y estuvo de acuerdo. El vino se había acabado, él fue hasta la cocina a coger otra botella, y ella se quedó mirando el fuego, sabiendo ya cuál sería el siguiente paso, pero al mismo tiempo saboreando aquel ambiente acogedor, olvidando al ejecutivo inglés, volviendo a entregarse.

Ralf llenó los dos vasos.

—Simplemente por curiosidad, ¿cómo acabarías esta historia con el director?

—Citaría a Platón, ya que estaría ante un intelectual. Según él, al principio de la creación, los hombres y las mujeres no eran como son hoy; había sólo un ser, que era bajo, con un cuerpo y un cuello, pero cuya cabeza tenía dos caras, cada una mirando en una dirección. Era como si dos criaturas estuviesen pegadas por la espalda, con dos sexos opuestos, cuatro piernas, cuatro brazos.

»Los dioses griegos, sin embargo, eran celosos, y vieron que una criatura que tenía cuatro brazos trabajaba más, dos caras opuestas estaban siempre vigilantes y no podían ser atacadas a traición, cuatro piernas no exigían tanto esfuerzo para permanecer de pie o andar durante largos períodos. Y lo que era más peligroso: la criatura tenía dos sexos diferentes, no necesitaba a nadie más para seguir reproduciéndose en la tierra.

»Entonces dijo Zeus, el supremo señor del Olimpo: "Tengo un plan para hacer que estos mortales pierdan su fuerza".

»Y, con un rayo, partió a la criatura en dos, y así creó al hombre y a la mujer. Eso aumentó mucho la población del mundo, y al mismo tiempo desorientó y debilitó a los que en él habitaban, porque ahora tenían que buscar su parte perdida, abrazarla de nuevo, y en ese abrazo recuperar la antigua fuerza, la capacidad de evitar la traición, la resistencia para andar largos períodos y soportar el trabajo agotador. A ese abrazo donde los dos cuerpos se confunden de nuevo en uno lo llamamos sexo.

—¿Esa historia es cierta?

—Según Platón, el filósofo griego.

María lo miraba fascinada, y la experiencia de la noche anterior había desaparecido por completo. Ella veía a aquel hombre lleno de la misma «luz» que él había visto en ella, al contar aquella extraña historia con entusiasmo, con los ojos brillándole, ya no de deseo, sino de alegría.

—¿Puedo pedirte un favor?

Ralf respondió que podía pedirle cualquier cosa.

—¿Puedes enterarte de por qué, después de que los dioses dividiesen a la criatura de cuatro piernas, algunas de ellas decidieron que ese abrazo podía ser simplemente una cosa, un negocio como otro cualquiera, que en vez de enriquecer, absorbe toda la energía de la gente?

—¿Te refieres a la prostitución?

—Eso. ¿Puedes enterarte de cuándo el sexo dejó de ser sagrado?

—Lo haré si quieres —respondió Ralf—. Pero nunca he pensado en ello, y no creo que nadie más lo haya hecho.

María no aguantó la presión:

—¿Y se te ha ocurrido pensar que las mujeres, principalmente las prostitutas, son capaces de amar?

—Sí, se me ha ocurrido. Se me ocurrió el primer día, cuando estábamos en la mesa del café, cuando vi tu luz. Entonces, cuando pensé en invitarte a un café, escogí creer en todo, incluso en la posibilidad de que tú me devolvieses al mundo, de donde partí hace mucho tiempo.

Ahora ya no había vuelta atrás. María, la maestra, tenía que acudir rápidamente en su auxilio, o ella lo besaría, lo abrazaría, le pediría que no la dejase.

—Volvamos a la estación de tren —dijo—. Mejor dicho, volvamos a esta sala, al día en que vinimos aquí por primera vez, y tú reconociste que yo existía, y me hiciste un regalo. Fue la primera tentativa de entrar en mi alma, y no sabías si eras bienvenido. Pero, como dice tu historia, los seres humanos fueron divididos, y ahora buscan de nuevo ese abrazo que los una. Ése es nuestro instinto. Pero también nuestra razón para soportar todas las cosas difíciles que suceden durante esa búsqueda.

»Quiero que me mires, y quiero, al mismo tiempo, que evites que yo lo note. El primer deseo es importante porque está escondido, prohibido, no permitido. No sabes si estás ante tu otra mitad perdida, ella tampoco lo sabe, pero algo te atrae, y es preciso creer que es verdad.

»¿De dónde saco todo esto? Lo saco del fondo de mi corazón,

porque me gustaría que siempre hubiese sido así. Saco estos sueños de mi propio sueño de mujer.

Ella bajó un poco el tirante de su vestido, de modo que una
parte, sólo una ínfima parte de su pezón quedase al descubierto.

—El deseo no es lo que ves, sino aquello que imaginas.

Ralf Hart miraba a una mujer de cabellos negros, y ropa igual que
el cabello, sentada en el suelo de su sala de estar, llena de deseos
absurdos, como tener una chimenea encendida en pleno verano.
Sí, quería imaginar lo que aquella ropa escondía, podía ver el tamaño de sus senos, sabía que el sujetador que ella usaba era innecesario, aunque tal vez fuese una obligación del oficio. Sus senos
no eran grandes, no eran pequeños, eran jóvenes. Su mirada no
mostraba nada; ¿qué estaba ella haciendo allí? ¿Por qué él alimentaba esa relación peligrosa, absurda, si no tenía ningún problema en conseguir a una mujer? Era rico, joven, famoso, de buena
apariencia. Le encantaba su trabajo, había amado a mujeres con las
que se había casado, había sido amado. En fin, era una persona que,
dadas las circunstancias, debería decir: «Soy feliz».

Pero no lo era. Mientras que la mayoría de los seres humanos
se mataban por un pedazo de pan, un techo bajo el que vivir, un
empleo que les permitiese vivir con dignidad, Ralf Hart tenía
todo eso, lo cual lo hacía más miserable. Si tuviera que hacer un
balance reciente de su vida, tal vez habría dos, tres días en los que
se levantó, vio el sol, o la lluvia, y se sintió alegre porque era por
la mañana, simplemente alegre, sin desear nada, sin planear nada,
sin pedir nada a cambio. Aparte de esos pocos días, el resto de su

existencia se había gastado en sueños, frustraciones y realizaciones, deseo de superarse a sí mismo, viajes más allá de sus límites; no sabía exactamente a quién, o a qué, pero se había pasado la vida intentando probar algo.

Miraba a aquella hermosa mujer, discretamente vestida de negro, alguien a quien había conocido por casualidad, aunque ya la hubiese visto antes en una discoteca y se hubiese fijado en que no encajaba en aquel lugar. Ella pedía que la desease, y él la deseaba mucho, mucho más de lo que podía imaginar, pero no eran sus senos, ni su cuerpo; era su compañía. Quería abrazarla, quedarse en silencio mirando al fuego, bebiendo vino, fumando un cigarrillo después de otro, eso era suficiente. La vida estaba hecha de cosas simples, estaba cansado de todos esos años buscando algo que no sabía qué era.

Sin embargo, si lo hiciese, si la tocase, todo estaría perdido. Porque a pesar de su «luz», no estaba seguro de si ella entendía lo bueno que era estar a su lado. ¿Estaba pagando? Sí, y seguiría pagando el tiempo que fuese necesario para poder conquistarla, hasta poder sentarse con ella a orillas del lago, hablarle de amor, y oír lo mismo de ella. Era mejor no arriesgarse, no precipitar las cosas, no decir nada.

Ralf Hart dejó de torturarse, y volvió a concentrarse en el juego que acababan de crear juntos. Aquella mujer estaba en lo cierto: no bastaba con el vino, el fuego, el cigarrillo, la compañía; era preciso otro tipo de embriaguez, otro tipo de llama.

Ella llevaba un vestido de tirantes, había dejado un pecho al descubierto, pudo ver su carne, más morena que blanca. Y la deseó. La deseó mucho.

María notó el cambio en los ojos de Ralf. Saberse deseada la excitaba más que cualquier otra cosa. No tenía nada que ver con la receta convencional: quiero hacer el amor contigo, quiero casarme, quiero que tengas un orgasmo, quiero tener un hijo, quiero compromisos. No, el deseo era una sensación libre, suelta en el espacio, vibrando, llenando la vida con la voluntad de tener algo, y eso era suficiente, ese deseo lo empujaba todo hacia delante, desmoronaba las montañas, humedecía su sexo.

El deseo era la fuente de todo, de salir de su tierra, de descubrir un nuevo mundo, de aprender francés, superar sus prejuicios, soñar con una hacienda, amar sin pedir nada a cambio, sentirse mujer simplemente con la mirada de un hombre. Con una lentitud calculada, se bajó el otro tirante y el vestido se deslizó por su cuerpo. Después, se desabrochó el sujetador. Permaneció allí, con la parte superior del cuerpo completamente desnuda, imaginando que él saltaría sobre ella, la tocaría, le haría promesas de amor, o si era lo suficientemente sensible para sentir, en el propio deseo, el mismo placer del sexo.

El entorno de ambos empezó a cambiar, ya no había ruidos, la chimenea, los cuadros, los libros fueron desapareciendo, y fueron sustituidos por una especie de trance, donde únicamente existe el oscuro objeto del deseo, y nada más tiene importancia.

Él no se movió. Al principio sintió una cierta timidez en sus ojos, pero no duró mucho. Él la miraba, y en el mundo de su imaginación la acariciaba con su lengua, hacían el amor, sudaban, se abrazaban, mezclaban ternura y violencia, gritaban y gemían juntos.

En el mundo real, sin embargo, no decían nada, ninguno de los dos se movía, y eso la excitaba más todavía, porque también ella era libre para pensar lo que quisiera. Le pedía que la tocase con suavidad, abría las piernas, se masturbaba delante de él, decía frases románticas y vulgares como si fuesen lo mismo, tenía varios orgasmos, despertaba a los vecinos, despertaba al mundo entero con sus gritos. Allí estaba su hombre, que le daba placer y alegría, con quien podía ser quien era, hablar de sus problemas sexuales, contarle cuánto le gustaría pasar junto a él el resto de la noche, de la semana, de la vida.

El sudor comenzó a gotear de la frente de ambos. Era la chimenea, le decía uno mentalmente al otro. Pero tanto el hombre como la mujer en aquella sala habían llegado a su límite, habían usado toda la imaginación, habían vivido juntos una eternidad de buenos momentos. Tenían que parar, porque un paso más y aquella magia sería destruida por la realidad.

Con mucha lentitud, porque el final es siempre más difícil que el principio, ella volvió a ponerse el sujetador y escondió los senos. El universo volvió a su lugar, las cosas del entorno volvieron a surgir, ella levantó el vestido que había caído hasta su cintura, sonrió, y con suavidad le tocó el rostro. Él cogió su mano y la apretó contra su cara, también sin saber hasta cuándo debía mantenerla allí, ni con qué intensidad debía agarrarla.

Ella sintió ganas de decir que lo amaba. Pero eso lo estropearía todo, podía asustarlo o, lo que era peor, podía hacer que respondiese que él también la amaba. María no quería eso: la libertad de su amor era no pedir ni esperar nada.

—El que es capaz de sentir sabe que es posible tener placer incluso antes de tocar a la otra persona. Las palabras, las miradas, todo eso contiene el secreto de la danza. Pero el tren llegó, cada uno va por su lado. Espero poder acompañarte en este viaje hasta... ¿hasta dónde?

—De vuelta a Gèneve —respondió Ralf.

—El que observa, y descubre a la persona con la que siempre ha soñado, sabe que la energía sexual sucede antes que el propio sexo. El mayor placer no es el sexo, es la pasión con la que se practica. Cuando esta pasión es intensa, el sexo viene a consumar la danza, pero nunca es el punto principal.

—Hablas del amor como una profesora.

María decidió hablar, porque ésa era su defensa, su manera de decirlo todo sin comprometerse con nada:

—El que está enamorado hace el amor todo el tiempo, incluso cuando no lo está haciendo. Cuando los cuerpos se encuentran, es simplemente la gota que colma el vaso. Pueden permanecer juntos durante horas, incluso días. Pueden empezar la danza un día y acabar al día siguiente, o incluso no acabar, de tanto placer. Nada que ver con once minutos.

—¿Qué?

—Te amo.

—Yo también te amo.

—Perdón. No sé lo que digo.

—Ni yo.

Se levantó, le dio un beso y salió. Ella misma podía abrir la puerta, ya que la superstición brasileña decía que el dueño de la casa sólo tenía que hacerlo la primera vez que se marchase.

Del diario de María, a la mañana siguiente:

Ayer por la noche, cuando Ralf Hart me miró, abrió una puerta, como si fuese un ladrón; pero, al marcharse, no se llevó nada de mí, al contrario, dejó olor a rosas, no era un ladrón, sino un novio que me visitaba.

Cada ser humano vive su propio deseo; forma parte de su tesoro, y, aunque sea una emoción que pueda apartar a alguien, generalmente trae a quien es importante. Es una emoción que mi alma escogió, y tan intensa que puede contagiarlo todo y a todos a mi alrededor.

Cada día escojo la verdad con la que pretendo vivir. Procuro ser práctica, eficiente, profesional. Pero me gustaría poder escoger, siempre, el deseo como mi compañero. No por obligación, ni para atenuar la soledad de mi vida, sino porque es bueno. Sí, es muy bueno.

El Copacabana tenía, de media, treinta y ocho mujeres que frecuentaban la casa con regularidad, aunque sólo una, la filipina Nyah, pudiese ser considerada por María como alguien parecido a una amiga. La media de permanencia allí era como mínimo seis meses, y como máximo tres años, porque después recibían una proposición de matrimonio, ser amante fija o, si ya no conseguían atraer la atención de los clientes, Milan les pedía, delicadamente, que se buscasen otro lugar de trabajo.

Por eso, era importante respetar la clientela de cada una, y jamás intentar seducir a los hombres que entraban allí y se dirigían directamente a una determinada chica. Además de ser deshonesto, podía ser muy peligroso; la semana anterior, una colombiana había sacado delicadamente una hoja de afeitar del bolso, y poniéndola sobre el vaso de una yugoslava, le había dicho con la voz más tranquila del mundo que la desfiguraría si volvía a aceptar la invitación de cierto director de banco que acostumbraba a ir por allí con regularidad. La yugoslava había alegado que el hombre era libre, y si la había escogido a ella, no podía decir que no.

Aquella noche, el hombre entró, saludó a la colombiana y se

fue a la mesa en la que estaba la otra. Tomaron la copa, bailaron, y —María creyó que era demasiada provocación— la yugoslava le guiñó un ojo a la otra, como diciendo: «¿Ves? ¡Me ha escogido él!».

Pero aquel guiño contenía muchas cosas no dichas: me ha escogido porque soy más guapa, porque estuve con él la semana pasada y le gustó, porque soy joven. La colombiana no dijo nada. Cuando la serbia volvió, dos horas después, ella se sentó a su lado, sacó la hoja de afeitar del bolso y le cortó el rostro cerca de la oreja: nada profundo, nada peligroso, sólo lo suficiente para dejarle una pequeña cicatriz que le recordase para siempre aquella noche. Se pegaron, la sangre salpicó por todos lados, los clientes salieron asustados.

Cuando la policía llegó y quiso saber qué pasaba, la yugoslava dijo que se había cortado la cara con un vaso que había caído de una estantería (no había estanterías en el Copacabana). Ésa era la ley del silencio, o la *omertà*, como lo llamaban las italianas: todo lo que hubiese que resolver en la rue de Berne, desde el amor a la muerte, sería resuelto, pero sin interferencia de la ley. Allí, ellos hacían la ley.

La policía sabía lo de la *omertà*, vio que la mujer mentía, pero no insistió en el asunto; le costaría mucho dinero al contribuyente suizo si decidía apresarla, procesarla y alimentarla durante el tiempo que estuviese en prisión. Milan agradeció a los policías la rápida intervención, pero todo era un malentendido, o alguna artimaña de un competidor.

En cuanto salieron, les pidió a ambas que jamás volviesen a su bar. Al fin y al cabo, el Copacabana era un local familiar (una

afirmación que a María le costaba entender) y tenía una reputación que mantener (lo que la intrigaba más todavía). Allí no
había peleas, porque la primera ley era respetar al cliente ajeno.

La segunda ley era la total discreción, «semejante a la de un
banco suizo», decía él. Sobre todo porque allí se podía confiar en
los clientes, que eran seleccionados como un banco selecciona
a los suyos, basándose en la cuenta corriente, pero también en los
informes policiales, o sea, en los buenos antecedentes. A veces
había algún equívoco, algunos casos raros de impago, de agresión
o de amenazas a las chicas, pero en los muchos años en los que
había creado y desarrollado con esfuerzo la fama de su discoteca, Milan ya sabía identificar a los que debían o no frecuentar la
casa. Ninguna de las mujeres sabía cuál era exactamente su criterio. Sin embargo, ya habían visto a alguien bien vestido ser
informado de que la discoteca estaba llena aquella noche (aunque estuviese vacía) y en las noches siguientes (o sea: por favor,
no vuelva). También habían visto a personas con ropa de sport
y sin afeitar ser eufóricamente invitados por Milan a una copa de
champán. El dueño del Copacabana no juzgaba por las apariencias, pero al final siempre tenía razón.

En una buena relación comercial, todas las partes tienen que
estar satisfechas. La gran mayoría de los clientes estaban casados,
o tenían una posición importante en alguna empresa. Por otro
lado, algunas de las mujeres que trabajaban allí estaban casadas,
tenían hijos, y frecuentaban las reuniones de padres en los colegios, sabiendo que no corrían ningún riesgo: si alguno de los
padres aparecía en el Copacabana, también estaría comprometi-
do, y no podría decir nada: así funcionaba la *omertà*.

Había camaradería, pero no había amistad; nadie hablaba mucho de su vida. En las pocas conversaciones que había mantenido, María no había descubierto amargura, ni culpa, ni tristeza entre sus compañeras: simplemente una especie de resignación. Y también una extraña mirada de desafío, como si estuviesen orgullosas de sí mismas, enfrentándose al mundo, independientes y confiadas. Después de una semana, cualquier chica recién llegada ya era considerada una «profesional», y recibía instrucciones: ayudar a conservar los matrimonios —una prostituta no puede ser una amenaza para la estabilidad de un hogar—, jamás aceptar invitaciones fuera del horario de trabajo, escuchar confesiones sin dar demasiadas opiniones al respecto, gemir a la hora del orgasmo —María descubrió que todas lo hacían, y que al principio no se lo habían dicho porque era uno de los trucos de la profesión—, saludar a la policía en la calle, mantener actualizado el permiso de trabajo y las revisiones sanitarias y, finalmente, no cuestionarse demasiado sobre los aspectos morales o legales de lo que hacían; eran lo que eran, y punto.

Antes de que empezase el movimiento, a María siempre se la veía con un libro, y enseguida pasó a ser conocida como la «intelectual» del grupo. Al principio querían saber si eran historias de amor, pero al ver que se trataba de asuntos áridos y poco interesantes como economía, psicología y, recientemente, administración de haciendas, enseguida la dejaban sola para que continuase con su investigación y sus anotaciones.

Por tener muchos clientes fijos, y por ir al Copacabana todos los días, incluso cuando el movimiento era escaso, María se ganó la confianza de Milan y la envidia de sus compañeras; comentaban que la brasileña era ambiciosa, arrogante, y que sólo pensaba en ganar dinero. Esta última parte no dejaba de ser verdad, aunque ella tuviese ganas de preguntarles si todas ellas no estaban allí por el mismo motivo.

En cualquier caso, los comentarios no matan, forman parte de la vida de cualquier persona de éxito. Era mejor ignorarlos y concentrar la atención en sus dos únicos objetivos: volver a Brasil en la fecha señalada y comprar una hacienda.

Ralf Hart estaba ahora en su pensamiento de la mañana a la noche, y por primera vez era capaz de ser feliz con un amado ausente, aunque estaba algo arrepentida de haberlo confesado, arriesgándose así a perderlo todo. ¿Pero qué tenía que perder si no pedía nada a cambio? Recordó cómo su corazón había latido más deprisa cuando Milan había dicho que era, o que ya había sido, un cliente especial. ¿Qué significaba aquello? Se sintió traicionada, se puso celosa.

Claro que los celos eran normales, aunque la vida ya le hubiese enseñado que era inútil pensar que alguien puede poseer a otra persona (el que cree que eso es posible se engaña a sí mismo). A pesar de ello, no se puede reprimir la idea de los celos, ni tener grandes ideas intelectuales al respecto, y menos, creer que es un signo de fragilidad.

«El amor más fuerte es aquel que puede mostrar su fragilidad. En cualquier caso, si mi amor es verdadero —y no sólo una manera de distraerme, de engañarme, de pasar el tiempo que no corre nunca en esta ciudad—, la libertad vencerá los celos, y el dolor que provocan, ya que también el dolor es parte de un proceso natural. El que hace deporte lo sabe: cuando queremos conseguir nuestros objetivos, tenemos que estar dispuestos a soportar una dosis diaria de dolor o malestar. Al principio, es incómodo y no motiva, pero con el paso del tiempo entendemos que forma parte del proceso de sentirse bien, y llega un momento en que, sin el dolor, tenemos la sensación de que el ejercicio no está teniendo el efecto deseado.»

Lo peligroso es focalizar ese dolor, darle un nombre de persona, mantenerlo siempre presente en el pensamiento; y de eso, gracias a Dios, María ya había conseguido librarse.

Aun así, a veces se descubría pensando en dónde estaría él, por qué no la buscaba, si había pensado que era estúpida con aquella historia de la estación de tren y deseo reprimido, si había huido para siempre porque ella le había confesado su amor… Para evitar que pensamientos tan hermosos se transformasen en sufrimiento, María desarrolló un método: cuando algo positivo relacionado con Ralf Hart viniese a su cabeza, y eso podía ser la chimenea y el vino, una idea que le gustaría discutir con él, o simplemente la agradable ansiedad de saber cuándo volvería, María dejaba lo que estaba haciendo, sonreía hacia el cielo, y agradecía estar viva y no esperar nada del hombre que amaba.

Sin embargo, si su corazón empezaba a quejarse de su ausencia, o de las equivocaciones que había cometido cuando estaban juntos, ella se decía a sí misma: «¿Quieres pensar en eso? Pues vale; sigue haciendo lo que deseas, mientras yo me dedico a cosas más importantes».

Seguía leyendo, o, si estaba en la calle, empezaba a prestar atención a todo lo que había a su alrededor: colores, personas, sonidos, sobre todo sonidos, de sus pasos, de las páginas que pasaba, de los coches, de los fragmentos de conversación, y el pensamiento incómodo acababa desapareciendo. Si volvía cinco minutos después, ella repetía el proceso, hasta que esos recuerdos, al ser aceptados pero amablemente rechazados, se apartaban por un tiempo considerable.

Uno de esos «pensamientos negativos» era la posibilidad de no volver a verlo. Con un poco de práctica y mucha paciencia, consiguió convertirlo en un «pensamiento positivo»: cuando se fuese, Gèneve sería el rostro de un hombre con pelo muy largo y pasado de moda, sonrisa infantil, voz grave. Si alguien le preguntaba, muchos años después, cómo era el lugar que había conocido en su juventud, María podría responder: «Bonito, capaz de amar y de ser amado».

Del diario de María, en un día de poco movimiento en el Copacabana:

De tanto convivir con las personas que vienen aquí, llego a la conclusión de que el sexo ha sido utilizado como cualquier otra droga: para huir de la realidad, para olvidar los problemas, para relajarse. Y, como todas las drogas, es una práctica nociva y destructiva.

Si una persona quiere drogarse, ya sea con sexo o con cualquier otra cosa, es problema suyo; las consecuencias de sus actos serán mejores o peores, de acuerdo con aquello que ella ha escogido para sí misma. Pero si hablamos de avanzar en la vida, tenemos que entender que lo que es «bueno» es muy diferente de lo que es «mejor».

Al contrario de lo que mis clientes piensan, el sexo no puede ser practicado a cualquier hora. Hay un reloj escondido en cada uno de nosotros, y para hacer el amor las manecillas de ambas personas tienen que marcar la misma hora al mismo tiempo. Eso no sucede todos los días. Aquel que ama no depende del acto sexual para sentirse bien. Dos personas que están juntas, y que se quieren, tienen que sincronizar sus manecillas, con paciencia y perseverancia, con juegos y representaciones «teatrales», hasta entender que hacer el amor es mucho más que un encuentro; es un «abrazo» de las partes genitales.

Todo tiene importancia. Una persona que vive intensamente su vida goza todo el tiempo y no echa de menos el sexo. Cuando practica el sexo, es por abundancia, porque el vaso de vino está tan lleno que desborda naturalmente, porque es absolutamente inevitable, porque acepta la llamada de la vida, porque en ese momento, sólo en ese momento, consigue perder el control.

P. D. Acabo de releer lo que he escrito: ¡¡¡Dios mío, me estoy volviendo demasiado intelectual!!!

Poco después de haber escrito eso, y cuando se preparaba para una noche más de Madre Cariñosa o Niña Ingenua, la puerta del Copacabana se abrió y entró Terence, el ejecutivo de la compañía discográfica, uno de los clientes especiales.

Milan pareció satisfecho detrás de la barra: ella no lo había decepcionado. María recordó en ese mismo momento palabras que decían tantas cosas y al mismo tiempo no decían nada: «Dolor, sufrimiento, y mucho placer».

—He venido de Londres especialmente para verte. He pensado mucho en ti.

Ella sonrió, intentando que su sonrisa no fuese una invitación. Pero una vez más él no siguió el ritual, no la invitó a nada, sólo se sentó a la mesa.

—Cuando se hace que una persona descubra algo, el profesor también acaba descubriendo algo nuevo.

—Sé a qué te refieres —respondió María, acordándose de Ralf Hart, e irritándose con su propio recuerdo. Estaba con otro cliente, tenía que respetarlo y hacer lo posible para dejarlo contento.

—¿Quieres seguir adelante?

Mil francos. Un universo escondido. Un jefe que la miraba. La certeza de que podría parar cuando quisiese. La fecha marcada para el regreso a Brasil. Otro hombre, que no aparecía nunca.

—¿Tienes prisa? —preguntó María.

Él dijo que no. ¿Qué quería ella?

—Quiero mi copa, mi baile, el respeto por mi profesión.

Él dudó durante algunos minutos, pero era parte del teatro, de dominar y de ser dominado. Pagó la copa, bailó, pidió un taxi, le entregó el dinero mientras cruzaban la ciudad, y fueron al mismo hotel. Entraron, él saludó al portero italiano de la misma manera en que lo había hecho la noche que se conocieron, subieron a la misma habitación con vistas al río.

Terence encendió una cerilla; fue entonces cuando María se dio cuenta de que había decenas de velas esparcidas por la habitación. Él empezó a encenderlas.

—¿Qué quieres saber? ¿Por qué soy así? Porque, si no me equivoco, te encantó la noche que pasamos juntos. ¿Quieres saber por qué tú también eres así?

—Pienso que en Brasil tenemos la superstición de encender más de tres cosas con la misma cerilla. Y no la estás respetando.

Él ignoró el comentario.

—Tú eres como yo. No estás aquí por los mil francos, sino por el sentimiento de culpa, de dependencia, por tus complejos y tu inseguridad. Y eso no es bueno ni malo, es la naturaleza humana.

Cogió el mando a distancia de la tele y cambió varias veces de canal, hasta detenerse en un informativo, en el que unos refugiados intentaban escapar de una guerra.

—¿Lo ves? ¿Conoces esos programas en los que la gente va a discutir sus problemas personales delante de todo el mundo? ¿Has visto los titulares en el quiosco? El mundo se alegra con el sufrimiento y con el dolor. Sadismo al ver, masoquismo al concluir que no tenemos que saber todo eso para ser felices y, aun así, asistimos a la tragedia ajena, y a veces sufrimos con ella.

Él sirvió otras dos copas de champán, apagó la tele y siguió encendiendo las velas.

—Repito: es la condición humana. Desde que fuimos expulsados del paraíso, sufrimos, o hacemos sufrir a alguien, u observamos el sufrimiento de los demás. Es incontrolable.

Oyeron el ruido de los truenos fuera, una enorme tempestad se estaba aproximando.

—Pero yo no soy capaz —dijo María—. Me parece ridículo creer que tú eres mi maestro y yo tu esclava.

Terence había acabado de encender todas las velas. Cogió una de ellas, la colocó en el centro de la mesa, volvió a servir champán y caviar. María bebía de prisa, pensando en los mil francos que ya estaban en su bolso, en lo desconocido que la fascinaba y la amedrentaba, en la manera de controlar su pavor. Sabía que, con aquel hombre, una noche jamás era como la otra, no podía amenazarlo.

—Siéntate.

La voz se alternaba entre dulce y autoritaria. María obedeció, y una ola de calor recorrió su cuerpo; aquella orden era familiar, ella se sentía más segura.

«Teatro. Tengo que entrar en la obra de teatro.»

Estaba bien recibir órdenes. No tenía que pensar, simplemente obedecer. Pidió más champán, él le trajo vodka; subía más deprisa, liberaba con más facilidad, acompañaba mejor el caviar.

Abrió la botella, María prácticamente bebió sola, mientras oía los truenos. Todo colaboraba para el momento perfecto, como si la energía de los cielos y de la tierra mostrase también su lado violento.

En un momento dado, Terence cogió una pequeña maleta del armario y la puso sobre la cama.

—No te muevas.

María se quedó inmóvil. Él abrió la maleta y sacó dos pares de esposas de metal cromado.

—Siéntate con las piernas abiertas.

Ella obedeció, impotente por voluntad propia, sumisa porque así lo deseaba. Notó que él miraba entre sus piernas, podía ver la braguita negra, las medias, los muslos, podía imaginar el vello, el sexo.

—¡Ponte de pie!

Ella se levantó de la silla. A su cuerpo le costó mantener el equilibrio, y vio que estaba más embriagada de lo que imaginaba.

—¡No me mires! ¡Baja la cabeza, respeta a tu dueño!

Antes de bajar la cabeza, un látigo fino fue retirado de la maleta y estalló en el aire, como si tuviese vida propia.

—Bebe. Mantén la cabeza baja, pero bebe.

Bebió uno más, dos, tres vasos de vodka.

Ahora no era simplemente una obra de teatro, sino la realidad de la vida: no tenía control. Se sentía un objeto, un simple instrumento, y por increíble que parezca, aquella sumisión le daba la sensación de completa libertad. Ya no era la maestra, la que enseña, la que consuela, la que escucha las confesiones, la que excita; era sólo la niña del interior de Brasil, ante el poder gigantesco del hombre.

—Quítate la ropa.

La orden fue seca, sin deseo, y, sin embargo, de lo más erótico. Manteniendo la cabeza baja en señal de reverencia, María desabotonó el vestido y dejó que resbalase hasta el suelo.

—No te estás portando bien, ¿lo sabías?

De nuevo el látigo estalló en el aire.

—Hay que castigarte. Una niña de tu edad, ¿cómo te atreves a contrariarme? ¡Deberías estar de rodillas delante de mí!

María hizo ademán de arrodillarse, pero el látigo la interrumpió; por primera vez tocaba su carne, en las nalgas. Escocía, pero parecía no dejar marcas.

—No te dije que te arrodillases. ¿O sí?

—No.

El látigo tocó sus nalgas otra vez.

—Di «No, mi señor».

Y un latigazo más. Más escozor. Por una fracción de segundo, ella pensó que podía parar todo aquello inmediatamente; o también podía escoger ir hasta el final, no por el dinero, sino por lo que él había dicho la primera vez, un ser humano sólo se conoce cuando va hasta sus límites.

Y aquello era nuevo; era la Aventura, podía decidir más tarde si le gustaría continuar, pero en aquel instante ella dejó de ser la chica que tiene tres objetivos en la vida, que ganaba dinero con su cuerpo, que había conocido a un hombre con una chimenea e historias interesantes que contar. Allí ella no era nadie, y al no ser nadie, era todo lo que soñaba.

—Quítate toda la ropa. Y anda de un lado para otro, para que yo pueda verte.

Una vez más obedeció, manteniendo la cabeza baja, sin decir una sola palabra. El hombre que la miraba estaba vestido, impasible, no era la misma persona con la que había venido hablando desde la discoteca, era un Ulises que venía de Londres, un Teseo que llegaba del cielo, un secuestrador que invadía la ciudad más segura del mundo y el corazón más cerrado de la tierra. Se quitó la braguita, el sujetador, se sintió indefensa y protegida al mismo tiempo. El látigo estalló de nuevo en el aire, esta vez sin tocar su cuerpo.

—¡Mantén la cabeza baja! Estás aquí para ser humillada, para ser sometida a todo lo que yo desee, ¿entiendes?

—Sí, señor.

Él agarró sus brazos y colocó el primer par de esposas en sus muñecas.

—Y vas a sufrir mucho. Hasta que aprendas a comportarte.

Con la mano abierta, le dio una palmada en las nalgas. María gritó, esta vez le había dolido.

—Así que te quejas, ¿verdad? Pues vas a ver lo que es bueno.

Antes de que ella pudiese reaccionar, una mordaza de cuero le estaba tapando la boca. No le impedía hablar, podía decir «amarillo» o «rojo», pero sentía que era su destino dejar que aquel hombre pudiese hacer con ella lo que quisiese, y no tenía forma de escapar de allí. Estaba desnuda, amordazada, esposada, con vodka corriendo por sus venas en lugar de sangre.

Otra palmada en las nalgas.

—¡Anda de un lado para otro!

María empezó a andar, obedeciendo las órdenes «para», «gira a la derecha», «siéntate», «abre las piernas». Alguna vez que otra, incluso sin motivo, se llevaba una palmada, y sentía el dolor, sentía la humillación, que era más poderosa y fuerte que el dolor, y se sentía en otro mundo, donde no había nada más, y eso era una sensación casi religiosa, anularse por completo, servir, perder la idea del Ego, de los deseos, de la propia voluntad. Estaba completamente mojada, excitada, sin comprender lo que sucedía.

—¡Ponte otra vez de rodillas!

Como mantenía siempre la cabeza baja, en señal de obediencia y humillación, María no podía ver exactamente lo que estaba pasando; pero notaba que, en otro universo, en otro planeta, aquel hombre estaba agotado, cansado de hacer estallar el látigo y azotarle las nalgas con la palma de la mano abierta, mientras ella se sentía cada vez más llena de fuerza y energía. Ahora había perdido la vergüenza, y no se incomodaba por mostrar que le estaba gustando, empezó a gemir, le pidió que le tocase el sexo, pero él, en vez de eso, la agarró y la arrojó sobre la cama.

Con violencia, pero con una violencia que ella sabía que no le iba a causar ningún daño, abrió las piernas y ató cada una de ellas a un lado de la cama. Las manos esposadas a la espalda, las piernas abiertas, la mordaza en la boca, ¿cuándo iba a penetrarla? ¿No veía que ella ya estaba lista, que quería servirle, que era su esclava, su animal, su objeto, que haría cualquier cosa que él le mandase?

—¿Te gustaría que te reventase toda?

Ella vio que él apoyaba el mango del látigo en su sexo. Lo

frótó de arriba abajo y, en el momento en el que tocó su clítoris, ella perdió el control. No sabía cuánto tiempo hacía que estaban allí, no imaginaba cuántas veces había sido azotada, pero
de repente vino el orgasmo, el orgasmo que decenas, centenas de
hombres, en todos aquellos meses, jamás habían conseguido
despertar. Una luz explotó, ella sentía que entraba en una especie de agujero negro en su propia alma, donde el dolor intenso
y el miedo se mezclaban con el placer total, aquello la empujaba más allá de todos los límites que había conocido; María gimió,
gritó con la voz sofocada por la mordaza, se sacudió en la cama,
sintiendo que las esposas le cortaban las muñecas y las tiras de
cuero le destrozaban los tobillos, se movió como nunca justamente porque no podía moverse, gritó como jamás había gritado,
porque tenía una mordaza en la boca y nadie podría oírla. Aquello era el dolor y el placer, el mango del látigo presionando el
clítoris cada vez más fuerte, y el orgasmo saliendo por la boca,
por el sexo, por los poros, por los ojos, por toda su piel.

Entró en una especie de trance, y poco a poco fue bajando,
bajando, el látigo ya no estaba entre sus piernas, sólo el vello
mojado por el sudor abundante, y manos cariñosas que le reti-
raban las esposas y desataban las tiras de cuero de sus pies.

Ella permaneció allí acostada, confusa, incapaz de mirar al
hombre porque estaba avergonzada de sí misma, de sus gritos, de
su orgasmo. Él le acariciaba el pelo, y también jadeaba, pero el
placer había sido exclusivamente suyo; él no había tenido ningún
momento de éxtasis.

Su cuerpo desnudo abrazó a aquel hombre completamente
vestido, exhausto de tantas órdenes, tantos gritos, tanto control

de la situación. Ahora no sabía qué decir, cómo continuar, pero estaba segura, protegida, porque él la había invitado a ir hasta una parte suya que no conocía, era su protector y su maestro.

Empezó a llorar, y él pacientemente esperó a que terminase.

—¿Qué has hecho conmigo? —decía entre lágrimas.

—Lo que querías que hiciese.

Ella lo miró y sintió que lo necesitaba desesperadamente.

—Yo no te forcé, no te obligué, y no te oí decir: «amarillo»; mi único poder era el que tú me dabas. No había ningún tipo de obligación, de chantaje, era simplemente tu voluntad; aunque tú fueses la esclava y yo el señor, mi único poder era empujarte hacia tu propia libertad.

Esposas. Tiras de cuero en los pies. Mordaza. Humillación, que era más fuerte y más intensa que el dolor. Aun así, él tenía razón, la sensación era de total libertad. María estaba repleta de energía, de vigor, y sorprendida al ver que el hombre que estaba a su lado estaba exhausto.

—¿Llegaste al orgasmo?

—No —dijo él—. El señor está para forzar al esclavo. El placer del esclavo es la alegría del señor.

Nada de aquello tenía sentido, porque no es lo que cuentan las historias, no es así en la vida real. Pero aquél era un mundo de fantasía, ella estaba llena de luz, y él parecía opaco, agotado.

—Puedes irte cuando quieras —dijo Terence.

—No quiero irme, quiero entender.

—No hay nada que entender.

Ella se levantó, con la belleza y la intensidad de su desnudez, y sirvió dos copas de vino. Encendió dos cigarrillos y le dio uno, los papeles se habían invertido, era la señora la que servía al esclavo, recompensándolo por el placer que le había dado.

—Ahora me vestiré y me marcharé. Pero me gustaría hablar un rato antes.

—No hay nada de que hablar. Eso era lo que yo quería, y has estado maravillosa. Estoy cansado, mañana tengo que volver a Londres.

Él se acostó y cerró los ojos. María no sabía si fingía dormir, pero eso no le importaba; fumó el cigarrillo con placer, bebió lentamente su copa de vino con la cara pegada al cristal, mirando el lago y deseando que alguien, en la otra orilla, la viese así, desnuda, plena, satisfecha, segura.

Se vistió, salió sin decir adiós, y sin importarle si él le abría o no la puerta, porque no tenía la certeza de querer volver.

Terence oyó que la puerta se cerraba, esperó para ver si ella no volvía diciendo que había olvidado algo, y después de algunos minutos se levantó y encendió otro cigarrillo.

«La chica tenía estilo», pensó. Había sabido aguantar el látigo, aunque eso fuese lo más común, lo más antiguo, y el menor de todos los suplicios. Por un momento, recordó la primera vez que había experimentado esta misteriosa relación entre dos seres que desean acercarse, pero sólo lo consiguen infligiendo sufrimiento a los demás.

Allí fuera, millones de parejas practicaban sin darse cuenta, todos los días, el arte del sadomasoquismo. Iban al trabajo, volvían, se quejaban de todo, agredían o eran agredidos por la mujer, se sentían miserables, pero profundamente ligados a la propia infelicidad, sin saber que bastaba un gesto, un «hasta nunca más», para liberarse de la opresión. Terence lo había experimentado con su primera esposa, una famosa cantante inglesa; vivía torturado por los celos, haciendo escenas, pasando días bajo los efectos de calmantes, y noches embriagado de alcohol. Ella lo amaba, no entendía por qué se comportaba así; él la amaba, y tampoco entendía su propio comportamiento. Pero era como si la agonía que uno infligía al otro fuese necesaria, fundamental para la vida.

Una vez, un músico, que él consideraba muy extraño porque parecía demasiado normal en aquel medio de gente exótica, olvidó un libro en el estudio. *La Venus de las pieles*, de Leopold von Sacher-Masoch. Terence se puso a hojearlo y, a medida que leía, se comprendía mejor a sí mismo:

> La hermosa mujer se desnudó y cogió un largo látigo, con un pequeño mango, que ató a la muñeca. «Me lo has pedido —dijo ella—. Entonces voy a azotarte.» «Hazlo —susurró su amante—. Te lo imploro.»

Su mujer estaba del otro lado del cristal del estudio, ensayando. Había pedido que desconectasen el micrófono que permitía a los técnicos escucharlo todo, y había sido obedecida. Terence pensaba que tal vez estuviese concertando una cita con el pianista, y se dio cuenta: ella lo llevaba a la locura, pero parecía que ya se había acostumbrado a sufrir, y no podía vivir sin aquello.

«Voy a azotarte», decía la mujer desnuda, en la novela que tenía en las manos. «Hazlo, te lo imploro.»

Él era atractivo, tenía poder en la compañía, ¿por qué tenía que llevar esa vida que llevaba?

Porque le gustaba. Merecía sufrir mucho, ya que la vida había sido muy buena con él, y no era digno de todas aquellas bendiciones: dinero, respeto, fama. Creía que su carrera lo estaba llevando a un punto en el que empezaría a depender del éxito, y aquello lo asustaba, porque ya había visto a mucha gente despeñarse desde las alturas.

Leyó el libro. Leyó todo lo que caía en sus manos sobre la misteriosa unión entre dolor y placer. Su mujer descubrió los vídeos que alquilaba, los libros que escondía, le preguntó qué era aquello, si estaba enfermo. Terence respondió que no, que era una investigación para el *look* de un nuevo trabajo que ella debía hacer. Y sugirió, como quien no quiere la cosa: «Tal vez deberíamos probar».

Probaron. Al principio con mucha timidez, guiándose sólo por los manuales que encontraban en tiendas pornográficas. Poco a poco fueron desarrollando nuevas técnicas, yendo hasta el límite, corriendo riesgos, pero sintiendo que su matrimonio era cada vez más sólido. Eran cómplices de algo escondido, prohibido, condenado.

La experiencia de ambos se convirtió en arte: diseñaron trajes nuevos, cuero y tachuelas de metal. Ella entraba en escena con un látigo, ligas, botas y llevaba al público al delirio. El nuevo disco llegó al primer lugar de las listas de éxito de Inglaterra, y desde allí siguió una carrera victoriosa en toda Europa. Terence se sorprendía de cómo la juventud aceptaba sus delirios personales con tanta naturalidad, y su única explicación era que de esa

manera la violencia contenida podía manifestarse de forma intensa, pero inofensiva.

El látigo pasó a ser el símbolo del grupo, lo reprodujeron en
camisetas, tatuajes, pegatinas, postales. La formación intelectual
de Terence lo hizo buscar el origen de todo aquello, de modo que
pudiese entenderse mejor a sí mismo.

No eran, como le había dicho a la prostituta en su cita, los penitentes que intentaban apartar a la Peste Negra. Desde la noche
de los tiempos, el hombre había entendido que el sufrimiento,
una vez encarado sin temor, era su pasaporte hacia la libertad.

Egipto, Roma y Persia ya tenían la noción de que, si un hombre se sacrifica, salva al país y su mundo. En China, cuando había una catástrofe natural, el emperador era castigado, por ser él
el representante de la divinidad en la Tierra. Los mejores guerreros de Esparta, en la Antigua Grecia, eran azotados una vez al
año, desde la mañana hasta la noche, en homenaje a la diosa
Diana, mientras la multitud gritaba palabras incentivándolos,
pidiéndoles que aguantasen el dolor con dignidad, pues los pre-
pararía para el mundo de las guerras. Al final del día, los sacer-
dotes examinaban las heridas dejadas en la espalda de los guerreros, y a través de ellas predecían el futuro de la ciudad.

Los padres del desierto, en una antigua comunidad cristiana
del siglo IV que se reunía en un monasterio de Alejandría, usaban la flagelación como medio de apartar a los demonios, o de
demostrar la inutilidad del cuerpo durante la búsqueda espiritual.
La historia de los santos estaba llena de ejemplos: santa Rosa

corría por el jardín, mientras las espinas herían su carne, san Domingos Loricatus se azotaba regularmente todas las noches antes de dormir, los mártires se entregaban voluntariamente a la lenta muerte en la cruz o en los dientes de animales salvajes. Todos decían que el dolor, una vez superado, era capaz de llevar al éxtasis religioso.

Estudios recientes, no confirmados, indicaban que un cierto tipo de hongo con propiedades alucinógenas se desarrollaba en las heridas, lo que causaba las visiones. El placer parecía ser tanto que la práctica enseguida salió de los conventos y empezó a difundirse por el mundo.

En 1718, fue publicado el *Tratado de autoflagelación*, que enseñaba cómo descubrir el placer a través del dolor, pero sin causar daño al cuerpo. Al final de ese siglo, había decenas de lugares en toda Europa donde las personas sufrían para llegar a la alegría. Hay documentos de reyes y princesas que se hacían flagelar por sus esclavos, hasta descubrir que el placer no sólo estaba en recibir, sino también en infligir dolor, aunque fuese más exhaustivo, y menos gratificante.

Mientras fumaba su cigarrillo, Terence experimentaba un cierto placer al saber que la mayor parte de la humanidad jamás podría comprender lo que él pensaba.

Mejor así: pertenecer a un círculo cerrado, al que sólo los elegidos tenían acceso. Volvió a recordar cómo el tormento de estar casado se transformó en la maravilla de estar casado. Su mujer sabía que visitaba Gèneve con ese propósito, y no se enfadaba, al contrario, en este mundo enfermo, ella era feliz porque su marido conseguía la recompensa que deseaba, después de una semana de arduo trabajo.

La chica que acababa de salir de la habitación lo había entendido todo. Sentía que su alma estaba cerca de la de ella, aunque todavía no estuviese preparado para enamorarse, porque amaba a su mujer. Pero le gustó pensar que era libre y que podía soñar con una nueva relación.

Sólo faltaba hacerle experimentar lo más difícil: transformarla en la Venus de las pieles, en Dominatrix, en la Señora, capaz de humillar y de castigar sin piedad. Si pasaba la prueba, estaría preparado para abrir su corazón y dejarla entrar.

Del diario de María, aún embriagada por el vodka y el placer:

Cuando no tuve nada que perder, lo recibí todo. Cuando dejé de ser quien era, me encontré a mí misma.

Cuando conocí la humillación y la sumisión total, fui libre. No sé si estoy enferma, si todo aquello fue un sueño, o si sucede sólo una vez. Sé que puedo vivir sin eso, pero me gustaría hacerlo de nuevo, repetir la experiencia, ir más lejos de lo que he ido.

Estaba algo asustada por el dolor, pero no era tan fuerte como la humillación; era sólo un pretexto. En el momento en el que tuve el primer orgasmo en muchos meses, a pesar de los muchos hombres y de las muchas y diferentes cosas que han hecho con mi cuerpo, me sentí —¿será eso posible?— más cerca de Dios. Recordé lo que él dijo respecto a la Peste Negra, sobre el momento en el que los flagelantes, al ofrecer su dolor por la salvación de la humanidad, encontraban en ella el placer. Yo no quería salvar a la humanidad, ni a él, ni a mí misma; simplemente estaba allí.

El arte del sexo es el arte de controlar el descontrol.

No era una obra de teatro, estaban en la estación de tren de verdad, a petición de María, a la que le gustaba una pizza que sólo preparaban allí. No estaba mal ser un poco caprichosa. Ralf debería haber aparecido un día antes, cuando todavía era una mujer en busca de amor, chimenea, vino, deseo. Pero la vida había escogido de manera diferente, y hoy había pasado todo el día sin tener que hacer su ejercicio de concentrarse en los sonidos y en el presente, simplemente porque no había pensado en él, había descubierto cosas que le interesaban más.

¿Qué hacer con ese hombre, que comía una pizza que tal vez no le gustaba, sólo para pasar el tiempo, y esperar el momento de ir hasta su casa? Cuando él entró en la discoteca y le ofreció una copa, María pensó en decirle que ya no estaba interesada, que buscase a otra persona; pero por otro lado, tenía una inmensa necesidad de hablar con alguien sobre la noche anterior.

Lo había intentado con alguna otra prostituta que también servía a los «clientes especiales», pero ninguna le había prestado la menor atención, porque María era lista, aprendía deprisa, se había convertido en la gran amenaza del Copacabana. Ralf Hart, de todos los hombres que conocía, era tal vez el único que podía entenderla, pues Milan lo consideraba un «cliente especial». Pero él la miraba con ojos iluminados de amor, y eso hacía las cosas más difíciles, mejor no decir nada.

—¿Qué sabes de dolor, sufrimiento y mucho placer?

Una vez más, María no había conseguido controlarse.

Ralf dejó de comer la pizza.

—Lo sé todo. Y no me interesa.

La respuesta había sido rápida, y María se quedó sorprendida. Entonces, ¿todo el mundo lo sabía, menos ella? ¿Santo Dios, qué mundo era aquél?

—He conocido mis demonios y mis tinieblas —continuó Ralf—. Fui hasta el fondo, lo he probado todo, no sólo en esta área, sino en muchas otras. Sin embargo, la última noche que nos vimos fui hasta mis límites a través del deseo, y no del dolor. Me sumergí en el fondo de mi alma, y sé que aún quiero cosas buenas, muchas cosas buenas de esta vida.

Tuvo ganas de decir: «Una de ellas eres tú, por favor, no sigas por ese camino». Pero no tuvo valor; en vez de eso, llamó un taxi y le pidió que los llevase hasta la orilla del lago, donde, una eternidad antes, habían caminado juntos el día en que se habían conocido. A María le extrañó la petición, permaneció callada, su instinto le decía que tenía mucho que perder, aunque su mente estuviese aún embriagada con lo que había sucedido la noche anterior.

Despertó de su pasividad cuando llegaron al jardín a orillas del lago; aunque todavía era verano, ya empezaba a hacer mucho frío por la noche.

—¿Qué hacemos aquí? —preguntó cuando salieron del taxi—. Hace viento, voy a pillar un resfriado.

—He pensado mucho en tu comentario de la estación de tren. Sufrimiento y placer. Quítate los zapatos.

Ella recordó que, una vez, uno de sus clientes le había pedido lo mismo, y se había excitado simplemente al ver sus pies. ¿Es que la Aventura no la dejaba en paz?

—Voy a pillar un resfriado.

—Haz lo que te digo —insistió él—. No vas a pillar ningún resfriado, si no tardamos mucho. Cree en mí, como yo creo en ti.

Sin ninguna razón aparente, María entendió que él quería ayudarla; tal vez porque ya había bebido de una agua muy amarga, y creía que ella corría el mismo riesgo. No quería que la ayudasen; estaba contenta con su nuevo mundo, en el que descubría que el sufrimiento ya no era un problema. Sin embargo, pensó en Brasil, en la imposibilidad de encontrar una pareja para compartir ese universo diferente, y como Brasil era lo más importante en su vida, se quitó los zapatos. El suelo estaba lleno de pequeñas piedras, que enseguida rasgaron sus medias, pero eso no tenía importancia, compraría otras.

—Quítate el abrigo.

Ella podría haber dicho que no pero, desde la noche anterior, se había acostumbrado a la alegría de poder decir «sí» a todo lo que estaba en su camino. Se quitó el abrigo, el cuerpo aún caliente no reaccionó enseguida, pero poco a poco el frío la fue incomodando.

—Vamos a andar. Y vamos a hablar.

—Aquí es imposible: el suelo está lleno de piedras.

—Justamente por eso; quiero que sientas estas piedras, quiero que te provoquen dolor, que te hagan daño, porque debes de haber probado, como yo probé, el sufrimiento aliado al placer, y tengo que arrancar eso de tu alma.

María sintió el deseo de decir: «No es necesario, me gusta». Pero caminó sin prisa, la planta de los pies empezó a escocerle, debido al frío y a las piedras.

—Una de mis exposiciones me llevó a Japón, justamente cuando estaba totalmente metido en eso que tú llamaste «sufrimiento, humillación y mucho placer». En aquella época, yo creía que no había camino de vuelta, que caería cada vez más bajo, y que ya nada quedaba en mi vida, excepto el deseo de castigar y ser castigado.

»Somos seres humanos, nacemos llenos de culpa, nos da miedo cuando la felicidad se transforma en algo posible, y morimos queriendo castigar a los demás porque siempre sentimos impotencia, injusticia, infelicidad. Pagar por tus pecados, y poder castigar a los pecadores, ah, ¿no es una delicia? Sí, es genial.

María andaba, el dolor y el frío hacían difícil prestar atención a sus palabras, pero ella se esforzaba.

—He visto las marcas en tus muñecas.

Las esposas. Se había puesto varias pulseras para disimular, sin embargo, los ojos acostumbrados saben siempre lo que están buscando.

—En fin, si todo aquello que has probado recientemente te está conduciendo a dar ese paso, no seré yo quien te lo impida; pero nada de eso tiene relación con la verdadera vida.

—¿Qué paso?

—Dolor y placer. Sadismo y sadomasoquismo. Llámalo como quieras, pero si estás segura de que ése es tu camino, sufriré, recordaré el deseo, las veces que nos vimos, el paseo por el Camino de Santiago, tu luz. Guardaré en un lugar especial un bolígrafo, y cada vez que encienda aquella chimenea me acordaré de ti. Sin embargo, no te buscaré más.

María sintió miedo, pensó que era el momento de dar marcha atrás, de decir la verdad, de dejar de fingir que sabía más que él.

—Lo que he probado recientemente, mejor dicho, ayer, jamás lo había probado antes. Y me asusta que, en el límite de la degradación, pudiese encontrarme a mí misma.

Se estaba haciendo difícil seguir hablando, sus dientes castañeteaban de frío, y los pies le dolían mucho.

—En mi exposición, en una región llamada Kumano, apareció un leñador —continuó Ralf, como si no hubiese oído lo que ella decía—. No le gustaron mis cuadros, pero fue capaz de descifrar, a través de la pintura, lo que yo estaba viviendo y sintiendo. Al día siguiente, me buscó en el hotel y me preguntó si estaba contento; si lo estaba, debía seguir haciendo lo que me gustaba. Si no lo estaba, debía acompañarlo y pasar unos días con él.

»Me hizo andar por las piedras, como yo hago ahora contigo. Me hizo sentir frío. Me obligó a entender la belleza del dolor, pero un dolor aplicado por la naturaleza, no por el hombre. A eso lo llamó *Shugendo*, una práctica milenaria.

»Me dijo que era un hombre que no tenía miedo al dolor, y eso era bueno, porque para dominar el alma hay que aprender a dominar el cuerpo. Me dijo también que estaba usando el dolor de manera equivocada, y que eso era muy ruin.

»Aquel leñador, ignorante, creía que me conocía mejor que yo mismo, y eso me irritaba, al mismo tiempo que me enorgullecía al saber que mis cuadros eran capaces de expresar exactamente lo que yo estaba sintiendo.

María sintió que una piedra más puntiaguda le cortaba el pie, pero el frío era más fuerte, su cuerpo estaba quedándose dormido, y no era capaz de seguir las palabras de Ralf. ¿Por qué los hombres, en este mundo de Dios, sólo tenían interés en mostrarle el dolor? El dolor sagrado, el dolor con placer, el dolor con explicaciones o sin explicaciones, pero siempre era dolor, dolor...

El pie herido tocó otra piedra, ella reprimió el grito y continuó andando. Al principio había intentado mantener su integridad, su autodominio, aquello que él llamaba «luz». Pero ahora andaba despacio, mientras su estómago y su pensamiento daban vueltas: pensó en vomitar. Pensó en parar, nada de aquello tenía sentido, pero no paró.

No paró por respeto a sí misma; podía aguantar aquella caminata descalza el tiempo que fuese necesario, porque no iba a durar toda la vida. Y de repente otro pensamiento cruzó el espacio: ¿y si no podía ir al Copacabana al día siguiente, por un serio problema en los pies, o por una fiebre causada por la gripe que, seguramente, se iba a instalar en su cuerpo poco afortunado? Pensó en los clientes que la esperaban, en Milan, que tanto confiaba en ella, en el dinero que dejaría de ganar, en la hacienda, en sus padres orgullosos. Pero el sufrimiento pronto apartó cualquier tipo de reflexión, y ella daba un paso tras otro, loca porque Ralf Hart reconociese su esfuerzo y le dijese que era suficiente, que podía ponerse los zapatos.

Sin embargo, él parecía indiferente, lejos, como si aquélla fuese la única manera de librarla de algo que no conocía bien, que la seducía, pero que acabaría dejando marcas más profundas que las de las esposas. Aun sabiendo que intentaba ayudarla, y por más que se esforzase para seguir adelante y mostrar la luz de su fuerza de voluntad, el dolor no la dejaba tener pensamientos profanos o nobles, era simplemente dolor, que ocupaba todo el espacio, asustaba, y la obligaba a pensar que tenía un límite y que no lo conseguiría.

Pero dio un paso.

Y otro.

El dolor ahora parecía invadir el alma y debilitarla espiritualmente, porque una cosa es hacer un poco de teatro en un hotel de cinco estrellas, desnuda, con vodka, caviar, y un látigo entre las piernas, y otra, estar a la intemperie, descalza, con piedras cortándole los pies. Estaba desorientada, no conseguía intercambiar ni una palabra con Ralf Hart, todo lo que existía en su universo eran las piedras pequeñas y cortantes que marcaban el camino por entre los árboles.

Entonces, cuando pensaba que iba a desistir, un extraño sentimiento la invadió: había llegado a su límite, y más allá había un espacio vacío, donde parecía flotar e ignorar lo que sentía. ¿Sería ésa la sensación que experimentaban los penitentes? En la otra extremidad del dolor descubría una puerta a un nivel diferente de conciencia, y ya no había espacio para nada más, sólo para la naturaleza implacable, y para ella misma, invencible.

Todo a su alrededor se transformó en un sueño: el jardín mal iluminado, el lago oscuro, Ralf en silencio, alguna pareja que otra que paseaba, sin darse cuenta de que ella iba descalza y andaba con dificultad. No sabía si era el frío o el sufrimiento, pero de repente dejó de sentir su cuerpo, entró en un estado en el que no hay ningún deseo ni miedo, sólo una misteriosa, ¿cómo definirlo?, una misteriosa «paz». El límite del dolor no era su límite; podía ir más allá.

Pensó en todos los seres humanos que sufrían sin pedirlo, y allí estaba ella, provocando su propio sufrimiento, pero aquello ya no le importaba, había cruzado las fronteras del cuerpo, y ahora simplemente le quedaba el alma, la «luz», una especie de vacío, que alguien, algún día, llamó Paraíso. Hay ciertos sufrimientos que sólo pueden ser olvidados cuando podemos flotar sobre nuestro propio dolor.

Lo siguiente que recordó fue a Ralf cogiéndola en brazos, quitándose la chaqueta, y poniéndola sobre sus hombros. Debía de tener demasiado frío, pero poco importaba; estaba contenta, no tenía miedo, había vencido. No se había humillado ante él.

Los minutos se convirtieron en horas, ella debía de haber dormido en sus brazos, porque cuando despertó, aunque todavía era de noche, estaba en una habitación con un aparato de televisión en una de las esquinas y nada más. Blanco, vacío.

Ralf apareció con un chocolate caliente.

—Todo va bien—dijo él—. Has llegado a donde debías llegar.

—No quiero chocolate, quiero vino. Y quiero bajar a nuestro sitio, la chimenea, los libros tirados por todas partes.

Había dicho «nuestro sitio»; eso no era lo que había planeado.

Se miró los pies; aparte de un pequeño corte, sólo había marcas rojas, que desaparecerían al cabo de algunas horas. Con cierta dificultad, bajó la escalera sin prestar mucha atención a nada; se puso en su esquina, en la alfombra, al lado de la chimenea; había descubierto que allí siempre se sentía bien, como si fuese su «sitio», su lugar en aquella casa.

—El leñador me dijo que, cuando se hace algún tipo de ejercicio físico, cuando se le exige todo al cuerpo, la mente gana una fuerza espiritual extraña que tiene que ver con la «luz» que vi en ti. ¿Qué sentiste?

—Que el dolor es amigo de la mujer.

—Ése es el peligro.

—Que el dolor tiene un límite.

—Ésa es la salvación. No lo olvides.

La mente de María aún estaba confusa; había experimentado esa «paz», al ir más allá de su límite. Él le había mostrado otro tipo de sufrimiento, y también ése le había dado un extraño placer.

Ralf cogió una gran carpeta y la abrió. Eran dibujos.

—La historia de la prostitución. Es lo que me pediste, cuando nos vimos.

Sí, se lo había pedido, pero era simplemente una manera de pasar el tiempo, de intentar resultar interesante. Eso no tenía la menor importancia ahora.

—Durante todos estos días he estado navegando por un mar desconocido. No creí que hubiese una historia, pensaba simplemente que era la profesión más antigua del mundo, como dice la gente. Pero hay una historia; mejor dicho, dos historias.

—¿Y estos dibujos?

Ralf Hart pareció un poco decepcionado porque ella no lo comprendía, pero enseguida se controló y siguió adelante.

—Son las cosas que pinté mientas leía, investigaba, aprendía.

—Hablaremos de eso otro día; hoy no quiero cambiar de tema, necesito entender el dolor.

—Lo sentiste ayer y descubriste que conducía al placer. Lo has sentido hoy y has encontrado la paz. Por eso te digo: no te acostumbres, porque es muy fácil acostumbrarse a vivir con él, es una droga poderosa. Está en nuestra vida cotidiana, en el sufrimiento escondido, en la renuncia que hacemos y culpamos al amor por la derrota de nuestros sueños. El dolor asusta cuando muestra su verdadera cara, pero es seductor cuando se viste de sacrificio, renuncia. O cobardía. El ser humano, por más que lo rechace, siempre encuentra alguna manera de estar con él, de enamorarlo, de hacer que sea parte de su vida.

—No lo creo. Nadie desea sufrir.

—Si consigues entender que puedes vivir sin sufrimiento, ya es un gran paso, pero no creas que otras personas van a comprenderte. Sí, nadie desea sufrir y, aun así, casi todos buscan el dolor, el sacrificio, y se sienten justificados, puros, merecedores del respeto de sus hijos, de sus maridos, de los vecinos, de Dios. No pensemos en eso ahora, sólo tienes que saber que lo que mueve el mundo no es la búsqueda del placer, sino la renuncia a todo lo que es importante.

»¿El soldado va a la guerra a matar al enemigo? No: va a morir por su país. ¿Le gusta a la mujer mostrarle a su marido lo contenta que está? No: quiere que él vea cuánto se dedica, cuánto sufre para verlo feliz. ¿Va el marido al trabajo pensando que llegará a su realización personal? No: está dando su sudor y sus lágrimas por el bien de la familia. Y así sucesivamente: hijos que renuncian a los sueños para alegrar a sus padres, padres que renuncian a la vida para alegrar a los hijos, dolor y sufrimiento que justifican aquello que debía proporcionar simplemente alegría: amor.

—Para.

Ralf paró. Era el momento adecuado para cambiar de asunto, se puso a enseñarle los dibujos. Al principio, todo parecía confuso, había perfiles de personas, pero también garabatos, colores, trazos nerviosos o geométricos. Poco a poco, sin embargo, ella empezó a entender lo que él decía, porque cada palabra suya iba acompañada de un gesto, y cada frase la llevaba a un mundo del cual hasta entonces se había negado a formar parte; se decía a sí misma que aquello no dejaba de ser un período de su vida, una manera de ganar dinero y nada más.

—Sí, he descubierto que no hay solamente una, sino dos historias de la prostitución. La primera la conoces muy bien porque es también la tuya: una chica guapa, por diversas razones que ella ha escogido, o que han escogido por ella, descubre que la única manera de sobrevivir es vendiendo su cuerpo. Algunas terminan dominando naciones, como Mesalina hizo con Roma, otras se convierten en mitos, como Madame Du Barry, otras enamoran a la aventura y la desgracia al mismo tiempo, como la espía Mata Hari. Pero la mayoría jamás tendrán un momento de gloria ni un gran desafío: serán para siempre chicas de pueblo que vienen en busca de fama, marido, aventura, que acaban descubriendo otra realidad, se sumergen en ella por algún tiempo, se acostumbran, creen que siempre tienen el control, y no consiguen hacer nada más.

»Los artistas continúan haciendo sus esculturas, sus pinturas, y escribiendo sus libros hace más de tres mil años. De esta misma manera, las prostitutas continúan su trabajo a través del tiempo como si nada hubiese cambiado mucho. ¿Quieres saber detalles?

María asintió con la cabeza. Necesitaba ganar tiempo, entender el dolor, empezaba a tener la sensación de que algo muy ruin había salido de su cuerpo mientras caminaba por el parque.

—Aparecen prostitutas en los textos clásicos, en los jeroglíficos egipcios, en la tradición sumeria, en el Antiguo y en el

Nuevo Testamento. Pero la profesión no se organiza sino hasta el siglo VI antes de Cristo, cuando el legislador Solón (en Grecia) instituye burdeles controlados por el Estado, e inicia el cobro de impuestos por el «comercio de la carne». Los hombres de negocios atenienses se alegran porque lo que antes estaba prohibido ahora es legal. Las prostitutas, a su vez, empiezan a ser clasificadas según los impuestos que pagan.

»A la más barata se la llamaba *pornai*, esclava que pertenece a los dueños del establecimiento. Después está la *peripatética*, que consigue a sus clientes en la calle. Finalmente, con el nivel más alto de precio y de calidad, está la *hetaera*, la «compañía femenina», que acompaña a los hombres de negocios en sus viajes, frecuenta los restaurantes elegantes, es dueña de su propio dinero, da consejos, interfiere en la vida política de la ciudad. Como ves, lo que sucedió ayer también sucede hoy.

»En la Edad Media, a causa de las enfermedades de transmisión sexual…

Silencio, miedo a la gripe, calor de la chimenea, ahora necesaria para calentar su cuerpo y su alma. María no quería seguir escuchando aquella historia, tenía la sensación de que el mundo se había parado, de que todo se repetía, y de que el hombre jamás sería capaz de darle al sexo el respeto merecido.

—No pareces interesada.

Ella hizo un esfuerzo. A fin de cuentas, era el hombre al que había decidido entregar su corazón, aunque ya no estuviese tan segura de ello.

—No me interesa aquello que conozco; eso me entristece. Dijiste que había otra historia.

—La otra historia es exactamente lo contrario: la prostitución sagrada.

De repente, ella había salido de su estado somnoliento y lo escuchaba con atención. ¿Prostitución sagrada? ¿Ganar dinero con el sexo y, aun así, acercarse a Dios?

—El historiador griego Herodoto escribe respecto a Babilonia: «Hay allí una costumbre muy extraña: toda mujer nacida en Sumeria está obligada, por lo menos una vez en su vida, a ir al templo de la diosa Ishtar y entregar su cuerpo a un desconocido, como un símbolo de hospitalidad, y por un precio simbólico».

Después preguntaría quién era esa diosa; tal vez también ella la ayudase a recuperar algo que había perdido, pero que no sabía lo que era.

—La influencia de la diosa Ishtar se expandió por todo Oriente Medio, alcanzó Cerdeña, Sicilia y los puertos del mar Mediterráneo. Más tarde, durante el Imperio romano, otra diosa, Vesta, exigía la virginidad total o la entrega total. Para mantener el fuego sagrado, mujeres de su templo se encargaban de iniciar a los jóvenes y a los reyes en el camino de la sexualidad, cantaban himnos eróticos, entraban en trance, y entregaban su éxtasis al universo, en una especie de comunión con la divinidad.

Ralf Hart le enseñó una fotocopia con algunas letras antiguas, con la traducción en alemán a pie de página. Declamó despacio, traduciendo cada verso:

Cuando estoy sentada en la puerta de una taberna,
yo, Ishtar, la diosa,
soy prostituta, madre, esposa, divinidad.

Soy lo que llaman vida,
aunque vosotros le llaméis Muerte.
Soy lo que llaman Ley,
aunque vosotros le llaméis Marginal.
Soy lo que vosotros buscáis
y aquello que conseguisteis.
Soy aquello que vosotros esparcisteis
y ahora recogéis mis pedazos.

María lloró un poco, y Ralf Hart rió; su energía vital estaba volviendo, la «luz» empezaba a brillar de nuevo. Era mejor seguir con la historia, enseñarle los dibujos, hacerla sentirse amada.

—Nadie sabe por qué desapareció la prostitución sagrada, después de haber durado por lo menos dos milenios. Tal vez por culpa de las enfermedades, o de una sociedad que cambió sus reglas cuando las religiones también cambiaron. En fin, ya no existe y no volverá a existir. Hoy en día, los hombres controlan el mundo, y el término sólo sirve para crear un estigma y llamar prostituta a cualquier mujer que ande por fuera de la línea.

—¿Puedes ir al Copacabana mañana?

Ralf no entendió la pregunta, pero estuvo de acuerdo inmediatamente.

Del diario de María, la noche que caminó descalza por el Jardín Inglés en Genève:

No me importa si algún día fue sagrado o no, pero YO ODIO LO QUE HAGO. Está destruyendo mi alma, haciéndome perder el contacto conmigo misma, enseñándome que el dolor es una recompensa, que el dinero lo compra todo, que lo justifica todo.

Nadie es feliz a mi alrededor; los clientes saben que tienen que pagar por aquello que deberían tener gratis, y eso es deprimente. Las mujeres saben que tienen que vender aquello que les gustaría entregar simplemente por placer y cariño, y eso es destructivo. He luchado mucho antes de escribir esto, de aceptar que era infeliz, que estaba descontenta, que tenía, y aún tengo, que resistir algunas semanas más.

Sin embargo, ya no puedo seguir así, fingir que todo es normal, que es un período, una época de mi vida. Quiero olvidarla, necesito amar, sólo eso, necesito amar.

La vida es corta, o demasiado larga para que yo pueda permitirme el lujo de vivirla tan mal.

No es la casa de él. No es su casa. No es ni Brasil, ni Suiza, sino un hotel que puede estar en cualquier lugar del mundo, siempre con los mismos muebles, y ese ambiente que pretende ser familiar, lo que lo hace aún más distante.

No es el hotel con la hermosa vista hacia el lago, el recuerdo del dolor, del sufrimiento, del éxtasis; sus ventanas dan al Camino de Santiago, una ruta de peregrinación pero no de penitencia, un lugar en el que la gente se encuentra en los cafés, a orillas de la carretera, descubre la «luz», habla, hace amigos, se enamora. Está lloviendo, y a esta hora de la noche nadie anda por allí, pero anduvieron muchos durante muchos años, décadas, siglos, tal vez el Camino necesite respirar, descansar un poco de los muchos pasos que todos los días se arrastran por él.

Apagar la luz. Cerrar las cortinas.

Pedirle que se quite la ropa, quitarse también la suya. La oscuridad física nunca es total, y cuando los ojos ya están acostumbrados, pueden ver, en el contorno de una pequeña luz que entra no se sabe de dónde, la silueta de él. La otra vez que se habían visto, sólo ella había dejado parte de su cuerpo desnudo.

Sacar dos pañuelos, cuidadosamente doblados, lavados y enjuagados varias veces, para que no quedase ningún rastro de perfume ni de jabón. Acercarse a él y pedirle que le vende los ojos. Él duda por un momento y comenta algo sobre algunos de los infiernos por los que ya pasó. Ella le dice que no se trata de eso, que simplemente necesita tener oscuridad total, que ahora es su turno de enseñarle algo, como ayer él le había enseñado sobre el dolor. Él se entrega, se pone la venda. Ella hace lo mismo; ahora ya no hay rendija de luz, están en la verdadera oscuridad, uno precisa de la mano del otro para llegar hasta la cama.

«No, no debemos acostarnos. Vamos a sentarnos como siempre hemos hecho, frente a frente, sólo que un poco más cerca, de modo que mis rodillas toquen tus rodillas.»

Siempre quiso hacer eso. Pero nunca tenía lo que necesitaba: tiempo. Ni con su primer novio, ni con el hombre que la penetró por primera vez. Ni con el árabe que pagó mil francos, tal vez esperando más de lo que ella fue capaz de dar; aunque mil francos no fueran suficientes para comprar lo que ella deseaba. Ni con los muchos hombres que habían pasado por su cuerpo, que habían entrado y salido de sus piernas, a veces pensando sólo en ellos, a veces pensando también en ella, a veces con sueños románticos, a veces sólo con el instinto de repetir algo porque le habían dicho que era así cómo se comportaba un hombre, y si no se comportaba así, no era hombre.

Se acuerda de su diario. Está harta, quiere que las semanas que faltan pasen rápidamente y por eso se entrega a ese hombre, porque allí está la luz de su propio amor escondido. El pecado original no fue la manzana que Eva comió, fue creer que Adán tenía que compartir exactamente lo que ella había probado. Eva tenía miedo de seguir su camino sin la ayuda de alguien, y entonces quiso compartir lo que sentía.

Ciertas cosas no se comparten. Tampoco se puede tener miedo de los océanos en los que nos sumergimos por nuestra libre voluntad; el miedo obstaculiza el juego de todo el mundo. El hombre está pasando por infiernos para entenderlo. Amémonos los unos a los otros, pero no intentemos poseernos los unos a los otros.

«Amo a este hombre que está frente a mí porque no lo poseo, y él no me posee. Somos libres en nuestra entrega, tengo que repetir eso decenas, centenas, millones de veces, hasta creerme mis propias palabras.»

Piensa un poco en la mentalidad de las demás prostitutas que trabajan con ella. Piensa en su madre, en sus amigas. Todas creen que el hombre desea simplemente once minutos al día, y que pagan un dineral por eso. No, no es así; el hombre también es una mujer; quiere encontrar a alguien, descubrir un sentido para su vida.

¿Es que su madre se comporta como ella y finge tener un orgasmo con su padre? ¿O es que, en el interior de Brasil, todavía está prohibido mostrar que una mujer siente placer con el sexo? Sabe tan poco de la vida, del amor, pero ahora, con los ojos vendados y todo el tiempo del mundo, va descubriendo el origen de todo, y todo comienza donde y como a ella le habría gustado que hubiese comenzado.

El contacto físico. Olvida a las prostitutas, a los clientes, a su padre, a su madre, ahora está en la oscuridad total. Ha pasado toda la tarde buscando lo que podría darle a un hombre que le devolvía la dignidad, que la hacía entender que la búsqueda de la alegría es más importante que la necesidad del dolor.

«Me gustaría darle la felicidad de enseñarme algo nuevo, como ayer me enseñó sobre el sufrimiento, las prostitutas de la calle, las prostitutas sagradas. Vi que es feliz cuando me hace aprender algo, entonces, que me haga aprender, que me guíe. Me gustaría saber cómo se llega hasta el cuerpo, antes de llegar al alma, a la penetración, al orgasmo.»

Extiende el brazo y le pide que él haga lo mismo. Susurra unas pocas palabras, diciéndole que aquella noche, en aquel lugar de nadie, le gustaría que descubriese su piel, el límite entre ella y el mundo. Le pide que la toque, que la sienta con sus manos, porque los cuerpos se entienden, aunque las almas no siempre estén de acuerdo. Él empieza a tocarla, ella también lo toca, y ambos, como si ya lo hubiesen planeado todo antes, evitan las partes del cuerpo en que la energía sexual aflora más rápidamente.

Los dedos tocan su rostro, ella siente un ligero olor a pintura, un olor que siempre permanecerá allí, por más que él se lave las manos miles, millones de veces, que estaba allí cuando nació, cuando vio el primer árbol, la primera casa, y decidió dibujarla en sus sueños. También él debe de estar notando algún olor en su mano, pero ella no sabe qué es, y no quiere preguntar, porque en ese momento todo es cuerpo, el resto es silencio.

Acaricia, y se siente acariciada. Puede quedarse así toda la noche, porque es agradable, no va a acabar necesariamente en sexo, y en ese momento, justamente porque no tiene la obligación, ella siente un calor entre las piernas y sabe que está húmeda. Llegará el momento en el que él toque su sexo, y descubrirá que ella lo desea, no sabe si es bueno o malo, pero es así como está reaccionando su cuerpo, y no intenta dirigirlo para ir por aquí, por allí, más despacio, más deprisa. Las manos de él ahora tocan sus axilas, los pelos de sus brazos se erizan, ella tiene ganas de apartarlas de allí, pero está bien, aunque tal vez sea dolor lo que esté sintiendo. Le hace lo mismo a él, nota que las axilas tienen una textura diferente, tal vez por el desodorante que ambos usan, ¿pero en qué estaba pensando? No debes pensar. Debes tocar, eso es todo.

Los dedos de él trazan círculos en torno a su seno, como un animal que acecha. Ella quiere que se muevan más deprisa, que toque ya los pezones, porque su pensamiento estaba yendo más rápidamente que las manos de él, pero, tal vez sabiendo eso, él provoca, se deleita, y tarda una eternidad en llegar hasta allí. Están duros, él juega un poco, eso estremece su cuerpo aún más, dejando su sexo más caliente y más húmedo. Ahora él pasea por su vientre, se desvía y va hasta las piernas, los pies, sube y baja las manos por el lado interno de sus muslos, siente el calor, pero no se acerca, es una caricia dulce, delicada, y cuanto más delicada, más alucinante.

Ella hace lo mismo, con las manos casi en el aire, tocando sólo el pelo de las piernas, y también siente el calor, cuando se acerca al sexo. De repente es como si hubiese recuperado misteriosamente la virginidad, como si descubriese por primera vez el cuerpo de un hombre. Lo toca. No está duro como imaginaba, pero ella está toda mojada, eso es injusto, aunque tal vez él necesite más tiempo, quién sabe.

Y empieza a acariciarlo como sólo las vírgenes saben hacer,

porque las prostitutas ya lo han olvidado. Él reacciona, el sexo comienza a crecer en sus manos, y ella aumenta lentamente la presión, ahora sabiendo dónde debe tocar, más en la parte de abajo que en la de arriba, debe envolverlo con los dedos, empujar la piel hacia atrás, hacia el cuerpo. Ahora él está excitado, muy excitado, toca los labios de su vagina, manteniendo la suavidad, ella desea pedirle que sea más fuerte, que ponga los dedos ahí dentro, en la parte de arriba. Pero él no hace eso, esparce por el clítoris un poco del líquido que brota de su vientre, y de nuevo hace los mismos movimientos circulares que hizo en sus pechos. Aquel hombre la toca como si fuese ella misma.

Una de las manos de él sube de nuevo a su seno («qué bueno, cómo me gustaría que ahora me abrazase»). Pero no, están descubriendo el cuerpo, tienen tiempo, necesitan mucho tiempo. Podrían hacer el amor ahora, sería la cosa más natural del mundo, y posiblemente sería bueno, pero todo aquello es tan nuevo, tiene que controlarse, no quiere estropearlo todo. Recuerda el vino que tomaron la primera noche, lentamente, sorbiendo cada trago, sintiendo que la calentaba, que la hacía ver el mundo diferente, la hacía sentirse más cómoda y más en contacto con la vida.

Desea también beber a aquel hombre, y entonces podrá olvidar para siempre el mal vino, que se toma de un trago y da una sensación embriaguez, pero que termina en dolor de cabeza y un agujero en el alma.

Ella se detiene, suavemente entrelaza sus dedos en las manos de él, oye un gemido y desea gemir también, pero se controla, siente que aquel calor se expande por todo su cuerpo, lo mismo debe de estar sucediéndole a él. Sin orgasmo, la energía se dispersa, va hasta el cerebro, no la deja pensar en nada que no sea ir hasta el final, pero es eso lo que ella quiere, parar, parar en el medio, expandir el placer por todo el cuerpo, invadir la mente, renovar el compromiso y el deseo, volver a ser virgen.

Se quita suavemente la venda de los ojos, y le hace lo mismo a él. Enciende la luz de la mesilla de noche. Los dos están desnudos, pero no sonríen, sólo se miran. «Yo soy el amor, yo soy la música», piensa ella. Vamos a bailar.

Pero no dice nada de eso: hablan sobre algo trivial, cuándo nos veremos de nuevo, ella señala una fecha, tal vez dentro de dos días. Él dice que le gustaría invitarla a una exposición, ella vacila. Eso significaría conocer su mundo, a sus amigos, y lo que van a decir, lo que van a pensar.

Dice que no. Pero él nota que su deseo era decir sí, entonces insiste, usando algunos argumentos alocados, pero que forman parte de la danza que están danzando ahora, ella acaba cediendo, porque era eso lo que quería. Marca un lugar para encontrarse, en el mismo café en el que se vieron el primer día. Ella dice que no, los brasileños son supersticiosos, y no deben citarse en el mismo lugar donde se encontraron el primer día, porque eso podría cerrar el ciclo y hacer que todo se acabase.

Él dice que se alegra porque ella no quiere cerrar ese ciclo. Se deciden por una iglesia desde la que se puede ver la ciudad, y que está en el Camino de Santiago, parte de la misteriosa peregrinación de ambos desde que se encontraron.

D el diario de María, la víspera de comprar su billete de
avión de vuelta a Brasil:

Érase una vez un pájaro, adornado con un par de alas per-
fectas y plumas relucientes, coloridas y maravillosas. En fin, un
animal hecho para volar libre e independiente, para alegrar a
quien lo observase. Un día, una mujer lo vio y se enamoró de él.
Se quedó mirando su vuelo con la boca abierta de admiración,
con el corazón latiéndole más deprisa, con los ojos brillantes de
emoción. Lo invitó a volar con ella, y los dos viajaron por el cielo
en completa armonía. Ella admiraba, veneraba, adoraba al pájaro.

Pero entonces pensó: «¡Tal vez quiera conocer algunas montañas distantes!». Y la mujer tuvo miedo. Miedo de no volver a
sentir nunca más aquello con otro pájaro. Y sintió envidia, envidia de la capacidad de volar del pájaro.

Y se sintió sola.

Y pensó: «Voy a poner una trampa. La próxima vez que el
pájaro venga, no volverá a marcharse».

El pájaro, que también estaba enamorado, volvió al día siguiente, cayó en la trampa y fue encerrado en la jaula.

Todos los días ella miraba al pájaro. Allí estaba el objeto de su pasión, y se lo enseñaba a sus amigas, que comentaban: «Eres una persona que lo tiene todo». Sin embargo, empezó a producirse una extraña transformación: como tenía al pájaro, y ya no tenía que conquistarlo, fue perdiendo el interés. El pájaro, sin poder volar ni expresar el sentido de su vida, se fue consumiendo, perdiendo el brillo, se puso feo, y ella ya no le prestaba atención, excepto para alimentarlo y limpiar la jaula.

Un buen día, el pájaro murió. Ella se puso muy triste, y no dejaba de pensar en él. Pero no recordaba la jaula, recordaba sólo el día que lo había visto por primera vez, volando contento entre las nubes.

Si profundizase en sí misma, descubriría que aquello que la emocionaba tanto del pájaro era su libertad, la energía de las alas en movimiento, no su cuerpo físico.

Sin el pájaro, su vida también perdió sentido, y la muerte vino a llamar a su puerta. «¿Por qué has venido?», le preguntó a la muerte.

«Para que puedas volar de nuevo con él por el cielo —respondió la muerte—. Si lo hubieses dejado partir y volver siempre, lo admirarías y lo amarías todavía más; sin embargo, ahora necesitas de mí para poder encontrarlo de nuevo.»

Empezó el día haciendo algo que había ensayado durante todos aquellos meses: entrando en una agencia de viajes, y comprando un pasaje para Brasil, en la fecha marcada en su calendario.

Ahora ya sólo le quedaban otras dos semanas en Europa. A partir de aquel momento, Gèneve sería el rostro de un hombre que amó, y que la había amado. La rue de Berne sería un nombre, homenaje a la capital de Suiza. Recordaría su habitación, el lago, la lengua francesa, las locuras que una chica de veintitrés años (su cumpleaños había sido la víspera) es capaz de hacer hasta que entiende que hay un límite.

No enjaularía al pájaro, ni le pediría que la acompañase a Brasil; él era lo único verdaderamente puro que le había sucedido. Un pájaro como ése tiene que ser libre, alimentarse de la nostalgia del tiempo en que voló junto a alguien. Y ella también era un pájaro; tener a Ralf Hart a su lado sería recordar para siempre los días del Copacabana. Y eso era su pasado, no su futuro.

Decidió que diría «adiós» sólo una vez, cuando llegase el momento de partir; no iba a sufrir cada vez que recordase «pronto ya no estaré aquí». Por tanto, engañó a su corazón y caminó por Gèneve aquella mañana como si siempre hubiese paseado por aquellas calles, la colina, el Camino de Santiago, el puente de Montblanc, los bares que acostumbraba a frecuentar. Observó el vuelo de las gaviotas en el río, a los comerciantes que recogían los puestos, a la gente que salía de su oficina para comer, el color y el gusto de la manzana que estaba comiendo, los aviones que aterrizaban a distancia, el arco iris en la columna de agua que surgía en mitad del lago, la alegría tímida y escondida de todos los que pasaban por ella, las miradas de deseo, las miradas sin expresión, las miradas. Había vivido casi un año en una ciudad pequeña, como otras tantas ciudades pequeñas del mundo pero que, de no ser por la arquitectura peculiar y por el exceso de anuncios de bancos, podría estar ubicada en el interior de Brasil. Había feria. Había mercado. Había amas de casa que regateaban el precio. Había estudiantes que habían dejado las clases antes de la hora, quizá con alguna disculpa sobre un padre o una madre enfermos, y ahora paseaban y se besaban a orillas del río. Había gente que se sentía en casa, y gente que se sentía extranjera. Había periódicos que hablaban de escándalos y respetables revistas para hombres de negocios a los que, por cierto, sólo se los veía leyendo periódicos sobre escándalos.

Fue hasta la biblioteca a devolver el manual sobre administración de haciendas. No había entendido nada, pero ese libro le había recordado, en momentos en los que pensaba haber perdido el control de sí misma y de su destino, cuál era el objetivo de su vida. Había sido un compañero silencioso, con su tapa amarilla sin dibujos, una serie de gráficos, pero, sobre todo, un faro en las oscuras noches de las semanas más recientes.

Siempre haciendo planes para el futuro. Y viéndose siempre sorprendida por el presente, se decía a sí misma. Pensaba en cómo se había descubierto a sí misma a través de la independencia, de la desesperación, del amor, del dolor, para luego encontrarse de nuevo con el amor (y le gustaría que las cosas se detuviesen allí).

Lo más curioso de todo es que, mientras algunas de sus compañeras de trabajo hablaban de las virtudes y del éxtasis al estar con ciertos hombres en la cama, ella jamás se había descubierto mejor o peor a través del sexo. No había resuelto su problema, era incapaz de tener un orgasmo con la penetración, y había vulgarizado tanto el acto sexual que tal vez ya nunca llegaría a encontrar en ese «abrazo del reencuentro», como Ralf lo llamaba, el fuego y la alegría que buscaba.

O tal vez (como acostumbraba a pensar de vez en cuando) sin amor era imposible obtener placer en la cama, como decían las madres, los padres, los libros románticos.

La bibliotecaria, normalmente seria —y su única amiga, aunque jamás se lo hubiese dicho—, estaba de buen humor. La atendió a la hora de la comida y la invitó a compartir un sándwich con ella. María se lo agradeció pero dijo que acababa de comer.

—Has tardado mucho en leerlo.

—No he entendido nada.

—¿Recuerdas lo que me pediste una vez?

No, no lo recordaba, pero después de ver la sonrisa maliciosa de la bibliotecaria, imaginó de qué se trataba: sexo.

—¿Sabes?, desde que viniste aquí buscando ese tipo de cosas, decidí hacer un inventario de lo que teníamos. No era mucho, y como tenemos que educar a nuestra juventud, encargué algunos. Así, no tienen que aprender de la peor manera posible, con prostitutas, por ejemplo.

La bibliotecaria señaló una pila de libros en una esquina, todos cuidadosamente forrados con un papel pardo.

—Todavía no he tenido tiempo de clasificarlos, pero les he echado un vistazo y me ha horrorizado lo que he descubierto.

Bien, ya se imaginaba lo que ella iba a decir: posturas incómodas, sadomasoquismo, y cosas de ese tipo. Mejor decirle que tenía que volver al trabajo (no sabía si le había dicho que trabajaba en un banco o en una tienda, las mentiras daban mucho trabajo, ella siempre se olvidaba).

Le dio las gracias e hizo ademán de salir, pero ella comentó:

—Tú también te ibas a horrorizar. Por ejemplo: ¿sabías que el clítoris es una invención reciente?

¿Invención? ¿Reciente? Esa misma semana alguien había tocado el suyo, como si siempre hubiese estado allí, y como si aquellas manos conociesen bien el terreno que estaban explorando, a pesar de la completa oscuridad.

—Fue oficialmente aceptado en 1559, después de que un médico, Realdo Columbo, publicase un libro llamado *De re anatomica*. Durante mil quinientos años de la era cristiana fue oficialmente ignorado. Columbo lo describe, en su libro, como «algo bonito y útil», ¿te lo puedes creer?

Las dos rieron.

—Dos años después, en 1561, otro médico, Gabriele Falloppio, dijo que el «descubrimiento» había sido suyo. ¡Tú fíjate!

¡Dos hombres, italianos, claro, que entienden del asunto, discutiendo sobre quién había introducido oficialmente el clítoris en la historia del mundo!

Aquella conversación era interesante, pero María no quería pensar en el asunto, sobre todo porque sentía de nuevo el líquido escurriendo, y el sexo poniéndose húmedo, sólo con acordarse de las caricias, de las vendas, de las manos que paseaban por su cuerpo. No, no estaba muerta para el sexo, aquel hombre la había rescatado de alguna manera. Qué bueno era seguir viva.

La bibliotecaria, sin embargo, estaba entusiasmada:

—Incluso después de «descubierto», siguió sin ser respetado —dijo ella, dando la impresión de que se había vuelto una experta en clitoriología, o como se llame esa ciencia—. Las mutilaciones que leemos hoy en los periódicos, donde ciertas tribus de África todavía le niegan a la mujer el derecho al placer, no son ninguna novedad. Aquí mismo, en Europa, en el siglo XIX, todavía se hacían operaciones para eliminarlo, creyendo que en aquella pequeña e insignificante parte de la anatomía femenina estaban todas las fuentes de la histeria, la epilepsia, la tendencia al adulterio y la incapacidad de tener hijos.

María le tendió la mano para despedirse, pero la bibliotecaria no daba señales de cansancio.

—Peor todavía, nuestro querido Freud, el descubridor del psicoanálisis, decía que el orgasmo femenino, en una mujer normal, debe pasar del clítoris a la vagina. Sus más fieles seguidores, desarrollando esta tesis, pasaron a afirmar que el hecho de mantener el placer sexual concentrado en el clítoris era una señal de infantilismo, o, lo que es peor, de bisexualidad.

»Y, sin embargo, como todas nosotras sabemos, es muy difícil tener un orgasmo sólo con la penetración. Está bien ser poseída por un hombre, pero el placer está en ese garbancito, ¡descubierto por un italiano!

Distraída, María reconoció que tenía el problema diagnosticado por Freud: todavía era infantil, su orgasmo no había pasado a su vagina. ¿O estaba equivocado Freud?

—Y el punto G, ¿qué crees?

—¿Sabe usted dónde está?

La mujer se puso colorada, tosió, pero tuvo valor para responder:

—Al entrar, en el primer piso, ventana del fondo.

¡Genial! ¡Había descrito la vagina como un edificio! Tal vez hubiese leído aquella explicación en un libro para chicas: al llamar a la puerta y entrar, descubrirás todo un universo dentro del propio cuerpo. Siempre que se masturbaba, prefería más el punto G que el clítoris, ya que éste le daba una cierta aflicción, un placer mezclado con agonía, algo angustioso.

¡Iba siempre al primer piso, ventana del fondo!

Viendo que la mujer no iba a parar de hablar —tal vez acabase de descubrir en ella una cómplice de su propia sexualidad perdida—, dijo adiós con la mano, salió e intentó seguir concentrándose en cualquier tontería, porque no era el día adecuado para pensar en despedidas, clítoris, virginidad recuperada, ni en el punto G. Prestó atención a los ruidos: campanas que sonaban, perros ladrando, el tranvía chirriando en las vías, los pasos, la respiración, los letreros que ofrecían de todo.

Ya no tenía más ganas de volver al Copacabana pero, aun así, sentía la obligación de llevar su trabajo hasta el final, aunque desconociese la verdadera razón; al fin y al cabo, ya había conseguido ahorrar lo suficiente. Durante aquella tarde, podía hacer algunas compras, hablar con un director de banco que era cliente suyo pero que había prometido ayudarla con su economía, tomar un café y mandar por correo alguna ropa que no iba a caber en su equipaje. Extraño, estaba un poco triste, no conseguía entenderlo; tal vez porque aún faltaban dos semanas, tenía que pasar el tiempo, mirar la ciudad con otros ojos, alegrarse por haber vivido todo aquello.

Llegó a un cruce que ya había atravesado cientos de veces, desde allí podía ver el lago, la columna de agua y, en medio del jardín que se extendía desde el otro lado de la calzada, el hermoso reloj de flores, uno de los símbolos de la ciudad, y él no la dejaba mentir, porque…

De repente, el tiempo, el mundo se quedó inmóvil.

¿Qué historia era aquella de la virginidad recién recuperada, en la que pensaba desde que se había levantado?

El mundo parecía congelado, aquel segundo no pasaba nunca, ella estaba ante algo muy serio y muy importante en su vida, no podía olvidarlo, no podía hacer como con sus sueños nocturnos, siempre prometía anotarlo y nunca se acordaba…

«No pienses en nada. El mundo se ha detenido. ¿Qué está sucediendo?»

¡BASTA!

El pájaro, la bella historia del pájaro que acababa de escribir, ¿era sobre Ralf Hart?

¡No, era sobre ella misma!

¡PUNTO FINAL!

Eran las 11.11 horas de la mañana, y ella paraba en aquel momento. Era una extranjera en su propio cuerpo, estaba redescubriendo la virginidad recién recuperada, pero su renacer era tan frágil que si seguía allí estaría perdida para siempre. Había probado el cielo tal vez, el infierno, seguro, pero la Aventura llegaba al final. No podía esperar dos semanas, diez días, una semana, tenía que marcharse corriendo, porque, al ver aquel reloj lleno de flores, con turistas sacando fotografías y niños jugando alrededor, acababa de descubrir el motivo de su tristeza.

Y el motivo era el siguiente: no quería volver.

Y la razón no era Ralf Hart, ni Suiza, ni la Aventura.

La verdadera razón era demasiado simple: dinero.

¡Dinero! Un trozo de papel especial, pintado con colores sobrios, que todo el mundo decía que valía algo (y ella lo creía, todos lo creían) hasta el momento en que fuese con una montaña de aquel papel a un banco, un respetable, tradicional, discretísimo banco suizo, y pidiese: «¿Puedo comprar algunas horas de vida?». «No, señora, no vendemos de eso; sólo compramos.»

María despertó de su delirio por el frenazo de un coche, la queja de un motorista, y un viejecito sonriente que hablaba inglés y que le pedía que retrocediese (el semáforo estaba rojo para los peatones).

«Bien, creo que he descubierto algo que todo el mundo debe saber.»

Pero no lo sabían: miró a su alrededor, gente andando cabizbaja, corriendo para ir al trabajo, a clase, a una agencia de trabajo, a la rue de Berne, diciendo continuamente: «Puedo esperar un poco más. Tengo un sueño, pero no tiene que ser vivido hoy, porque tengo que ganar dinero». Claro, su empleo estaba mal visto, pero en el fondo sólo se trataba de vender su tiempo, como todo el mundo. Hacer cosas que no le gustaban, como todo el mundo. Aguantar a gente insoportable, como todo el mundo. Entregar su precioso cuerpo y su preciosa alma en nombre de un futuro que nunca llegaba, como todo el mundo. Decir que todavía no tenía lo suficiente, como todo el mundo. Aguardar sólo un poquito más, como todo el mundo. Esperar un poco más, ganar algo más, posponer sus sueños, de momento estaba muy ocupada, tenía una oportunidad ante sí, clientes que la esperaban, que eran fieles, que podían llegar a pagar desde trescientos cincuenta hasta mil francos por noche.

Y por primera vez en su vida, a pesar de todas las cosas buenas que podía comprar con el dinero que ganase (quién sabe, ¿sólo un año más?), ella decidió consciente, lúcida, y a propósito, dejar pasar una oportunidad.

María esperó a que el semáforo se pusiese en verde, cruzó la calle, se detuvo delante del reloj de flores, pensó en Ralf, sintió de nuevo su mirada de deseo en la noche en la que ella había bajado parte de su vestido, sintió sus manos tocándole los senos, el sexo, la cara, se sintió húmeda; miró la inmensa columna de agua a distancia y, sin tener que tocar ni una sola parte de su cuerpo, tuvo un orgasmo allí, delante de todo el mundo.

Nadie lo notó; todos estaban muy, muy ocupados.

Nyah, la única de sus colegas con la que tenía una relación parecida a lo que se podría llamar amistad, la llamó en cuanto entró. Estaba sentada con un oriental, y los dos se reían.

—Mira esto —le dijo a María—. ¡Mira lo que quiere que haga con él!

El oriental, poniendo una mirada cómplice y manteniendo la sonrisa en los labios, abrió la tapa de una especie de caja de puros. Desde lejos, Milan alargó el ojo para ver que no se trataba de jeringas ni de drogas. No, era simplemente aquella cosa que ni él entendía bien cómo funcionaba, pero no era nada especial.

—¡Parece del siglo pasado! —dijo María.

—¡Es del siglo pasado! —afirmó el oriental, indignado con la ignorancia del comentario—. Esto tiene más de cien años, y me ha costado una fortuna.

Lo que María veía era una serie de válvulas, una manivela, circuitos eléctricos, pequeños contactos de metal, pilas. Parecía el interior de un antiguo aparato de radio del que salían dos hilos, en cuyos extremos había unos pequeños bastoncillos de cristal, del tamaño de un dedo. Nada que pudiese costar una fortuna.

—¿Cómo funciona?

A Nyah no le gustó la pregunta de María. Aunque confiaba en la brasileña, la gente cambia de un momento a otro, y podía estar echándole el ojo a su cliente.

—Ya me lo ha explicado. Es la Varita Violeta.

Y volviéndose hacia el oriental, le sugirió que saliesen, porque había decidido aceptar la invitación. Pero él parecía entusiasmado con el interés que despertaba su jueguecito.

—Hacia el año 1900, cuando las primeras pilas empezaron a circular por el mercado, la medicina tradicional comenzó a hacer experimentos con electricidad, para ver si curaba enfermedades mentales o la histeria. También se utilizó para combatir las espinillas, y para estimular la vitalidad de la piel. ¿Ves estos dos extremos? Se ponían aquí —señaló sus sienes— y la batería provocaba la misma descarga estática que cuando el aire está muy seco.

Aquello era algo que jamás sucedía en Brasil, pero en Suiza era muy común, María lo descubrió un día cuando, al abrir la puerta de un taxi, oyó un chasquido y recibió una descarga. Pensó que era un problema del coche, se quejó, dijo que no iba a pagar la carrera, y el chófer casi la agredió, llamándola ignorante. Él tenía razón; no era el coche, sino el aire seco. Después de varias descargas, empezó a tener miedo de tocar cualquier cosa metálica, hasta que descubrió en un supermercado una pulsera que descargaba la electricidad acumulada en el cuerpo.

María se volvió hacia el oriental:

—¡Pero eso es extremadamente desagradable!

Nyah se impacientaba cada vez más con los comentarios de María. Para evitar futuros conflictos con su única posible amiga, mantenía el brazo en torno al hombro del hombre, de modo que no hubiese la menor duda de a quién pertenecía.

—Depende de donde lo apliques —el oriental rió alto.

Giró la pequeña manivela y los dos bastoncillos se pusieron de color violeta. Con un movimiento rápido, él los apoyó sobre las dos mujeres; hubo un chasquido, pero la descarga parecía más una especie de picor que de dolor.

Milan se acercó.

—Por favor, no use eso aquí.

El hombre volvió a colocar los bastoncillos en la caja. La filipina aprovechó la oportunidad y sugirió que fuesen ya al hotel. El oriental pareció un poco decepcionado, la recién llegada estaba mucho más interesada en la Varita Violeta que la mujer que ahora lo invitaba a salir. Se puso el abrigo y guardó la caja en un maletín de cuero, al tiempo que comentaba:

—Hoy en día se fabrican de nuevo, se ha puesto de moda entre las personas que buscan placeres especiales. Pero éste que acabas de ver sólo se puede encontrar en raras colecciones médicas, museos o anticuarios.

Milan y María se quedaron callados, sin saber qué decir.

—¿Habías visto eso antes?

—De este tipo, no. Debe de costar una fortuna, pero ese hombre es un alto ejecutivo de una compañía petrolífera. He visto otros, modernos.

—¿Y qué hacen?

—Lo ponen en el cuerpo… y le piden a ella que gire la manivela. Reciben la descarga dentro.

—¿Y no pueden hacerlo solos?

—Cualquier cosa que tenga que ver con el sexo puedes hacerla solo. Pero es mejor que sigan creyendo que tiene más gracia cuando están con otra persona, o mi bar iría a la ruina y tú tendrías que trabajar en una tienda de verduras. Hablando de eso, tu cliente especial ha dicho que vendrá esta noche; por favor, rechaza cualquier invitación.

—La rechazaré. Incluso la suya. Porque sólo he venido a despedirme, me marcho.

Milan pareció no acusar el golpe.

—¿Es por el pintor?

—No. Por el Copacabana. Hay un límite, y llegué a él esta mañana, mientras miraba aquel reloj de flores cerca del lago.

—¿Cuál es el límite?

—El precio de una hacienda en el interior del Brasil. Sé que puedo ganar más, trabajar un año más, qué más da, ¿no?

»Pues yo sé la diferencia: estaría para siempre en esta trampa, como estás tú, y como están los clientes, los ejecutivos, los auxiliares de vuelo, los cazatalentos, los ejecutivos de discográficas, los muchos hombres que he conocido, a quienes vendí mi tiempo, que no me pueden revender. Si me quedo un día más, me quedo un año más, y si me quedo un año más, no saldré nunca.

Milan hizo un discreto gesto afirmativo, como si entendiese y estuviese de acuerdo con todo, aunque no pudiese decir nada, porque podía contagiar a todas las chicas que trabajaban para él. Pero era un buen hombre, y aunque no le hubiese dado su bendición, tampoco intentó convencer a la brasileña de que estaba actuando equivocadamente.

Le dio las gracias, pidió algo, una copa de champán, no soportaba más el cóctel de frutas. Ahora podía beber, no estaba de servicio. Milan le dijo que lo llamase si necesitaba algo; que siempre sería bienvenida.

Quiso pagar la copa, él dijo que corría por cuenta de la casa. Ella aceptó: le había dado a aquella casa mucho más que una copa.

Del diario de María, al volver a casa:

Ya no me acuerdo de cuándo fue, pero uno de estos domingos decidí entrar en una iglesia para asistir a misa. Después de mucho tiempo esperando, me di cuenta de que estaba en el lugar equivocado: era un templo protestante.

Iba a salir, pero el pastor comenzó el sermón, creí que no sería delicado levantarme, y eso fue una bendición, porque aquel día dijo cosas que necesitaba mucho oír.

El pastor dijo algo como: «En todas las lenguas del mundo hay un mismo dicho: ojos que no ven, corazón que no siente. Pues yo afirmo que no hay nada más falso que eso; cuanto más lejos, más cerca del corazón están los sentimientos que intentamos sofocar y olvidar. Si estamos en el exilio, queremos guardar cada pequeño recuerdo de nuestras raíces, si estamos lejos de la persona amada, cada persona que pasa por la calle nos hace recordarla.

»Los evangelios y todos los textos sagrados de todas las religiones fueron escritos en el exilio, en busca de la comprensión de Dios, de la fe que movía los pueblos adelante, de la peregrinación de las almas errantes por la faz de la tierra. No lo sabían nuestros antepasados, y tampoco nosotros sabemos lo que la Divinidad espera de nuestras vidas, y es en ese momento cuando se escriben los libros, se pintan los cuadros, porque no queremos y no podemos olvidar quiénes somos.»

Al final del culto, fui hasta él y le di las gracias: le dije que era una extranjera en una tierra extranjera, y le agradecí que me recordase que lo que los ojos no ven el corazón lo siente. Y por haber sentido tanto, hoy me iba.

Cogió las dos maletas y las puso encima de la cama; siempre habían estado allí, esperando el día en que todo llegaría al final. Imaginaba que las llenaría de regalos, vestidos nuevos, fotos en la nieve y en las grandes capitales europeas, recuerdos de un tiempo feliz en el que había conocido el país más seguro y generoso del mundo. Tenía algunos vestidos nuevos, era verdad, y algunas fotos en la nieve que había caído un día en Gèneve, pero aparte de eso, nada más era como había imaginado.

Había llegado con el sueño de ganar mucho dinero, aprender sobre la vida y sobre quién era, comprar una hacienda para sus padres, encontrar un marido y traer a la familia a conocer el lugar en el que vivía. Volvía con el dinero justo para realizar un sueño, sin haber visitado las montañas y, lo que era peor, ahora era una extraña para sí misma. Pero estaba contenta, sabía que había llegado el momento de terminar con todo aquello.

Poca gente en el mundo lo sabe.

Había vivido sólo cuatro aventuras: ser bailarina en un cabaret, aprender francés, trabajar como prostituta y amar perdidamente a un hombre. ¿Cuánta gente puede vanagloriarse de tantas emociones en un año? Era feliz, a pesar de la tristeza, y esa tristeza tenía un nombre, no se llamaba prostitución, ni Suiza, ni dinero, sino Ralf Hart. Aunque jamás lo hubiera reconocido, en el fondo de su corazón le gustaría haberse casado con él, el hombre que ahora la esperaba en una iglesia, listo para llevarla a conocer a sus amigos, su pintura, su mundo.

Pensó en faltar a la cita y hospedarse en un hotel cerca del aeropuerto, ya que el vuelo salía a la mañana siguiente; a partir de entonces, cada minuto pasado a su lado sería un año de sufrimiento en el futuro, por todo aquello que ella podría haber dicho y no diría, por los recuerdos de su mano, de su voz, de su apoyo, de sus historias.

Abrió de nuevo la maleta, sacó el pequeño vagón eléctrico que él le había regalado la primera noche en su apartamento. Lo contempló durante algunos minutos y lo tiró a la basura; aquel tren no merecía conocer Brasil, había sido inútil e injusto con el niño que siempre lo había deseado.

No, no iría a la iglesia; tal vez él le preguntase algo, y si contestaba la verdad («me marcho»), él le pediría que se quedase, se lo prometería todo para no perderla en aquel momento, le declararía su amor ya demostrado en todo el tiempo que habían pasado juntos. Pero habían aprendido a convivir en libertad, y ninguna otra relación saldría bien, tal vez ése fuese el único motivo por el cual se amaban, porque sabían que no se necesitaban el uno al otro. Los hombres siempre se asustan cuando una mujer dice «quiero depender de ti», y a María le gustaría llevarse consigo la imagen de un Ralf Hart apasionado, entregado, dispuesto a hacer cualquier cosa por ella.

Todavía tenía tiempo de decidir si iba o no a la cita; de mo-

mento tenía que concentrarse en cosas más prácticas. Miró todo
lo que había dejado fuera de las maletas; no sabía dónde meter-
lo. Decidió que el dueño del inmueble tomaría la decisión cuando entrase en el apartamento y encontrase los electrodomésticos
en la cocina, los cuadros comprados en un mercado de segunda
mano, las toallas y la ropa de cama. No podría llevarse nada de
eso a Brasil, ni aunque sus padres lo necesitasen más que cualquier mendigo suizo; le recordarían siempre todo en lo que se
había aventurado.

Salió, fue hasta el banco y solicitó retirar todo el dinero que
tenía allí depositado. El director, que ya había frecuentado su
cama, dijo que era una mala idea, que aquellos francos podrían
seguir rindiendo y que ella recibiría los intereses en Brasil. Además, en caso de que le robasen, serían muchos meses de trabajo
perdido. María dudó por un momento, creyendo, como siempre
creía, que querían ayudarla de verdad. Pero, después de reflexionar un poco, concluyó que el objetivo de aquel dinero no era
convertirse en más papel, sino en una hacienda, una casa para sus
padres, algún ganado y mucho más trabajo.

Retiró cada céntimo, lo metió en una pequeña bolsa que
había comprado para la ocasión y se la ató a la cintura, por debajo de la ropa.

Fue hasta la agencia de viajes, rezando para tener el coraje de
seguir adelante; cuando quiso cambiar su pasaje, le dijeron que
el vuelo del día siguiente hacía escala en París, para hacer trans-
bordo. No tenía importancia, lo que necesitaba era estar lejos de
allí antes de que pudiese pensarlo dos veces.

Fue hasta uno de los puentes, compró un helado, aunque ya

empezaba a hacer frío de nuevo, y miró Gèneve. Entonces todo le pareció diferente, como si hubiese acabado de llegar, y tuviese que ir a los museos, a los monumentos históricos, a los bares y restaurantes de moda. Es gracioso, cuando se vive en una ciudad, siempre se deja para después conocerla, y generalmente se termina por no conocerla nunca.

Pensó en ponerse contenta porque volvía a su tierra, pero no lo consiguió. Pensó en ponerse triste por dejar una ciudad que la había tratado tan bien, y tampoco lo consiguió. Lo único que pudo hacer fue derramar algunas lágrimas, con miedo de sí misma, una chica inteligente, que lo tenía todo para tener éxito, pero que generalmente tomaba decisiones equivocadas.

Deseó que esta vez estuviese haciendo lo correcto.

La iglesia estaba completamente vacía cuando ella entró, y pudo contemplar en silencio los bonitos vitrales, iluminados por la luz del exterior, la luz de un día lavado por la tempestad de la noche anterior. Ante ella, un altar y una cruz vacía; no estaba ante un instrumento de tortura, con un hombre ensangrentado al borde de la muerte, sino ante un símbolo de resurrección, donde el instrumento de suplicio perdía todo su significado, su terror, su importancia. Se acordó del látigo la noche de las tormentas, era la misma cosa, «Dios mío, ¿en qué estoy pensando?»

También se puso contenta porque no vio ninguna imagen de santos sufriendo, con marcas de sangre y heridas abiertas; aquél era simplemente un lugar donde los hombres se reunían para adorar algo que no eran capaces de comprender.

Se detuvo delante del sagrario, donde se guardaba el cuerpo de un Jesús en el que ella todavía creía, aunque hiciese mucho tiempo que no pensaba en él. Se arrodilló y prometió a Dios, a la Virgen, a Jesús, y a todos los santos, que pasase lo que pasase durante aquel día, jamás cambiaría de idea, que se marcharía de cualquier manera. Hizo esta promesa porque conocía bien las trampas del amor y cómo son capaces de transformar la voluntad de una mujer.

Poco después María sintió la mano que le tocaba en el hombro e inclinó su rostro para que tocase la mano.

—¿Cómo estás?

—Bien —dijo la voz sin ninguna angustia—. Muy bien. Vamos a tomar nuestro café.

Salieron de la mano, como si fuesen dos enamorados que se encontraban después de mucho tiempo. Se besaron en público, algunas personas los miraban escandalizados, ambos sonreían por el malestar que estaban causando y por los deseos que despertaban con el escándalo, porque sabían que, en realidad, ellos querían hacer lo mismo. El escándalo era sólo eso.

Entraron en un café igual que todos los demás, pero que aquella tarde era diferente, porque ellos dos estaban allí, y se amaban. Hablaron sobre Gènève, las dificultades de la lengua francesa, los vitrales de la iglesia, los males del tabaco, ya que ambos fumaban, y no tenían la menor intención de dejar el vicio.

María quiso pagar el café, y él aceptó. Fueron a la exposición, ella conoció su mundo, artistas, ricos que parecían aún más ricos, millonarios que parecían pobres, gente que preguntaba cosas sobre las cuales jamás había oído hablar. Les gustó a todos, elogiaron su manera de hablar francés, le hicieron preguntas sobre el carnaval, el fútbol, la música de su país. Educados, amables, simpáticos, encantadores.

Al salir, él le dijo que iría a la discoteca aquella noche, a verla. Ella le pidió que no lo hiciese, que tenía la noche libre y que le gustaría invitarlo a cenar.

Él aceptó, se despidieron, quedaron en verse en casa de él, para cenar en un simpático restaurante en la pequeña plaza de Cologny, por donde siempre pasaban en taxi, pero ella jamás le había pedido que se detuviesen para conocer el sitio.

Entonces María se acordó de su única amiga, y decidió ir hasta la biblioteca para decirle que no volvería más.

Estuvo atrapada en el tráfico durante un rato que parecía una eternidad, hasta que los curdos terminasen de manifestarse (¡otra vez!) y los coches pudiesen volver a circular normalmente. Pero ahora era de nuevo dueña de su tiempo, eso no tenía importancia.

Llegó cuando la biblioteca estaba a punto de cerrar.

—Puede que sea demasiado íntimo, pero no tengo ninguna amiga a quien confiar ciertas cosas —dijo la bibliotecaria, en cuanto María entró.

¿Aquella mujer no tenía amigas? Después de vivir toda su vida en el mismo lugar, estar con gente durante el día, ¿acaso no tenía a nadie con quien hablar? En fin, descubría a alguien como ella, o mejor dicho, a alguien como todo el mundo.

—He estado pensando en lo que leí sobre el clítoris…

¡No! ¿Acaso no podía pensar en otra cosa?

—Y vi que, aunque hubiese sentido siempre mucho placer durante las relaciones con mi marido, me costaba mucho tener un orgasmo. ¿Crees que eso es normal?

—¿Cree usted que es normal que los curdos se manifiesten todos los días? ¿Que las mujeres enamoradas huyan de su príncipe encantado? ¿Que la gente sueñe con haciendas en vez de pensar en el amor? ¿Hombres y mujeres que venden su tiempo, sin poder volver a comprarlo? Y, sin embargo, todo eso sucede; así que no importa lo que yo crea o deje de creer, es siempre normal. Todo aquello que vaya contra la naturaleza, contra nuestros deseos más íntimos, todo eso es normal a nuestros ojos, aunque parezca una aberración a los ojos de Dios. Buscamos nuestro infierno, llevamos milenios construyéndolo, y después de mucho esfuerzo, ahora podemos vivir de la peor manera posible.

Miró a la mujer y, por primera vez en todo aquel tiempo, le preguntó su nombre (sólo conocía su nombre de casada). Se llamaba Heidi, estaba casada hacía treinta años, y jamás, ¡jamás!, se había cuestionado si era normal no tener un orgasmo durante la relación sexual con su marido.

—¡No sé si debería haber leído todo eso! Tal vez fuese mejor vivir en la ignorancia, creyendo que un marido fiel, un apartamento con vistas al lago, tres hijos y un empleo público era todo lo que una mujer podía soñar. Ahora, desde que tú llegaste aquí, y desde que leí el primer libro, estoy muy preocupada por aquello en lo que he convertido mi vida. ¿Será todo el mundo así?

—Le puedo garantizar que sí —y María se sintió una joven sabia ante aquella mujer que le pedía consejos.

—¿Te gustaría que entrase en detalles?

María asintió con la cabeza.

—Está claro que todavía eres muy joven para entender de estas cosas, pero justamente por eso me gustaría compartir un poco mi vida, para que no cometas los mismos errores que yo cometí.

»Pero el clítoris, ¿por qué será que mi marido nunca le prestó atención? Creía que el orgasmo tiene lugar en la vagina, y me costaba mucho, pero mucho, fingir algo que él imaginaba que yo debía sentir. Claro, yo sentía placer, pero un placer diferente. Sólo cuando la fricción era en la parte superior... ¿entiendes?

—Sí.

—Y ahora he descubierto por qué. Está allí —señaló un libro en su mesa, cuyo título María no conseguía ver—. Hay un grupo de nervios que van desde el clítoris hasta el punto G, y que es predominante. Pero los hombres piensan que no, que penetrarlo es todo. ¿Sabes qué es el punto G?

—Hablamos de eso el otro día —dijo María, esta vez como la Niña Ingenua—. Justo al entrar, primer piso, ventana del fondo.

—¡Claro, claro! —los ojos de la bibliotecaria se iluminaron—. Comprueba por ti misma cuántos de tus amigos han oído hablar de eso: ¡ninguno! ¡Qué absurdo! ¡Pero así como el clítoris fue una invención de ese italiano, el punto G es una conquista de nuestro siglo! ¡Muy pronto ocupará todos los titulares, y ya nadie podrá ignorarlo! ¿Te imaginas qué momento revolucionario estamos viviendo?

María miró su reloj, y Heidi se dio cuenta de que tenía que hablar deprisa, enseñarle a aquella hermosa joven que las mujeres tenían todo el derecho de ser felices, de realizarse, de modo que la siguiente generación pudiese beneficiarse de todas esas extraordinarias conquistas científicas.

—El doctor Freud no estaba de acuerdo porque no era mujer, y como tenía el orgasmo en su pene, creía que todas estábamos obligadas a sentir el placer en la vagina. Tenemos que volver al origen, a aquello que siempre nos ha dado placer: ¡el clítoris y el punto G! Muy pocas mujeres consiguen tener una relación sexual satisfactoria, de modo que, si tienes dificultades para conseguir la alegría que mereces, voy a sugerirte algo: invierte la posición. Que se acueste tu pareja, y tú ponte siempre encima; tu clítoris golpeará con más fuerza en su cuerpo, y tú, no él, conseguirás el estímulo que necesitas. ¡Mejor dicho, el estímulo que mereces!

María, sin embargo, sólo fingía no estar prestando atención a la conversación. ¡Entonces no era sólo ella! ¡No tenía ningún problema sexual, era todo una cuestión de anatomía! Sintió ganas de besar a aquella mujer, mientras un peso inmenso, enorme, salía de su corazón. ¡Qué bien haberlo descubierto siendo joven todavía! ¡Qué magnífico día estaba viviendo!

Heidi sonrió con un aire cómplice.

—¡Ellos no lo saben, pero nosotras también tenemos una erección! ¡El clítoris se pone erecto!

«Ellos» debían de ser los hombres. María se armó de valor, ya que la conversación estaba tan íntima.

—¿Ha tenido alguna aventura fuera del matrimonio?

La bibliotecaria se sorprendió. Sus ojos emitieron una especie de fuego sagrado, su piel se puso roja, no sabía decir si de rabia o de vergüenza.

Después de un rato, la lucha entre contar o fingir terminó. Bastaba con cambiar de asunto.

—Volvamos a nuestra erección: ¡el clítoris! Se pone rígido, ¿lo sabías?

—Desde niña.

Heidi parecía desconcertada. Tal vez no hubiese prestado mucha atención a aquello. Aun así, decidió continuar:

—Y al parecer, si mueves el dedo en círculos alrededor de él, incluso sin tocar su punta, se puede sentir el placer de manera más intensa todavía. ¡Aprende! Los hombres que respetan el cuerpo de una mujer enseguida se ponen a tocar la cima del clítoris, sin saber que eso a veces puede ser doloroso, ¿no estás de acuerdo? Por eso, ya desde la primera o segunda cita, asume el control de la situación: ponte encima, decide cómo y dónde aplicar la presión, aumenta y disminuye el ritmo según tu criterio. Además de eso, una conversación franca es siempre necesaria, según el libro que estoy leyendo.

—¿Ha tenido usted una conversación franca con su marido?

Una vez más Heidi huyó de la pregunta directa, diciendo que eran otros tiempos. Ahora estaba más interesada en compartir sus experiencias intelectuales.

—Procura ver tu clítoris como la aguja de un reloj, y pídele a tu compañero que lo mueva entre las once y la una, ¿comprendes?

Sí, sabía de qué hablaba la mujer y no estaba muy de acuerdo, aunque el libro tampoco estuviese lejos de la verdad. Pero en cuanto dijo reloj, María miró el suyo, comentó que había ido sólo a despedirse, pues su estancia allí había terminado. La mujer pareció no escucharla.

—¿No quieres llevarte este libro sobre el clítoris?

—No, gracias. Tengo que pensar en otras cosas.

—¿Y no te vas a llevar nada nuevo?

—No. Vuelvo a mi país, pero quería agradecerle el haberme tratado siempre con respeto y comprensión. Hasta otro día.

Se dieron la mano y se desearon felicidad mutuamente.

Heidi esperó a que la chica saliese, antes de perder el control y dar un puñetazo en la mesa. ¿Por qué no había aprovechado el momento para compartir algo que, tal y como iban las cosas, terminaría muriendo con ella? Ya que la chica había tenido el coraje de preguntar si algún día había traicionado a su marido, ¿por qué no responder, ahora que estaba descubriendo un mundo nuevo, en el que finalmente las mujeres aceptaban que era muy difícil tener un orgasmo vaginal?

«Bueno, eso no es importante. El mundo no es sólo sexo.»

No era lo más importante del mundo, pero era importante, sí. Miró a su alrededor; gran parte de aquellos miles de libros que la rodeaban contaba una historia de amor. Siempre la misma historia, alguien se enamora, encuentra, pierde y vuelve a encontrar otra vez. Almas que se comunican, lugares distantes, aventura, sufrimiento, preocupaciones, y casi nunca alguien que decía «mira, querido, entiende mejor el cuerpo de una mujer». ¿Por qué los libros no hablaban abiertamente de eso?

Tal vez nadie estuviese realmente interesado. Porque el hombre iba a seguir buscando la novedad, todavía era el troglodita cazador, que seguía el instinto reproductor de la raza humana.

¿Y la mujer? Por su experiencia personal, las ganas de tener un buen orgasmo con su compañero sólo duraban los primeros años; después la frecuencia disminuía, y ninguna mujer hablaba de eso, porque creía que sólo le sucedía a ella. Y mentía, fingiendo que ya no aguantaba el deseo irrefrenable de su marido. Y al mentir hacía que todas las demás se preocupasen.

Luego se dedicaban a pensar en algo diferente: los hijos, la cocina, los horarios, la limpieza de la casa, las cuentas que pagar, la tolerancia con las escapadas del marido, viajes durante las vacaciones en los que se preocupaban más por los hijos que por sí mismos, la complicidad, o incluso el amor, pero nada de sexo.

Debería haber sido más abierta con la joven brasileña, que le parecía una chica inocente, con edad para ser su hija, y todavía incapaz de comprender bien el mundo. Una emigrante viviendo lejos de su tierra, dándolo todo en un trabajo sin gracia, esperando a un hombre con el que pudiese casarse, fingir algunos orgasmos, encontrar la seguridad, reproducir esta misteriosa raza humana, y después olvidar esas cosas llamadas orgasmos, clítoris, punto G (¡¡¡recién descubierto en el siglo XX!!!). Ser una buena esposa, una buena madre, cuidar que nada faltase en casa, masturbarse a escondidas de vez en cuando, pensando en el hombre que se había cruzado con ella en la calle y la había mirado con deseo. Mantener las apariencias, ¿por qué estará el mundo tan preocupado por las apariencias?

Por eso no había respondido a la pregunta: «¿Ha tenido alguna aventura fuera del matrimonio?».

«Esas cosas mueren con uno», pensó. Su marido siempre había sido el hombre de su vida, aunque el sexo fuese cosa del pasado remoto. Era un excelente compañero, honesto, generoso, con buen humor, luchaba para sustentar a la familia, y procuraba hacer felices a todos aquellos que estaban bajo su responsabilidad. El hombre ideal, con el que todas las mujeres sueñan, y justamente por eso se sentía tan mal al pensar que un día había deseado, y había estado, con otro hombre.

Recordaba cómo lo había conocido. Volvía de la pequeña ciudad de Davos, en las montañas, cuando una avalancha de nieve interrumpió durante algunas horas la circulación de los trenes. Telefoneó, para que nadie se preocupase, compró algunas revistas y se preparó para una larga espera en la estación.

Fue entonces cuando vio a un hombre a su lado, con una mochila y un saco de dormir. Tenía el pelo gris, la piel quemada por el sol, era el único que no parecía estar preocupado por el retraso; al contrario, sonreía y miraba a su alrededor, buscando a alguien con quien charlar. Heidi abrió una de las revistas pero, ¡ah, vida misteriosa!, sus ojos se cruzaron rápidamente con los de él, y no consiguió desviarlos lo bastante rápido como para evitar que se acercase.

Antes de que ella pudiese, educadamente, decir que realmente tenía que terminar un artículo importante, él empezó a hablar. Dijo que era escritor, que volvía de una reunión en la ciudad, y que el retraso de los trenes lo haría perder el avión a su país. Al llegar a Gèneve, ¿podría ayudarlo a encontrar un hotel?

Heidi lo miraba: ¿cómo alguien podía estar de tan buen humor después de perder un vuelo, y tener que esperar en una incómoda estación de tren hasta que las cosas se resolviesen?

Pero el hombre empezó a hablar, como si fuesen viejos amigos. Habló de sus viajes, del misterio de la creación literaria y, para su espanto y horror, sobre todas las mujeres que había amado y encontrado a lo largo de su vida. Heidi simplemente decía que sí con la cabeza, y él continuaba. Alguna que otra vez, se disculpaba por hablar mucho, y le pedía que le hablase un poco de sí misma, pero todo lo que se le ocurría decir era «soy una persona común, sin nada de extraordinario».

De repente, ella se vio deseando que el tren no llegase nunca, aquella conversación era muy interesante, estaba descubriendo cosas que sólo habían entrado en su mundo a través de las novelas de ficción. Y como jamás volvería a verlo, se armó de valor —más tarde no sabría explicar por qué— y comenzó a hacerle preguntas sobre temas que le interesaban. Pasaba por una época difícil en su matrimonio, su marido reclamaba mucho su presencia, y Heidi quiso saber qué podía hacerlo feliz. Él le dio algunas explicaciones interesantes, le contó una historia, pero no parecía muy contento al tener que hablar del marido.

«Eres una mujer muy interesante», dijo, usando una frase que hacía muchos años que ella no oía.

Heidi no supo cómo reaccionar, él notó su bochorno, y enseguida se puso a hablar sobre desiertos, ciudades perdidas, y mujeres cubiertas con un velo, o con la cintura desnuda, guerreros, piratas y sabios.

El tren llegó. Se sentaron uno al lado del otro, y ahora ella ya no era la mujer casada, con una casa junto al lago, tres hijos que criar, sino una aventurera que llegaba a Gènève por primera vez. Miraba las montañas, el río, y se sentía contenta por estar con un hombre que quería llevársela a la cama (porque los hombres sólo piensan en eso), que hacía lo posible para impresionarla. Pensó en cuántos hombres habían sentido lo mismo, y jamás les había dado ninguna oportunidad, pero aquella mañana el mundo había cambiado, era una adolescente de treinta y ocho años que asistía deslumbrada a las tentativas de seducirla; era lo mejor del mundo.

En el otoño prematuro de su vida, cuando pensaba que ya tenía todo lo que podía desear, aparecía aquel hombre en la estación de tren y entraba sin pedir permiso. Se apearon en Gèneve, ella le indicó un hotel (modesto, había insistido él, porque debía partir aquella mañana, y no estaba prevenido para un día más en la carísima Suiza), le pidió que lo acompañase hasta la habitación con él, para ver si todo estaba en orden. Heidi sabía lo que le esperaba pero, aun así, aceptó la proposición. Cerraron la puerta, se besaron con violencia y deseo, él le arrancó la ropa, y, ¡Dios mío!, conocía el cuerpo de una mujer, porque había conocido el sufrimiento o la frustración de muchas.

Hicieron el amor toda la tarde, pero al llegar la noche el encanto se disipó, y ella dijo la frase que no le gustaría haber pronunciado jamás: «Tengo que volver, mi marido me espera».

Él encendió un cigarrillo, permanecieron en silencio algunos minutos, y ninguno de los dos dijo «adiós». Heidi se levantó y salió sin mirar atrás, sabiendo que, no importaba lo que dijesen, ninguna palabra o frase tendría sentido.

Nunca más volvería a verlo, pero, en el otoño de su desesperanza, durante algunas horas, había dejado de ser la esposa fiel, el ama de casa, la madre amorosa, la funcionaria ejemplar, la amiga constante, y había vuelto a ser simplemente mujer.

«Qué pena que no le conté esto a la chica —se dijo—. En cualquier caso, ella no habría entendido nada, todavía vive en un mundo en el que la gente es fiel y las promesas de amor son eternas.»

Del diario de María:

No sé qué pensó cuando abrió la puerta, aquella noche, y me vio con dos maletas.

—No te asustes —comenté enseguida—. No me estoy mudando aquí. Vamos a cenar.

Me ayudó, sin ningún comentario, a meter mi equipaje dentro. Enseguida, antes de decir «qué es eso» o «qué alegría que hayas venido», simplemente me agarró, y comenzó a besarme, a tocar mi cuerpo, mis senos, mi sexo, como si hubiese esperado mucho tiempo, y ahora presintiese que tal vez el momento no iba a llegar nunca.

Me quitó el abrigo, el vestido, me dejó desnuda, y fue allí en el recibidor de la entrada, sin ningún ritual ni preparación, incluso sin tiempo para decir lo que estaría bien o mal, con el viento frío entrando por la rendija de la puerta, donde hicimos el amor por primera vez. Pensé que tal vez fuese mejor decirle que parase, que buscásemos un lugar más cómodo, que tuviésemos tiempo de explorar el inmenso mundo de nuestra sensualidad, pero al mismo tiempo yo lo quería dentro de mí, porque era el hombre que yo nunca había poseído, y que jamás poseería. Por eso podía amarlo con toda mi energía, tener por lo menos, durante una noche, aquello que jamás había tenido antes, y que posiblemente nunca tendría después.

Me acostó en el suelo, entró dentro de mí antes de que yo estuviese completamente mojada, pero no, el dolor no me molestó, al contrario, me gustó que fuese así porque debía entender que yo era suya, y que no tenía que pedir permiso. No estaba allí para enseñarle nada más, ni para mostrarle cómo mi sensibilidad era mejor o más intensa que la de las demás mujeres, sino para decirle que sí, que era bienvenido, que yo también lo estaba esperando, que me alegraba mucho su total falta de respeto a las reglas que habíamos creado entre nosotros, y que ahora exigía que sólo nuestros instintos, macho y hembra, nos guiasen. Estábamos en la postura más convencional posible, yo debajo, con las piernas abiertas, y él encima, entrando y saliendo, mientras yo lo miraba, sin ganas de fingir, ni de gemir, ni de nada, simplemente queriendo mantener los ojos abiertos, y procurar recordar cada segundo, ver su rostro transformándose, sus manos que agarraban mi cabello, su boca que me mordía, me besaba. Nada de preliminares, de caricias, de preparaciones, de sofisticaciones, simplemente él dentro de mí, y yo en su alma.

Entraba y salía, aumentaba y disminuía el ritmo, a veces paraba para mirarme también, pero no preguntaba si me estaba gustando, porque sabía que ésa era la única manera de que nuestras almas se comunicasen en aquel momento. El ritmo aumentó, y yo sabía que los once minutos estaban llegando a su fin, quería que continuasen para siempre, porque era tan bueno, ¡Oh, Dios mío, qué bueno era ser poseída y no poseer! Todo con los ojos muy abiertos, y yo noté, cuando ya no veíamos bien, que parecía que nos íbamos a otra dimensión donde yo era la gran madre, el universo, la mujer amada, la prostituta sagrada de los antiguos rituales de la que él me había hablado con un vaso de vino y una chimenea encendida. Sentí que su orgasmo llegaba, y sus brazos sujetaron los míos con fuerza, los movimientos aumentaron de intensidad, y ¡entonces él gritó, no gimió, no apretó los dientes, sino que gritó! ¡Chilló! ¡Bramó como un animal! Por el fondo de mi cabeza pasó rápidamente el pensamiento de que los vecinos tal vez llamasen a la policía, pero eso no tenía importancia, y yo sentí un inmenso placer, porque era así desde el inicio de los tiempos, cuando el primer hombre encontró a la primera mujer e hicieron el amor por primera vez: gritaron.

Después su cuerpo se derrumbó sobre mí, y no sé cuánto tiempo permanecimos abrazados el uno al otro, yo acaricié su pelo como sólo lo había hecho la noche en que nos encerramos en la oscuridad del hotel; noté cómo su corazón disparado volvía poco a poco a la normalidad, sus manos comenzaron a pasear delicadamente por mis brazos, y aquello hizo que todos los pelos de mi cuerpo se erizasen.

Debió de pensar en algo práctico, como el peso de su cuerpo encima del mío, porque se echó hacia un lado, agarró mis manos, y permanecimos mirando el techo y el lustre de tres lámparas encendidas.

—Buenas noches —le dije.

Él me empujó e hizo que apoyase la cabeza en su pecho. Me acarició durante un buen rato, antes de decir también «buenas noches».

—Seguro que los vecinos lo han oído todo —comenté, sin saber cómo íbamos a continuar, porque decir «te amo» en aquel momento no tenía mucho sentido, él ya lo sabía, y yo también.

—Entra una corriente de aire frío por debajo de la puerta

—fue su respuesta, cuando podría haber dicho «¡qué maravilla!».

—Vayamos a la cocina.

Nos levantamos y vi que él ni siquiera se había quitado el pantalón, estaba vestido como cuando llegué, sólo que con el sexo del lado de fuera. Me puse el abrigo sobre mi cuerpo desnudo. Fuimos a la cocina, él preparó un café, fumó dos cigarrillos, yo fumé uno. Sentados a la mesa, él decía «gracias» con los ojos, yo respondía «también te quiero dar las gracias», pero nuestras bocas permanecían cerradas.

Finalmente él se armó de valor y preguntó por las maletas.

—Vuelvo a Brasil mañana a mediodía.

Una mujer sabe cuándo un hombre es importante para ella. ¿Son ellos capaces también de ese tipo de comprensión? ¿O debería haberle dicho «te amo», «me gustaría seguir aquí contigo», «pídeme que me quede»?

—No te vayas —sí, él había comprendido que podía decírmelo.

—Me voy. He hecho una promesa.

Porque, si no la hubiese hecho, tal vez creyese que todo aquello era para siempre. Y no lo era, era parte del sueño de una chica de pueblo de un país distante, que se va a la gran ciudad (en realidad, no tan grande), pasa por mil dificultades, pero conoce a un hombre que la ama. Éste era el final feliz para todos los momentos difíciles que pasé, y siempre que yo recordase mi vida en Europa, terminaría con la historia de un hombre enamorado de mí, que sería siempre mío, ya que yo había visitado su alma.

Oh, Ralf, no sabes cuánto te amo. Pienso que tal vez uno se enamora en el momento en el que ve al hombre de sus sueños por primera vez, aunque la razón en ese momento diga que estamos equivocados, y empecemos a luchar, sin deseo de ganar, contra ese instinto. Hasta que llega el momento en que nos dejamos vencer por la emoción, y eso sucedió aquella noche, cuando caminé descalza por el parque, sufriendo dolor y frío, pero entendiendo cuánto me querías.

Sí, te amo mucho, como nunca he amado a otro hombre, y justamente por eso me voy, porque si me quedase el sueño se convertiría en realidad, deseo de poseer, de desear que tu vida sea mía… en fin, de todas esas cosas que acaban convirtiendo el amor en esclavitud. Mejor así: el sueño. Tenemos que ser cuidadosos con lo que nos llevamos de un país, o de la vida.

—No has tenido un orgasmo —dijo él, intentando cambiar de tema, ser cuidadoso, no forzar una situación. Tenía miedo de perderme, y pensaba que todavía tenía toda la noche para hacerme cambiar de opinión.

—No he tenido un orgasmo, pero he sentido un inmenso placer.

—Pero sería mejor si tuvieses un orgasmo.

—Podría haber fingido, simplemente para contentarte, pero no te lo mereces. Eres un hombre, Ralf Hart, con todo lo que esa palabra pueda tener de hermoso y de intenso. Supiste ayudarme y apoyarme, aceptaste que yo te apoyase y te ayudase, sin que eso significase humillación. Sí, me gustaría haber tenido un orgasmo, pero no lo he tenido. Sin embargo, me encantó el suelo frío, tu cuerpo caliente, la violencia consentida con la que entraste en mí.

»Hoy fui a devolver los libros que todavía tenía, y la bibliotecaria me preguntó si hablaba con mi pareja de sexo. Me dieron ganas de decirle: ¿qué pareja? ¿Qué tipo de sexo? Pero ella no lo merecía, ha sido siempre un ángel conmigo.

»En realidad, sólo he tenido dos parejas desde que llegué a Gèneve: uno que despertó lo peor de mí misma, porque yo se lo permití e incluso se lo imploré. El otro, tú, que me has hecho sentir parte del mundo otra vez. Me gustaría poder enseñarte dónde tocar en mi cuerpo, con qué intensidad, durante cuánto tiempo, y sé que no lo tomarías como una recriminación, sino como una posibilidad de que nuestras almas se comuniquen mejor. El arte del amor es como tu pintura, requiere técnica, paciencia, y sobre todo práctica entre la pareja. Requiere osadía, es preciso ir más allá de aquello que la gente convencionalmente llama "hacer el amor»".

Ya está. La profesora había vuelto, y yo no quería aquello, pero Ralf supo manejar la situación. En vez de aceptar lo que yo decía, encendió su tercer cigarrillo en menos de media hora:

—En primer lugar, hoy vas a pasar la noche aquí.

No era una petición, era una orden.

—En segundo lugar, haremos el amor otra vez, con menos ansiedad y más deseo.

»Finalmente, me gustaría que tú también entendieses mejor a los hombres.

¿Entender mejor a los hombres? Me pasaba todas las noches con ellos, blancos, negros, asiáticos, judíos, musulmanes, budistas. ¿Acaso Ralf no lo sabía?

Me sentí más aliviada; qué bien que la conversación caminaba hacia una discusión. Por un momento había pensado en pedirle perdón a Dios y romper mi promesa.

Pero allí estaba otra vez la realidad para decirme que no olvidase conservar mi sueño intacto, y que no me dejase caer en las trampas del destino.

—Sí, entender mejor a los hombres —repitió Ralf, al ver mi

aire de ironía—. Hablas de expresar tu sexualidad femenina, de ayudarme a navegar por tu cuerpo, a tener paciencia, tiempo. Estoy de acuerdo, pero ¿ya se te ha ocurrido pensar que nosotros somos diferentes, por lo menos en lo que a tiempo se refiere? ¿Por qué no le pides explicaciones a Dios?

»Cuando nos conocimos, te pedí que me enseñases sobre sexo, porque mi deseo había desaparecido. ¿Sabes por qué? Porque después de ciertos años de vida, cualquier relación sexual mía terminaba en tedio o en frustración, ya que creía que era muy difícil darles a las mujeres que amé el mismo placer que ellas me daban a mí.

A mí no me gustó lo de «las mujeres que amé», pero fingí indiferencia y encendí un cigarrillo.

—No tenía valor para pedirte: enséñame tu cuerpo. Pero cuando te encontré, vi tu luz y te amé inmediatamente, pensé que a esas alturas de la vida, ya no tenía nada más que perder si era honesto conmigo, y con la mujer que quería tener a mi lado.

El cigarrillo me resultó delicioso, y me habría gustado que me hubiere ofrecido un poco de vino, pero no quería dejar de hablar del tema.

—¿Por qué los hombres, en vez de hacer lo que tú has hecho conmigo, descubrir cómo me siento, sólo piensan en sexo?

—¿Quién ha dicho que sólo pensamos en sexo? Al contrario: pasamos años de nuestra vida intentando hacernos creer a nosotros mismos que el sexo es importante. Aprendemos el amor con prostitutas o con vírgenes, contamos nuestras andanzas a todos los que quieran escuchar, nos paseamos con amantes jóvenes cuando nos hacemos mayores, todo para demostrarles a los demás que sí, que somos aquello que las mujeres esperaban que fuésemos.

»Pero ¿sabes una cosa? No es nada de eso. No entendemos nada. Creemos que sexo y eyaculación son lo mismo, y como acabas de decir, no lo son. No aprendemos, porque no tenemos valor para decirle a una mujer: enséñame tu cuerpo. No aprendemos porque ella tampoco tiene el valor de decir: aprende cómo soy. Nos quedamos en el primitivo instinto de supervivencia de la especie, y eso es todo. Por más absurdo que parezca, ¿sabes qué es más importante para el hombre que el sexo?

Y pensé que tal vez fuese el dinero o el poder, pero no dije nada.

—El deporte. ¿Y sabes por qué? Porque un hombre entiende el cuerpo de otro hombre. En el deporte, vemos el diálogo de cuerpos que se entienden.

—Estás loco.

—Puede ser. Pero tiene sentido. ¿Te has parado a pensar qué sentían los hombres con los que has estado en la cama?

—Sí, lo he hecho: todos se sentían inseguros. Tenían miedo.

—Peor que miedo. Eran vulnerables. No entendían muy bien qué estaban haciendo, simplemente sabían que la sociedad, los amigos, las propias mujeres decían que era importante. «Sexo, sexo, sexo», ésa es la base de la vida, grita la publicidad, la gente, las películas, los libros. Nadie sabe de qué habla. Saben, ya que el instinto es más fuerte que todos nosotros, que hay que hacerlo. Y punto.

Basta. Yo había intentado dar lecciones de sexo para protegerme, él hacía lo mismo, y por más sabias que fuesen nuestras palabras, ya que uno siempre quería impresionar al otro, ¡eso era estúpido, indigno de nuestra relación! Lo atraje hacia mí porque, independientemente de lo que él tuviese que decir, o de lo que yo pensase respecto a mí misma, la vida ya me había enseñado muchas cosas. Al principio de los tiempos, todo era amor, entrega. Pero luego, la serpiente se le aparece a Eva y le dice: lo que has entregado, lo vas a perder. Eso fue lo que pasó conmigo, fui expulsada del paraíso cuando todavía estaba en el colegio, y desde entonces he buscado una manera de decirle a la serpiente que estaba equivocada, que vivir era más importante que guardar. Pero la serpiente estaba en lo cierto, y yo estaba equivocada.

Me arrodillé, le quité poco a poco la ropa, y vi que su sexo estaba allí, durmiente, sin reaccionar. A él parecía no importarle, y yo besé la parte interior de sus piernas, empezando por los pies. Su sexo comenzó a reaccionar lentamente, y yo lo toqué, después lo puse en mi boca, y, sin prisa, sin que él lo interpretase como «¡venga, prepárate!», lo besé con el cariño de quien no espera nada, y justamente por eso, lo conseguí todo. Vi que se excitaba, y comenzó a tocar mis pezones, girándolos como aquella noche de total oscuridad, haciéndome desear tenerlo de nuevo entre mis piernas, o en mi boca, o como desease o quisiese poseerme.

No me quitó el abrigo; hizo que me inclinase de bruces sobre la mesa, con las piernas aún apoyadas en el suelo. Me penetró lentamente, esta vez sin ansiedad, sin miedo a perderme, porque en el fondo él también había entendido que aquello era un sueño, y que permanecería para siempre como un sueño, jamás como realidad.

Al mismo tiempo que sentía su sexo dentro de mí, sentía también su mano en los senos, las nalgas, tocándome como sólo una mujer sabe hacerlo. Entonces entendí que estábamos hechos el uno para el otro, porque él conseguía ser mujer como ahora, y yo conseguía ser hombre como cuando conversamos o nos iniciamos en el encuentro de las dos almas perdidas, de los dos fragmentos que faltaban para completar el universo.

A medida que me penetraba y me tocaba al mismo tiempo, sentí que no sólo me lo estaba haciendo a mí, sino a todo el universo. Teníamos tiempo, ternura y conocimiento el uno del otro. Sí, había sido estupendo llegar con dos maletas, el deseo de partir, ser inmediatamente arrojada al suelo y penetrada con violencia y miedo; pero también era bueno saber que la noche no acabaría nunca, y ahora allí, en la mesa de la cocina, el orgasmo no era el fin en sí mismo, sino el inicio de ese encuentro.

Su sexo se quedó inmóvil dentro de mí, mientras sus dedos se movían rápidamente, y yo tuve el primero, después el segundo, y el tercer orgasmo seguidos. Tenía ganas de empujarlo, el dolor del placer es tan grande que machaca, pero aguanté firme, acepté que era así, que podía aguantar un orgasmo más, dos más, o…

… y de repente, una especie de luz explotó dentro de mí. Ya no era yo misma, sino un ser infinitamente superior a todo lo que yo conocía. Cuando su mano me llevó al cuarto orgasmo, entré en un lugar en el que todo parecía en paz, y en mi quinto orgasmo conocí a Dios. Entonces sentí que él volvía a mover su sexo dentro del mío, aunque su mano no hubiese parado, y dije: «Dios mío, ¿a qué me he entregado, el infierno o el paraíso?».

Pero era el paraíso. Yo era la tierra, las montañas, los tigres, los ríos que corrían hasta los lagos, los lagos que se transformaban en mar. Él se movía cada vez más deprisa, y el dolor se mezclaba con el placer, yo podía decir «ya no puedo más», pero no sería justo, porque a esas alturas, él y yo éramos la misma persona.

Dejé que me penetrase el tiempo que fuese necesario, sus uñas ahora estaban clavadas en mis nalgas, y yo allí de bruces, en la mesa de la cocina, pensando que no existía un lugar mejor en el mundo para hacer el amor. De nuevo el ruido de la mesa, la respiración cada vez más rápida, las uñas arañándome, y mi sexo golpeando con fuerza su sexo, carne con carne, hueso con hueso, yo iba a tener otro orgasmo, él también, y nada de eso, ¡nada de eso era MENTIRA!

—¡Vamos!

Él sabía de qué hablaba, y yo sabía que era el momento, sentí que todo mi cuerpo se relajaba, que dejaba de ser yo misma, ya no oía, ni veía, ni sabía el gusto de nada, simplemente sentía.

—¡Vamos!

Y me fui, con él. No fueron once minutos, sino una eternidad, era como si los dos hubiésemos salido del cuerpo y caminásemos, en profunda alegría, comprensión y amistad, por los jardines del paraíso. Yo era mujer y hombre, él era hombre y mujer. No sé cuánto tiempo duró, pero todo parecía estar en silencio, en oración, como si el universo y la vida hubiesen dejado de existir, y se hubiesen transformado en algo sagrado, sin nombre, sin tiempo.

Pero el tiempo volvió, oí sus gritos y grité con él, las patas de la mesa golpeaban con fuerza en el suelo, pero a ninguno de los dos se nos ocurrió preguntar ni pensar qué pensaba el resto del mundo.

Y él salió de mí sin ningún aviso, y reía, sentí mi sexo contraerse, me volví hacia él y también reí, nos abrazamos como si fuese la primera vez que hacíamos el amor en nuestras vidas.

—Bendíceme —pidió.

Y lo bendije, sin saber qué hacía. Le pedí que hiciese lo mismo, y él lo hizo, diciendo «bendita sea esta mujer, que mucho amó». Sus palabras eran bonitas, volvimos a abrazarnos y nos quedamos allí, sin entender cómo once minutos pueden llevar a un hombre y a una mujer a todo eso.

Ninguno de los dos estaba cansado. Fuimos hasta la sala, él puso un disco, e hizo exactamente lo que yo esperaba: encendió la chimenea y me sirvió vino. Después abrió un libro y leyó:

> *Tiempo de nacer, tiempo de morir,*
> *tiempo de plantar, tiempo de arrancar la planta,*
> *tiempo de matar, tiempo de curar,*
> *tiempo de destruir, tiempo de construir,*
> *tiempo de llorar, tiempo de reír,*
> *tiempo de gemir, tiempo de bailar,*
> *tiempo de tirar piedras, tiempo de recoger piedras,*
> *tiempo de abrazar, tiempo de separar,*
> *tiempo de buscar, tiempo de perder,*
> *tiempo de guardar, tiempo de tirar,*
> *tiempo de rasgar, tiempo de coser,*
> *tiempo de callar, tiempo de hablar,*
> *tiempo de amar, tiempo de odiar,*
> *tiempo de guerra, tiempo de paz.*

Aquello sonaba como una despedida. Pero era la más bonita de todas las que podía vivir en mi vida.

Lo abracé, él me abrazó, nos acostamos en la alfombra al lado de la chimenea. La sensación de plenitud todavía seguía, como si yo siempre hubiese sido una mujer sabia, feliz, realizada en la vida.

—¿Cómo puedes enamorarte de una prostituta?

—Al principio, no lo entendía. Pero hoy, pensando un poco, creo que al saber que tu cuerpo jamás sería sólo mío, podía concentrarme en conquistar tu alma.

—¿Y los celos?

—No se le puede decir a la primavera: «Ojalá que llegues pronto, y que dures bastante». Sólo se puede decir: «Ven, bendíceme con tu esperanza, y quédate todo el tiempo que puedas».

Palabras sueltas al viento. Pero yo necesitaba escucharlas, y él necesitaba decirlas. No sé exactamente cuándo me dormí. Soñé, no con una situación ni con una persona, sino con un perfume, que lo inundaba todo.

Cuando María abrió los ojos, algunos rayos de sol empezaban a entrar por las persianas abiertas.

«He hecho el amor dos veces con él —pensó, mirando al hombre dormido a su lado—. Y, sin embargo, parece que siempre hemos estado juntos, y que él siempre ha conocido mi vida, mi alma, mi cuerpo, mi luz, mi dolor.»

Se levantó para ir a la cocina y hacer un café. Fue entonces cuando vio las dos maletas en el pasillo y se acordó de todo: de la promesa, de la oración en la iglesia, de su vida, del sueño que insiste en convertirse en realidad y perder su encanto, del hombre perfecto, del amor en el que cuerpo y alma eran lo mismo, y placer y orgasmo eran cosas diferentes.

Podría quedarse; no tenía nada más que perder en la vida, sólo una ilusión. Se acordó del poema: «Tiempo de llorar, tiempo de reír».

Pero había otra frase: «Tiempo de abrazar, tiempo de separar». Preparó el café, cerró la puerta de la cocina, telefoneó y pidió un taxi. Reunió toda su fuerza de voluntad, que la había llevado tan lejos, la fuente de energía de su «luz», que le había dicho el momento exacto de partir, que la protegía, que la haría guardar para siempre el recuerdo de aquella noche. Se vistió, cogió sus maletas y salió, deseando que él se despertase antes y le pidiese que se quedara.

Pero él no se despertó. Mientras esperaba el taxi en la calle, pasó una gitana, con un ramo de flores.

—¿Quiere una?

María la compró, era la señal de que el otoño había llegado, el verano quedaba atrás. Gèneve ya no tendría, durante mucho tiempo, las mesas en las aceras ni los parques llenos de gente paseando y tomando el sol. No hacía mal; se iba porque ésa era su elección, y no había de qué lamentarse.

Llegó al aeropuerto, tomó otro café, esperó durante cuatro horas el vuelo de París, siempre pensando que él entraría en cualquier momento, ya que, en algún momento antes de dormirse, le había dicho la hora de su salida. Así era en las películas: en el momento final, cuando la mujer está casi entrando en el avión, el hombre aparece desesperado, la agarra, le da un beso, y la lleva de vuelta a su mundo, bajo la mirada risueña y complaciente de los funcionarios de la compañía aérea. Aparece la palabra «Fin», y todos los espectadores saben que, a partir de ahí, vivirán felices para siempre.

«Las películas nunca dicen qué sucede después», se decía María, intentando consolarse. Matrimonio, cocina, hijos, sexo cada vez más inconstante, el descubrimiento de la primera nota de la amante, decidir, montar un escándalo, escuchar promesas de que eso no se volverá a repetir, la segunda nota de otra amante, otro escándalo y la amenaza de separarse, esta vez el hombre no reacciona con tanta seguridad, simplemente le dice que la ama. La tercera nota, de la tercera amante, y entonces escoger el silencio, fingiendo que no lo sabe, porque puede ser que él diga que ya no la ama, que es libre para marcharse.

No. Las películas no lo cuentan. Se acaban antes de que el verdadero mundo empiece. Mejor no pensar en eso.

Leyó una, dos, tres revistas. Finalmente anunciaron su vuelo, después de casi una eternidad en aquella sala de aeropuerto, y embarcó. Todavía se imaginó la famosa escena en la que, en cuanto se pone el cinto, siente una mano en su hombro, mira hacia atrás, y allí está él, sonriendo.

Pero nada de eso sucedió.

Durmió durante el escaso tiempo que separaba Gèneve de París. No tuvo tiempo de pensar qué diría en casa, qué historia contaría, pero con toda seguridad sus padres se pondrían contentos, sabiendo que tenían a su hija de vuelta, una hacienda y una vejez agradable.

Se despertó con la sacudida del aterrizaje. El avión anduvo por la pista durante mucho tiempo; la azafata fue a decirle que tenía que cambiar de terminal, ya que el vuelo para Brasil salía de la terminal F y ella estaba en la terminal C. Pero que no se preocupase, que no había retrasos, todavía tenía mucho tiempo, y que si tenía alguna duda el personal de tierra podría ayudarla a encontrar el camino.

Mientras el aparato se acercaba al lugar del desembarque, se preguntó si valía la pena pasar un día en aquella ciudad, sólo para sacar unas fotos y contarles a los demás que había conocido París.

Necesitaba tiempo para pensar, estar a solas consigo misma, esconder muy profundamente los recuerdos de la noche anterior, de modo que pudiese usarlos siempre que necesitase sentirse viva. Sí, París era una excelente idea; le preguntó a la azafata cuándo saldría el siguiente vuelo para Brasil, si decidía no embarcar aquel día.

La azafata le pidió su billete, lo lamentó mucho, pero era una tarifa que no permitía esa serie de escalas. María se consoló, pensando que ver una ciudad tan hermosa sola la deprimiría. Estaba consiguiendo mantener su sangre fría, su fuerza de voluntad, no lo iba a estropear todo con un bello paisaje y la nostalgia de alguien.

Desembarcó, pasó por los controles de la policía, su equipaje iría directamente al otro avión, no había de qué preocuparse. Las puertas se abrieron, los pasajeros salían y se abrazaban con alguien que los esperaba, la mujer, la madre, los hijos. María fingió que nada de aquello iba con ella, al mismo tiempo que pensaba de nuevo en su soledad; aunque esta vez tenía un secreto, un sueño, no era tan amarga, y la vida sería más fácil.

—Siempre nos quedará París.

No era un guía turístico. No era el chófer de un taxi. Sus piernas temblaron cuando oyó la voz.

—¿Siempre nos quedará París?

—Es la frase de una película que me encanta. ¿Te gustaría ver la torre Eiffel?

Sí, muchísimo. Ralf llevaba un ramo de rosas, y los ojos llenos de luz, la luz que ella había visto el primer día, cuando la pintaba mientras el viento frío la hacía sentirse incómoda por estar allí.

—¿Cómo has llegado antes que yo? —preguntó para disimular la sorpresa, la respuesta no tenía el menor interés, pero necesitaba algún tiempo para respirar.

—Te vi leyendo una revista. Podría haberme acercado, pero soy romántico, incurablemente romántico, y creí que sería mejor tomar el primer puente aéreo para París, pasear un poco por el aeropuerto, esperar tres horas, consultar un sinfín de veces los horarios de los vuelos, comprar tus flores, decir la frase que Rick le dice a su amada en *Casablanca*, e imaginar tu cara de sorpresa. Y tener la certeza de que eso era lo que tú querías, que me esperabas, que toda la determinación y la voluntad del mundo no bastan para impedir que el amor cambie las reglas de un momento a otro. No cuesta nada ser romántico como en las películas, ¿no crees?

No sabía si costaba o no, pero el precio ahora era lo que menos le importaba, a pesar de saber que acababa de conocer a aquel hombre, que habían hecho el amor por primera vez hacía pocas horas, que había sido presentada a sus amigos la víspera, que él ya había frecuentado la discoteca en la que trabajaba y que se había casado dos veces. No eran credenciales impecables. Por otro lado, ella tenía dinero para comprar una hacienda, la juventud por delante, una gran experiencia de la vida, una gran independencia de alma. Aun así, como siempre era el destino el que escogía por ella, pensó que una vez más podía correr el riesgo.

Le dio un beso, sin ninguna curiosidad por saber qué pasa después de que salga el «Fin» en la pantalla del cine. Simplemente, si algún día alguien decidía contar su historia, le pediría que la empezase como los cuentos de hadas, que dicen:

Érase una vez...

NOTA FINAL

Como a todo el mundo, y en este caso no tengo el menor reparo en generalizar, me costó descubrir el sentido sagrado del sexo. Mi juventud coincidió con una época de extrema libertad, con descubrimientos importantes y muchos excesos, seguida de un período conservador, represivo, el precio que había que pagar por los abusos que realmente dejaron secuelas un poco duras.

En la década de los excesos (hablamos de los años setenta), el escritor Irving Wallace escribió un libro sobre la censura norteamericana, utilizando para ello las maniobras jurídicas que pretendían impedir la publicación de un texto sobre sexo: *Los siete minutos*.

En la novela de Wallace, el libro que es motivo de la discusión sobre la censura apenas se menciona, y el tema de la sexualidad raramente aparece. Intenté imaginar qué diría ese libro prohibido; ¿quién sabe?, podría intentar escribirlo.

Sucede que, en su novela, Wallace da muchas referencias sobre ese libro inexistente, y eso acabó limitando, e imposibilitando, la tarea que yo había imaginado. Sólo ha quedado el recuerdo del título (donde creo que Wallace fue muy conservador con relación al tiempo, y decidí ampliarlo) y la idea de que era importante abordar la sexualidad de una manera seria, lo cual, por cierto, ya han hecho muchos escritores.

En 1997, después de terminar una conferencia en Mantua (Italia), recibí en el hotel en el que estaba hospedado un manuscrito que habían dejado en recepción. No leo manuscritos, pero leí aquél, la historia real de una prostituta brasileña, sus matrimonios, sus dificultades con la ley, sus aventuras. En el año 2000, al pasar por Zurich, me puse en contacto con esa prostituta, cuyo nombre de guerra es Sonia, y le dije que me había gustado su texto. Le recomendé que lo enviase a mi editora brasileña, que finalmente decidió no publicarlo. Sonia, que para entonces había fijado su residencia en Italia, cogió un tren y fue a verme a Zurich. Nos invitó, a mí, a un amigo y a una periodista del periódico *Blick*, que acababa de entrevistarme, a ir a Langstrasse, la zona de prostitución local. Yo no sabía que Sonia ya había avisado a sus colegas de nuestra visita, y para mi sorpresa, acabé firmando varios autógrafos en libros míos, en diferentes lenguas.

Entonces yo ya estaba decidido a escribir sobre sexo, pero aún no tenía ni el argumento, ni al personaje principal; pensaba en algo mucho más dirigido a la búsqueda convencional de lo sagrado, pero aquella visita a Langstrasse me enseñó: para escribir sobre el lado sagrado, era necesario entender por qué había sido tan profanado.

Conversando con un periodista de la revista *L'Ilustrée* (Suiza), le conté la historia de la improvisada noche de autógrafos en Langstrasse, y él publicó un gran reportaje al respecto. El resultado fue que, durante una tarde de autógrafos en Gèneve, varias prostitutas aparecieron con sus libros. Una de ellas me llamó especialmente la atención, salimos, con mi agente y mi amiga Mónica Antunes, a tomar un café, que se convirtió en cena, y que se convirtió en otros encuentros en los días siguientes. Allí nació el hilo conductor de *Once minutos*.

Quiero expresar mi agradecimiento a Anna von Planta, mi editora suiza, que me ayudó con datos importantes sobre la situación legal de las prostitutas en su país. A las siguientes mujeres en Zurich (nombres de guerra): Sonia, con la que me vi por primera vez en Mantua (¡quién sabe, quizás alguien se interese algún día por su libro!), Martha, Antenora, Isabella. En Gèneve (también nombres de guerra): Amy, Lucia, Andrei, Vanessa, Patrick, Thérése, Anna Christina.

Le agradezco también a Antonella Zara que me permitiese usar pasajes de su libro *La ciencia de la pasión*, para ilustrar algunas partes del diario de María.

Finalmente, le agradezco a María (nombre de guerra), que hoy reside en Lausana, está casada y tiene dos hermosas hijas, que en nuestros varios encuentros haya compartido conmigo y con Mónica su historia, en la que está basado este libro.

PAULO COELHO

ACKNOWLEDGEMENTS

Writing acknowledgements has been compared to giving an acceptance speech for an Academy Award; you just know that you will leave someone out. With that being said, I will attempt to give proper thanks to so many people who have made my life, ministry and this book possible.

Thanks goes first to my husband, Dan, for inspiring me and challenging me, for always encouraging me to use the gifts that God has given me and most of all for believing in me. Being in ministry alongside him for almost 40 years has given me great joy, and it is to him that I dedicate this book.

To my son, Josh, whose creative talents never cease to amaze me. Thank you for designing my website, my book cover and for helping me to 'get the word out there' for this book. Thanks to my daughter, Jill, whose example has encouraged me to 'chase after my dream' just like she has done. To my daughter, Jamie, whose love and support has always been unwavering. To my daughter-in-law, Laura, who is a fellow dreamer and to my son-in-law, Tim, whose example of being a servant has blessed our family's life. The joy of being in such an awesome family is a gift that is rare and precious. They are the special people who make my life rich!

To my Pastor, Chris Pinion, who first challenged my thinking regarding women in ministry and allowed me to serve in my first leadership role in the church.

Thanks to my good friend, Matthew Mills, for reading the first draft and offering helpful comments and suggestions.

Thanks to my parents for being a rock of strength and support and for the examples of selflessness and generosity they have demonstrated throughout my life. I am so grateful for them and the firm foundation of faith they planted in my life. At a young age, they taught me that the Bible is 100% true and that Jesus died on the cross and rose again to rescue us from a fallen world. My personal relationship with Jesus began when I was 6 years old.

There are so many others who have loved me, supported me and shaped me - I thank God for them all.

CONTENTS

Introduction

INTRODUCTION

One of the most hotly debated issues in the church world today is the issue of women and church leadership. What I have observed is that the issue is not men versus women. There are women who believe women should not serve as pastors and church leaders and that the Bible places restrictions on the ministry of women, and there are men who believe women can serve as pastors and church leaders and that there are no restrictions on women in ministry. Both sides of these differing views love God and desire to obey and serve Him in a way that brings glory to Him. Having grown up in the church, I honestly never even considered any views other than what I had always been taught.....until several years ago when I came face to face with my own personal beliefs on this issue.

Throughout my life, I have been an activator....ready to tackle problems, step up to find solutions, be a voice for a cause. My passion to be a leader played out throughout my teen years and into adulthood in various ways. In junior high, I was elected to serve on a debate team. High School gave me opportunities to lead in academics and music, serve as a class officer, a cheerleader and a leader in my youth group. In almost every situation, I found myself leading in some way. My high school classmates voted me *Best Personality* and I was named *Miss Congeniality* as well as being in the top ten finalists for the Miss Teenage Kansas City Pageant.

But growing up in church, I learned that my gift of leading was to be exercised only outside the church. My church life was playing the piano, teaching children and serving in women's ministry. Women in my church did not lead up front, except for children's ministry. No women served on the church board or ever spoke in the pulpit on Sunday morning except when giving a testimony after having been on a mission trip. As a young woman with a leadership gift, I soon learned that my gifts did not fit in the church. But it was acceptable for me to be a leader in areas outside of the church and so I did. I became an advocate for citizen involvement in government which lead me to become an elected city official. I served as an adjunct professor in a Christian college where I could teach men and women in the classroom how to be Christian educators, but would never think of teaching men inside the four walls of a church building.

After 20 years of serving in the same church, my husband and I joined a new church plant focused on evangelism and outreach to the community. I was talking with my Pastor one day about the needs in this new church. He said a huge need was in the Children's Ministry. Then he added, "Would you consider being the Director of the Children's Ministry?" I said, almost instinctively, "Women can't be Directors in churches." To which he replied, "Why not?" What significance those two words have had on my journey towards fulfilling God's purpose for my life! It was a defining moment for me. For the first time, I began to challenge some of the teachings I had grown up believing about gender. I dug into the scriptures and began reading all I could from both sides on the issue of women leading in the church. Someone recommended that I read the book *'Men and Women In The Church'* by Dr. Sarah Sumner. It opened my eyes to the different views that are held in many churches today when it comes to women in leadership within the church. My journey as a leader in the church had begun. I sought advice from godly men whom I respected and continued to read and study the issue intensely. I agreed to accept my first leadership role in the church as a Children's Ministry Director.

For the past 12 years, I have served in a mostly male environment. My current role is Executive Pastor. There have been challenges along the way, but the rewards have far outweighed the struggles. I have learned that it is possible for women to thrive in what has traditionally been a man's world, without changing who they are.

This is the story of my journey. I was amazed as I began to search the Scriptures. So many things I had never even heard about. So many things no one ever told me. Just as I sat down almost 12 years ago and began to look at the different views of women in church leadership, my desire is to share what I have learned - *What No One Ever Told Me* - in hopes that it might help you understand some of the history behind women and church leadership and come to your own conclusion.

This book is not just for women. It is for followers of Christ who desire to help the church grow and thrive beyond the current generation following God's direction and equipping and raising up spiritual leaders. It is for women who desire to effectively lead in an arena where many times they have felt there was no place for them to use their gifts. And it is for men whose hunger is to reach a lost and dying world for Jesus, realizing that it is going to take a mighty army of Christ-followers, both men and women, to carry out the Great Commission.

CHAPTER 1

WOMEN, LEADERSHIP
& THE CHURCH

*The Church will never reach her full redemptive
potential until men and women with the leadership gift
step up and lead. - Bill Hybels*

"Luti got a first taste of her life's work during the summer of 1948 in rural Canada, where there were no men available to pastor, preach or run camps. So she and a female friend did it all, traveling the gravel roads up around Lake Superior on their bicycles. From there it was on to decades of mission work in the Belgian Congo, where she survived the turbulence of Congolese independence and the Lumumba uprisings. Years later, she handed over her duties to Zairians she had trained, and volunteered for a new assignment amid the killing fields of Cambodia.

During the final days of Phnom Penh, with Khymer Rouge rockets landing all around, she consoled despondent people and preached the gospel with authority. She led a group of eager Buddhist monks, who gathered in her apartment, through the gospel of

John and saw many of them converted. Afterward, she followed Cambodian survivors to refugee camps in Thailand. Retirement loomed but instead she moved to southern France where she continued evangelizing there, often door to door, for years. Recently she planned to participate in a bold prayer walk through the Middle East and was disappointed when it was canceled for security reasons.

Luti now has white hair, and dutifully dons ethnic dress and carries a national flag (she has, of course several to pick from) at her denomination's colorful annual mission rallies. But for the most part she has learned to remain silent. She was not ordained. Her opinions are seldom solicited. She has not been a church elder or board member, and she is not usually invited to preach. Sometimes, traveling along on a missionary deputation, she would be asked by default, to 'share' in a Sunday morning church service. She learned always to begin with a disclaimer that 'the men have asked me to speak today." What a waste of refined insight and spiritual wisdom. Why do churches behave like this? Ask their leaders and they'll probably answer that the Bible clearly teaches against women leading in church." (Excerpt taken from *The Journey Back to Eden* by Glen Scorgie)

What's A Woman To Do?

Over the past few years, I have observed that the church often sends out confusing messages to women. They hear different voices - some encouraging them to pursue their gifts wholeheartedly and look for ways to serve Jesus. Others tell them that godly women stay in the shadows. If they follow their calling, they feel guilty. If they don't, they feel they are wasting their gifts.

On the one hand, a woman is told she can do all things through Christ (Philippians 4:13). She can travel to a foreign mission field and evangelize an unreached people. She can lead or preach to thousands as long as the appropriate men invite her to speak. If her leadership is more suited for work outside the church, then she can become a Senator, CEO or even President. There's really nothing she can't do.

On the other hand, every Christian woman is told not to lead too much in the church. She can lead women, but she can't be called the women's pastor. She can preach to men in someone's home or in a conference setting but not in a local sanctuary, unless her husband was martyred on the mission field. She can oversee the big budget of a large nonprofit, but she can't have an official say over the budget of a small church.

The messages are confusing so women often choose to shy away from using their leadership gifts within the local church. Instead they take their gifts of leadership into the marketplace, government, non-profits, or para church organizations. Role models of women leading in the church are few and far between, so they conclude that God's gifts to them are not to be exercised within the context of the local church.

Several years ago I felt compelled to go back and reread Scripture with an open mind and heart. As I did, I became aware of things I had not seen before. I began to view the biblical landscape through different eyes. I had never personally studied the roles of men and women in the church, but had always accepted the traditions that I had been taught. As I began to search the Scriptures and study Church History, I became aware of things that I had

> *I had never personally studied the roles of men and women in the church.*

not seen, or perhaps could not have seen, before. In my experience, I have observed that very few conservatives have been taught to consider the biases against women that tradition has taught us to bring into our reading of the text. It seemed best to go back to the beginning to find out how God originally intended things to be.

Back To The Beginning

So what was God's original design?   According to
Genesis 2:17, men and women were created by God
and are equally made in His image.   In Genesis
2:23-24 we learn that God's intention was for them to
share oneness and community much like the
Godhead experiences oneness with the Trinity. Both
had a direct relationship to God and both shared joint
responsibilities of rearing children and having
dominion over the earth.   Then came the Fall and it
changed everything.   Sin came into the world and
brought with it oppression, selfishness, and alienation.
Genesis 3:16 became the prediction of the effects of
sin instead of what God had intentionally designed.
With the fall came the struggle for power and desire to
rule over another.   Because God loved us so much,
He promised a Savior would come and rescue the
human race.   Since that moment,   God has been
working to restore us. John 17:11 and John 17:20-23
tell us that God's intention is for His children to
experience the same oneness that exists between the
Father and the Son. According to Galatians 3:28, we
are all one in Christ Jesus.   In fact, the church was
designed to be a prototype of God's kingdom and a
witness of God's plans for the future.   In the
meantime, we are to share the Good News of Jesus
until He returns.

Discovery #1

God's original plan for men and women
was to share joint responsibilities of
rearing children and having dominion
over the earth.

Consider This

What could be more important than understanding
God's plan on how to carry out the most important
work on earth? Jesus came to die in order for us to
be able to have a personal relationship with Him. He
has commanded us to carry out His mission until He
returns. Should we not strive to understand His voice
on the subject of women and leadership within His
church to make sure we are cooperating with Him in
His plan to reach the world?

Chapter 2

Two Sides And Big Words

"There are two sides to every question." Protagoras

While seeking to discern what God's Word teaches about women and church leadership we must first understand what it means to interpret and apply God's Truth. God's revealed Word is designed to help us think through its implications. Principles in His Word provide the foundation and we are responsible to study it accurately, rightly dividing the Word of Truth. (II Timothy 3:16)

Discerning the Truth

The Bible contains absolute truths which do not change regardless of culture, time, age, etc. It also contains relative statements in which teaching is given relative to a particular time, place and situation. An example of this is 1 Corinthians 11:14 which says that a man is dishonored if he has long hair. Was this an absolute truth for all time, for all men everywhere?

If so, how do we explain God telling Samson to let His hair grow long as a sign of his special calling? (Judges 13:5)   This is an example of a relative statement of Scripture. He was addressing an issue of a time and context which we don't relate to and we don't fully understand.   His instructions were important to the people living in that time and culture. Therefore it is crucial that we understand if a truth is an absolute statement or a relative statement.   What are some guidelines to consider when it comes to whether or not a statement is absolute or relative?

1. Examine and clarify the meaning. Ask if the text was for all time or only unique to the cultural situations it addressed and is not applicable to our circumstances today.   (For example, head coverings, foot washing, or greeting with a holy kiss).

2. Ask whether the passage is a progressive revelation.   In other words, is God working to accomplish His will over a certain period of time? Eating pork in the Old Testament was not allowed under the Law. Jesus came to fulfill the old law and bring a New Covenant.

If you've been involved in church for even a short amount of time, you have probably noticed that many things we believe about the Bible don't necessarily come from the Bible, but from our culture and the things we learned while growing up. Loren Cunningham says in his book, *"Why Not Women?"* 'Christians are often more outraged by breaches of culture than by disobedience to Bible absolutes.'

Although I have grown up in church my entire life, earned my Bachelor's and Master's Degrees at Christian Universities, I was never taught about the two main biblical viewpoints on the role of women in ministry. In fact, I had never even heard about them.

On this journey, I have learned that both views acknowledge the authority of Scripture and affirm the equality of men and women. Both desire God's best for men and women alike, but the two views are as different as two sides of a coin and both of them are BIG words.

> I have learned that both views acknowledge the authority of Scripture and affirm the equality of men and women.

The first view is known as Complementarianism, which holds that the male has a unique and God given leadership role to perform - they are to lead and females are to affirm, nurture and receive male strength and leadership. Complementarians believe certain ministry roles should only be filled by men.

The second view is Egalitarianism. Egalitarians believe God's desire is to overcome all the oppressive consequences of sin in male and female relationships requiring the dismantling of the hierarchy that came as a result of the Fall. Egalitarians believe ministry roles are interchangeable for men and women who are suitably gifted.

Defining the Terms

Complementarians believe that God restricts women from serving in church leadership roles and instead calls women to serve in equally important, but complementary roles. The complementarian view believes

> *Complementarians believe that God restricts women from serving in church leadership roles and instead calls women to serve in equally important, but complementary roles.*

in the essential equality of men and women as persons (i.e., as human beings created in God's image), but complementarians hold to gender distinctions when it comes to functional roles in society, the church and the home.

An argument in favor of complementarianism can be made from 1 Timothy 2:9-15. The verse in particular that seems to argue in favor of this view is 1 Timothy 2:12, which reads, "I do not permit a woman to teach or to exercise authority over a man; rather, she is to remain quiet." Paul makes a similar argument in 1 Corinthians 14 where he writes, "The women should keep silent in the churches. For they are not permitted to speak, but should be in submission, as the Law also says" (1 Corinthians 14:34). Paul makes the argument that women are not allowed to teach and/or exercise authority over men within the church setting. Passages such as 1 Timothy 3:1-13 and Titus 1:6-9 seem to limit church leadership "offices" to men, as well.

The Complementarian position states that male and female were created by God as equal in dignity, value, essence and human nature, but also distinct in role whereby the male was given the responsibility of loving authority over the female, and the female was to offer willing, glad-hearted and submissive assistance to the man. Genesis 1:26-27 makes clear that male and female are equally created as God's image, and so are, by God's created design, equally and fully human. But, as Gen. 2 bears out (as seen in its own context and as understood by Paul in 1 Corinthians 11 and 1 Timothy 2), their humanity would find expression differently, in a relationship of complementarity, with the female functioning in a submissive role under the leadership and authority of the male.

When sin was introduced into God's created design a disruption in the proper role-relations between man and woman occurred. As most complementarians understand it, Genesis 3:15-16 informs us that the male/female relationship would now, because of sin, be affected by mutual enmity. In particular, the woman would have a desire to usurp the authority given to man in creation, leading to man, for his part, ruling over woman in what can be either rightfully-corrective or wrongfully-abusive ways.

Passages such as Ephesians 5:22-33 and 1 Timothy 2:8-15 refer to the fact that God's created intention of appropriate male leadership and authority should now, in Christ, be fully affirmed, both in the home and in the church. Wives are to submit to their husbands in the model of the Church's submission to Christ, and women are not to exercise authoritative roles of teaching in the Church in view of Eve's created relation to Adam.

Complementarians believe that Galatians 3:28 – which is God's redemption and regeneration of those whom He would save - involves no distinction between male and female. Gender is absolutely irrelevant regarding who may or may not be saved. The clear implication, then, is that men and women are equal in essence because salvation comes to humans with no consideration given to gender.

Complementarians believe that God's redemption and regeneration of those whom He would save involves no distinction between male and female.

1 Corinthians 12:7-11 clearly states that God distributes His gifts to His people as He so wills, but one's gender is not a factor in His giving any particular gift to a person. Women and men alike are recipients of all of God's gifts. Again, this indicates that women are equal in essence with men in God's sight, but it does not preclude the possibility that God may prescribe just how those gifts be used in the Church.

The prohibition on women speaking in I Corinthians 14:34-36 does not seem to be an absolute, because Paul previously acknowledged women prophesying in 1 Corinthians 11:5. What complementarians hold on this, though, is usually one of two positions: either that women may never be involved in an official capacity of teaching in the corporate assembly, presumably with men present, or that women may not function in the role of elder. In either case, what is clear is the principle that women are to display their submission to male headship and learn quietly from those (qualified males only) responsible for the teaching ministry of the church, distinguishing a certain level of spiritual leadership as gender-restrictive.

The Other Side of the Coin

Egalitarianism is the viewpoint that there are no biblical gender-based restrictions on ministry in the church. Egalitarianism makes its case based on Galatians 3:28. In that verse Paul writes, "There is neither Jew nor Greek, there is neither slave nor free, there is no male and female, for you are all one in Christ Jesus." The egalitarian view argues that in Christ the gender distinctions that characterized fallen relationships have been removed. God created male and female as equal in all respects. Genesis 1:26-27 makes no distinction between woman and man insofar as both are equally made in His image, and both are given the responsibility to rule over His creation. Sin introduced into God's created order many manifestations of disorder and corrupted relationships. Thus, the relationship of male/female equality intended by God in creation became stained by the presence of a sinful and harmful hierarchical tendency.

> The egalitarian argues that in Christ the gender distinctions that characterized fallen relationships have been removed.

According to egalitarians, Galatians 3:28 expresses the truth that in Christ, the false and sinful basis of male/female hierarchy has been abolished, so there is no legitimate distinction, in God's kingdom, between female and male. Full male/female equality is restored, dignity is given back to women, and servant attitudes are called for in men and women alike.

The primary rationale supporting the Egalitarian position is based on Genesis 1:26-27 – that man and woman share the same human nature, both are made in God's image, and both are given God's commission to rule the earth. Not only is there equality of being or nature between man and woman, there is also, importantly, equality of function or task — both are commanded to rule. No distinction is made to give the man a superior position in this rulership.

In his book, *Beyond the Curse*, Spencer explains that Genesis 2:18 refers to the woman as "helper" and is best understood as one who comes to complement (i.e., make complete something that is incomplete). Interestingly, the Hebrew word here for helper (ezer) is used most often of God (who in no sense is subordinate to those whom He helps) in His help of others. The point, then, is that man and woman need each other and so are equal partners in this relationship, not that the woman is in a subordinate relationship to the man. Genesis 2:22-24 states they are one flesh, or the same flesh, indicating full equality of person.

According to Galatians 3:28, if it is God's purpose through redemption to abolish false and sinful distinctions that separate men and women into classes or into a hierarchy, then this must be understood as a return to what He intended in creation, an intent that was distorted by the fall and sin but now it has been made real again in Christ.

In 1 Corinthians 12:7-11 God clearly distributes His gifts to His people as He so wills, but one's gender is not a factor in His giving any particular gift to a person. Women and men alike are recipients of all of God's gifts (1 Corinthians 11:5)

Discovery #2

There are two very different views concerning the role of women in the church and both views acknowledge the authority of Scripture and affirm the equality of men and women.

Consider This

Satan knows his time on this earth is limited. His mission is to do everything he can to keep people away from God. What if his tactic was to cut the number of workers? "Could it be part of the issue of women in leadership is much deeper than what we had previously thought?" says Loren Cunningham, founder of Youth With A Mission, who estimates that 2/3 of all Bible believing Christians are women. Fredrick Franson said, "When two-thirds of the Christians are excluded from the work of evangelizing, their loss for God's cause is so great that it can

hardly be described." Does that sound a little far-
fetched? Maybe......or maybe not.

Chapter 3

From The Halls of Church History

"Old Habits Die Hard"

Culture is defined as shared attitudes, values, goals and practices. It is the beliefs and customs that are characteristic of a social group or organization. When it comes to cultural beliefs, our attitudes die hard. Culture shapes our lives and defines the lens through which we see life. Influenced by educational, political, economic and religious systems, cultural ties may be so strong in a society that they often reach across generations. It is easy to allow the values of the world to shape our culture and traditions. This transfer of culture has been happening for thousands of years.

> *It is easy to allow the values of the world to shape our culture and traditions. This transfer of culture has been happening for thousands of years.*

Ancient Greece

In ancient Greece, women endured many hardships and difficulties. They were seen as objects and marriage was seen as merely an exchange between a father and her soon-to-be husband. Women could not participate in outside events which men were involved in. They were confined to their home. Bearing children, one of the main roles of women, was especially demanding and stressful. If you gave birth to a girl, it was an embarrassment and a disgrace. After giving birth to a daughter, it is said that a woman would turn her head away from her husband in shame. History tells us that men often would not even include their daughters when asked how many children they had.

Greek philosopher, Philo, poured contempt on women in his writings. He said woman was "the beginning of evil." *(Philo, Supplement I: Questions and Answers on Genesis, trans. Ralph Marcus (Cambridge: Loeb Classical Library, Harvard University Press, 1953), I. 45.* "The female sex wasn't just weaker, it was more wicked, more easily deceived and more prone to deceive." *Philo, Genesis, 1.33 and 1.46.* Philo said the female nature was "irrational and akin to beastial passions, fear, sorrow, pleasure and desire, from which ensue incurable weakness and indescribable diseases." *Philo, Genesis, 4.15*

Sirach, another ancient writer, said, *"From a woman sin did originate, and because of her all must die....Do not sit in the midst of women; for from garments comes the moth, and from a woman comes woman's wickedness. Better is the wickedness of man than whom who does good; and it is a woman who brings shame and disgrace."*

Early Jewish Life for Women

According to literary sources and archaeological evidence, Jewish women on the eve of the Christian era also lived a restricted life. They were not allowed to be a part of any sort of public life. They were only allowed to be wives and mothers. Fathers had complete power over their daughters and barrenness was considered a curse on women (not on men). Jewish custom held that women had to sit in another room with the children when they had temple services. They were not even allowed to sit in the same room with the men. The court of women marked the limit beyond which women couldn't go to worship nearer the holy place. Rabbis were quoted saying, "The words of the Torah were better burned than handed to a woman," and the historian, Josephus, noted that women were not qualified to be witnesses in any sort of dispute

The historian, Josephus, noted that women were not qualified to be witnesses in any sort of dispute because of their sex.

because of their sex. Other writings from that era include the following:

According to some rabbis, compared to Adam, Eve was like a monkey to a human being. (M.Sotah 3.8)

"A man must be saved alive sooner than a woman, and his lost property must be restored sooner than hers." (B.Bava Batra 58a)

"Though man has the exclusive right to his wife's sexuality, the wife's right to the husband's sexual function is never exclusive. She cannot legally preclude her husband from taking additional wives or having sexual relations with unmarried women." (Wagner, Chatted or Person? 200-221)

"Woe to him who has female children! A daughter is like a trap to her father...." (B. Sanhedrin 100b. Quoted in Rachel Biale, Women and Jewish Law: An Exploration of Women's Issues in Halakhic Sources. New York: Schocken Books, 1984, 275-276, note 13)

"For evil are women, my children...the angel of the Lord told me, and taught me that women are overcome by the spirit of fornication more than men." (B.Bava Batra 58a)

"A man may do whatever he pleases with his wife [at intercourse]...Like meat which comes from the

slaughterhouse may be eaten, salted, roasted, cooked or seethed." (B. Nedarim 20b)

"Many of their laws categorized wives together with slaves, cattle, and other possessions." (Wegner, Chattel or Person? 7-8)

Not all rabbis were so degrading to women. There were those who occasionally said positive things. Nevertheless, this was society during the Old Testament Era.

Founding Fathers of the Christian Faith

As the Apostolic Age (c.AD 100) came to an end, a new period dawned which is known as the Patristic Period. During this era, several Christian theologians emerged which we now know as the 'Founding Fathers' of the Christian faith. These Fathers of the Church are so called because of their leadership in the early Church, especially in defending, expounding and developing some of the foundational doctrines of our faith.

In their interpretations of the Scriptures, early Christian theologians didn't always agree. Their writings were filled with heated arguments that continued for generations. Much of their widespread consensus on issues had a great influence on the theological positions they wanted to advance. They were impacted as well by the culture and society in which they were living. Several of these early Church Fathers have left us brief comments scattered among their writings concerning their views about women.

The following are quotes made by many of the Church Fathers who have profoundly influenced our thinking and the way we do church even to this day.

"What is the difference whether it is in a wife or a mother, it is still Eve the temptress that we must beware of in any woman... I fail to see what use woman can be to man, if one excludes the function of bearing children. Woman does not possess the image of God in herself but only when taken together with the male who is her head, so that the whole substance is one image. But when she is assigned the role as helpmate, a function that pertains to her alone, then she is not the image of God. But as far as the man is concerned, he is by himself alone the image of God just as fully and completely as when he and the woman are joined together into one."
–Saint Augustine, Bishop of Hippo Regius (354-430)

"Woman is a temple built over a sewer, the gateway to the devil. Woman, you are the devil's doorway. You led astray one whom the devil would not dare attack directly. It was your fault that the Son of God had to die; you should always go in mourning and rags."
—Tertullian (160?-220?)

Augustine elevated the contempt of women and sex to a level unsurpassed before. To him, women's inferiority to men was so obvious that he felt that he had to ask the question: *"Why was woman created at all?" He concluded that woman was created purely for procreation and for nothing else. The expulsion of Adam and Eve from paradise, according to him, was purely the fault of Eve.*
-Augustine

As regards the individual nature, woman is defective and misbegotten, for the active force in the male seed tends to the production of a perfect likeness in the masculine sex; while the production of woman comes from a defect in the active force or from some material indisposition, or even from some external influence.-- St. Thomas Aquinas, 13th century

John Chrysostom, Bishop of Constantinople at the beginning of the 5th century, said of biblical women that they *"were great characters, great women and admirable.... Yet did they in no case outstrip the men, but occupied the second rank.......the male sex enjoyed the higher honor. Man was first formed; and elsewhere he shows their superiority.... He wishes the man to have the preeminence in every way."* Of women he said that *"The woman taught once, and ruined all. On this account therefore he saith, let her not teach. But what is it to other women, that she suffered this? It certainly concerns them; for the sex is weak and fickle, and he is speaking of the sex collectively."* - John Chrysostom, Bishop of Constantinople

For it is improper for a woman to speak in an assembly, no matter what she says, even if she says admirable things, or even saintly things, that is of little consequence, since they come from the mouth of a woman. –Origen (d. 258)

St. Clement of Alexandria had such a contempt for women that he believed such a feeling must be universal. He wrote, in his book Paedagogus that in women, *"the consciousness of their own nature must evoke feelings of shame".* He also suggested that women should also fetch from the pantry things that we need.

Woman is a misbegotten man and has a faulty and defective nature in comparison to his. Therefore she is unsure in herself. What she cannot get, she seeks to obtain through lying and diabolical deceptions. And so, to put it briefly, one must be on one's guard with every woman, as if she were a poisonous snake and the horned devil. ... Thus in evil and perverse doings woman is cleverer, that is, slyer, than man. Her feelings drive woman toward every evil, just as reason impels man toward all good. –Saint Albertus Magnus, Dominican theologian, 13th century

34

16th Century and Beyond

Fast forwarding to the 16th Century, other church leaders expressed their views regarding women. These included theologians, churchmen, and statesmen whose careers, works, and actions brought about the Protestant Reformation of the sixteenth century. Their writings include:

The word and works of God is quite clear, that women were made either to be wives or prostitutes. –Martin Luther, Reformer (1483-1546), Works 12.94

Men have broad and large chests, and small narrow hips, and more understanding than women, who have but small and narrow breasts, and broad hips, to the end they should remain at home, sit still, keep house, and bear and bring up children. –Martin Luther, Reformer (1483-1546), Table Talk

Thus the woman, who had perversely exceeded her proper bounds, is forced back to her own position. She had, indeed, previously been subject to her husband, but that was a liberal and gentle subjection; now, however, she is cast into servitude. –John Calvin, Reformer (1509-1564): Commentary on Genesis, p. 172.

In a letter to his wife in 1774, "*Do not any longer contend for mastery, for power, money, or praise. Be* content to be a private, insignificant person, known and loved by God and me. . . . of what importance is your character to mankind, if you was buried just now Or if you had never lived, what loss would it be to the cause of God." –John Wesley, founder of Methodist movement (1703-1791)

Seventeenth Century American Patriarchs wrote:

Even as the church must fear Christ Jesus, so must the wives also fear their husbands. And this inward fear must be shewed by an outward meekness and lowliness in her speeches and carriage to her husband. . . . For if there be not fear and reverence in the inferior, there can be no sound nor constant honor yielded to the superior. ¬John Dod: A Plaine and Familiar Exposition of the Ten Commandments, Puritan guidebook first published in 1603

The second duty of the wife is constant obedience and subjection. ¬John Dod: A Plaine and Familiar Exposition of the Ten Commandements, Puritan guidebook first published in 1603

Consider This

It is not my intent to shock you with these writings, but only to share a side of the story no one ever told me while growing up in the church or while serving in Christian educational institutions. I had never been told about the 'other side of the coin' and especially the views that were held by those who helped to lay the foundation for the faith I believe in. I realize sometimes the things we say are taken out of context, but it does give reason to pause and reflect on what thinking may have influenced some of their conclusions. These were not ungodly men, but it seems they were trapped by the views of their day.

Chapter 4

The Launch of the Gender Revolution

*"Jesus was a revolutionary figure in many ways,
but none was so astonishing as his way of
relating to women." - Paula Thompson*

All four writers of the Gospels (Matthew, Mark, Luke, and John) relate stories about women and they all portray Jesus as one who fully accepted women. Whereas Jewish genealogies normally included only males, Matthew's genealogy of Jesus mentions four women: Tamar, Rahab, Ruth, and Bathsheba (Matthew 1). Luke tells the story of Jesus' birth from Mary's viewpoint. He also describes Mary and her relative Elizabeth and he highlights Mary's positive and ready acceptance of God's will in contrast to Zechariah's skepticism (Luke 1:18-20). Luke also records that Elizabeth is filled with the Holy Spirit upon seeing Mary, as well as Mary's prophetic song of praise. Only Luke tells of the encounter the prophetess Anna had with Jesus. John's compassionate portraits of women also seem to represent Jesus' own attitude toward them.

Jesus came as the Savior of the world. His mission was to rescue and release humanity from the consequences of sin. He scorned man-made rules and teachings that unfairly burdened and restricted people. He had a special place in his heart for the underdog, seeking out those oppressed by society. It is hard for many of us to fully understand how counter-cultural Jesus was.

As previously mentioned, Jewish women had not been allowed to be a part of public life at all. They had to stay indoors as much as possible and avoid all conversations with men. A father's power over a daughter was virtually complete. He represented her in legal matters and arranged her marriage. His authority transferred to the daughter's husband at the time of the marriage. The husband thereby acquired her in the legal sense and social expectation was that she would obey him as her master. Then entered Jesus.

A New Attitude

Jesus introduced a new attitude toward women and established patterns of respect toward them that were unprecedented in his time. Jesus spoke loudest through his actions and attitudes. This attitude was evident in his direct personal encounters with women and the frequency of them. Regardless of their social or marital status, He was unfailingly courteous and compassionate towards them. He was not afraid of ritual uncleanness when a woman, ritually unclean with a hemorrhage, touched Him on the way to the house of a synagogue leader. He engaged her in conversation and healed her chronic condition (Mark 5:25-34). He even addressed her affectionately as "Daughter" (Mark 5:34).

He affirmed the dignity of a crippled woman, calling her a "daughter of Abraham" (Luke 13:16). He completely ignored social protocol when he encountered the Samaritan woman in John 4. Whereas some rabbis laid down the law

> *Jesus introduced a new attitude toward women and established patterns of respect toward them that were unprecedented in his time.*

(of man) that a man should not even speak to a woman in a public place, Jesus shared a drinking vessel with the Samaritan woman and spoke to her of deep spiritual truths (John 4:1-30). She became the first evangelist of the Gospel from among non-disciples of Jesus. The Samaritan woman preached the news of Jesus in her village, so that "many Samaritans believed in Him because of the woman's testimony" (John 4:39). This seems to imply that Jesus considered women able to teach others (men and women alike), because he sent her to be a witness instructing others about the central teaching of the Gospel.

The ancient world believed the father was the only source of life for a young child and the woman was only 'soil' for a human to grow in until birth. God surprised those ancient beliefs by having Jesus be born with only a woman as His earthly parent. Mary was the only human source for Jesus' DNA. *(Why Not Women, p.23)*

In a cultural society in which women were not counted as full members of a Jewish congregation and were discouraged from studying the law, Jesus taught women along side men! (Matthew 14:21; 15:38; etc.).

These examples seem to represent Jesus' attitudes, which contrasted dramatically with contemporary Jewish teaching (and with some of the teachers of today).

> *In a cultural society in which women were not counted as full members of a Jewish congregation and were discouraged from studying the law, Jesus taught women alongside men!*

Luke 7 records how Jesus accepted sinful women. When a woman who was a prostitute lavishly anointed Jesus' feet and wiped them with her hair, He accepted her service and commended her love (Luke 7:47). He encouraged Mary to sit at His feet and listen to His teaching, and He declined Martha's request that He ask her sister to get up and help her with the serving, saying: "It's Mary who has chosen the better part; it is not to be taken from her" (Luke

10:41). In doing so, it seemed Jesus affirmed a woman's right to be a disciple and not to be concerned solely with domestic affairs.

The Honored Guest

"The story of Mary of Bethany is one of my favorites and one which I believe is most significant in showing how Jesus felt about women. When I was in Israel two years ago I had the privilege to visit in the home of a Bedouin Family and see first hand the honor bestowed upon the guest who 'sits at the feet" of the host. The position that Mary had to be given by Jesus to sit at his feet not only shows that she was a disciple but also that she was an honored and respected guest of the host. In having Mary sit at his feet, Jesus broke the Patriarchal barrier and by his actions said, "there is no male or female in Christ. You are welcome!" That was an amazing experience and revelation for me too. We were sitting on cushions on the floor as in the middle eastern style of "reclining" and the head of the family invited the leader of our group to come and sit at his feet. He explained to us that sitting at the feet of the host is the position for the most honored guest at the gathering. He also explained that you don't go sit in that place until you are invited to do so. At the time I thought that was pretty cool but later when I got home and was re-reading the story of Mary of Bethany the bells and whistles started going off and I was blown away by

the revelation of what Jesus did when Mary was sitting at his feet.

Jesus chose only men as His twelve apostles (Mark 3:13-19), and that is sometimes cited as a reason that only men should be appointed to church leadership roles. However, Jesus sent His apostles out to spread the gospel to the world, seeking food and shelter where they could find it, facing great danger and ultimately martyrdom. This would not have been considered an appropriate role for a woman in Biblical times, just as it would not be considered appropriate today.   There is no doubt that Jesus did have a number of women among His larger circle of disciples." (Matthew 27:55-56, Mark 15:40-41, Luke 8:1-3, 23:49, John 20:14-18) - David Hamilton

In Jewish law, women could not be witnesses, yet women were the first ones to witness the Resurrection (though some of the men were skeptical when they were told of the resurrection by the women). Jesus not only accepted the service of women, but He also used them to spread the Good News of Jesus' resurrection (John 20:17 and

In Jewish law, women could not be witnesses, yet women were the first witnesses of the Resurrection (though some of the men were skeptical when they were told of the resurrection by the women).

Matthew 28:10) Women were the first to find the empty tomb. Jesus told them to go and tell the others He was alive. Women were the first to hear Jesus' command to go and tell. The fact that Christ ushered in this new era of life and liberation in the presence of women, and that he sent them out as the first witnesses of the complete gospel story, is perhaps the boldest, most overt affirmation of their equality in his kingdom that Jesus ever delivered.

Women were full participants in the momentous events in Jesus' life. He treated women as fully human and equal to men in every respect. New Testament scholar, Joachim Jeremias, observed, "Jesus knowingly overthrew custom when he allowed women to follow him. Jesus had sown revolutionary seeds. As the Gospel would continue to spread throughout the world, ultimately the church is destined to continue His mission of overcoming hierarchy and oppression."

Discovery #4

Throughout His ministry on earth, Jesus placed women on an equal footing with men, elevating their status in a capacity in which women were not ordinarily respected.

Consider This

If Jesus did not want women to teach men, why did he send the Samaritan woman back to her village to evangelize them? If sitting at the feet of the host is a position for the most honored guest and you never assume that position until you are invited, why did Jesus allow Mary to sit at His feet in a room filled with men and have a front row seat to his teachings? When women were not even allowed to be witnesses according to Jewish law, why did Jesus first appear to women and have them go and tell the disciples that He was alive?

Chapter 5

Leaders In The Bible

(Who Happened To Be Women)

As a young woman growing up in the church and even into my early adult years, I never thought much about leadership qualities of the women in the Bible. Of course, there were those women whom I admired - not necessarily because of their leadership skills, but because of how they took care of their homes, husbands and children. Whenever I thought about leaders I always thought of Abraham, Moses, David, Saul, Paul...and others. Then as I decided to research the issue, I learned that women played some very significant leadership roles in biblical times. A few of these women I had heard of while growing up in the church, others weren't quite as familiar.

> *I learned that women played some very significant leadership roles in biblical times.*

There is no doubt that the Bible was written in a patriarchal culture. As a result, men are named significantly more often, men serve as protagonists in the biblical stories more often, and men hold positions of leadership more often. In addition, there are stories and laws found in scripture regarding women that are profoundly troubling: women are identified as property (Exodus 20:17, Deuteronomy 5:21, Judges 5:30), rape laws required fathers to be paid for damages and the female victim to marry her rapist (Deuteronomy 22:28-29), virginity expectations focused almost exclusively on girls, women were valued less in vow redemption (Leviticus 27:1-8), the birth of girls represented a greater impurity assessment in the Levitical Purity Codes (Leviticus 12:2-4), women were considered spoils of war (Numbers 31:32-35, Deuteronomy 20:14, Deuteronomy 21:10-15, Judges 5:30, Judges 21:11-23), adultery laws subjected women to more scrutiny and punished them more severely than men, polygamy was common, owning concubines was common, and impregnating slave women was common. Stories surrounding women like Tamar of Genesis, Dinah, Hagar, the dismembered concubine of Judges 19, and Jephthah's daughter, Tamar, reveal the profound inequity that characterized day-to-day life for women living in the ancient Near East. It seems worth noting that in the midst of such a patriarchal culture, so many women are honored as leaders and teachers in Scripture.

A Look At The Old Testament

According to the dictionary, a prophet is a person who speaks for God or a deity, or by divine inspiration and serves as a guide to the people. Were there any women prophets in the Bible? Were there women, as well as men, who represented God and spoke His truth to the people? Here's what we find in the Bible.

- **Miriam** - *One of the triad of leaders of Israel during the Exodus from Egypt.*

Women were mostly in a subservient role, but a number of women are mentioned as leaders and prophets of Israel, including Miriam. In the book of Exodus, Miriam is first seen as the protector of her baby brother, Moses, as he was placed in a basket in the Nile River in order to save him from an infant massacre. She showed her leadership qualities then and then again as the adult Moses led the nation out of Egypt. The book of Micah recognizes Miriam as one of the triad leaders of Israel during the Exodus from Egypt. *Micah 6:4 says "I brought you up out of Egypt and redeemed you from the land of slavery. I sent Moses to lead you, also Aaron and Miriam."* Identified

> *"I brought you up out of Egypt and redeemed you from the land of slavery. I sent Moses to lead you, also Aaron and Miriam."*
> Micah 6:4

as a prophetess, she seemed to have held special responsibilities in leading the Israelites. When Miriam began to confuse her office and overstep her bounds, she was penalized, but her presumption had nothing to do with gender equality; she and Aaron made the same ill-advised coup attempt. Notwithstanding, her influence upon Israel was such that the people would not move until her sentence was served and she was restored to the community (Numbers 12).

- **Deborah** - A *prophet-judge who headed up the army of ancient Israel.*

Perhaps the most powerful woman depicted in the Old Testament is Deborah the Judge. She is described as a judge, the leader of Israel, a prophetess, and a military leader. After Moses, only Samuel and Deborah combined all these qualities.

Judges chapters 4 and 5 records Deborah's leadership and does not mention that there was anything peculiar about her being both a leader and a woman. In fact, her gender does not seem to have been an issue at all. Deborah was married, but the Bible mentions nothing at all about her husband, apart from his name: Lappidoth (Judges 4:4).

Times were tough in Israel. The Israelites went through great periods of rejecting God, being recovered by godly judges, and then rejecting God again. Among the many judges who ruled over the Israelites at that time the judge, Deborah, who with the help of Jael, was able to bring a great victory for God's people.

Judges 4 states that "Deborah, a prophet, the wife of Lappidoth, was leading Israel at that time." As both prophet and judge, Deborah exercised complete religious, political, judicial, and militaristic authority over the people of Israel. She was essentially Israel's commander-in-chief, and issued her rulings from beneath a palm in the hills of Ephraim.

> *"Deborah, a prophet, the wife of Lappidoth, was leading Israel at that time."*
> *Judges 4:4*

Judges 4-5 famously recounts Deborah's successful military campaign against Sisera. With the help of Deborah's doubtful military commander, Barak, and another very gutsy woman named Jael (who exhibited her "gentle and quiet spirit" by driving a tent peg through Sisera's skull), the Canaanite armies are defeated. We read about Israel's victory in scripture by the Song of Deborah—one of the ancient Near East's oldest military poems. Under Deborah's continued leadership, the people of Israel enjoyed forty years of peace before the cycle of violence began again.

Some believe the reason Deborah lead during this time was because the men in Deborah's day were very weak and cowardly. This position is supported based on the fact that Barak, the captain of the armies of Israel, refused to go into battle unless Deborah went with him. Deborah had to remind him that God had said it is time to fight; the woman had to encourage and challenge him to go; and then the woman had to go with him! This opinion also concludes that it was a period in Israel's history during which God could find not one man to do His will, so He used a brave, willing woman. As I have considered that argument, I have to wonder if truly in the midst of thousands of Israelites, was there not one man that God could find to lead them?

- **Huldah** - *Triggered a religious renewal*

Huldah was another name that no one ever told me about. She was an Old Testament woman who was a respected prophetess. Josiah, Israel's last good king, reigned for thirty-one years during a final period of peace before the Babylonian exile. About halfway through his reign, Josiah learned that the long-lost Book of the Law—the Torah—had been discovered in the temple. Upon hearing the words of the Torah read aloud, Josiah tore his robes in repentance and summoned a prophet, for he saw how far Israel had strayed from God's ways. It's important to note that contemporaries of Josiah included the famed prophets Jeremiah, Zephaniah, Nahum, and Habakkuk. But Josiah did not ask for help from any of those men. Instead he chose Huldah, a woman and prophet, who lived in Jerusalem.   Huldah first confirmed the scroll's authenticity and then told Josiah that the disobedience of Israel would indeed lead to its destruction, but that Josiah himself would die in peace. Her prophecy was fulfilled thirty-five years later in 2 Kings 22.

- **Isaiah's Wife** - *Prophetess married to Isaiah*

Little is known about the prophet Isaiah's wife. We read about her in Isaiah 8:3-4   "And I went to the prophetess, and she conceived and bore a son. Then the LORD said to me, Name him Maher-shalal-hash-baz; for before the child knows how to call `My father' or `My mother,' the wealth of Damascus and the spoil of Samaria will be carried away by the king of Assyria." Some scholars believe that she was called a prophetess because she was married to the prophet Isaiah. Others believe that this mysterious woman was a prophet in her own right.   A survey of the Hebrew Bible shows that the prophets never called their wives prophetesses. The prophet Ezekiel was married and when he spoke about his wife he said, "my wife died" (Ezekiel 24:18). Ezekiel never called his wife a prophetess.   The prophet Hosea was married to Gomer and when he spoke about his wife, he called her "my wife," not the prophetess (Hosea 2:2).

On the other hand, every time the word prophetess is used in the Hebrew Bible, it refers to a woman who exercises the prophetic ministry. Deborah was a (neb'iah) prophetess and the wife of Lappidoth (Judges 4:4). Huldah was a (neb'iah) prophetess and the wife of Shallum (2 Kings 22:14). These women were called neb'iah, prophetesses, even though their husbands were not prophets.

> *Every time the word 'prophetess' is used in the Hebrew Bible, it refers to a woman who exercises the prophetic ministry.*

Discovery #5

There were women prophets in the Bible, not just the traditional Anna and Deborah who I had always been taught about. As a prophet, they represented God and spoke truth to the people.

Consider This

Why did God allow Deborah to lead men? Why did He allow Huldah to speak a prophetic word which was later fulfilled to King Josiah? Why did the Holy

Spirit move the prophet Micah to write that along with Moses, Miriam and Aaron were leaders of Israel? If there was even one woman leader who was given God's authority over both men and women, does that not seem to indicate that God did not condemn women in significant roles of leadership? Some might say this is just in the Old Testament, but as we look at women in the early church, we see the pattern continue and become even stronger.

Chapter 6

Women in the New Testament Church

"As you prayerfully seek direction on how to invest your one and only life, please know that the kingdom of God will advance only if and when individuals called by God courageously and enthusiastically show up with all they are and all they have." -
Nancy Beach

From the very start - the birth, ministry, death and resurrection of Jesus - women were significantly involved in the New Testament Church. One of the things no one ever told me was the enormous role that women played in the early church. Both Christian and secular writers of the time testify to the significant involvement of women in the first few decades of the church. A number of women served as leaders of the house churches that sprang up in the cities of the Roman Empire. In the 2nd century, Clement of Alexandria wrote that the apostles were accompanied on their missionary journeys by women who were not marriage partners, but colleagues, "that they might be their fellow ministers in dealing with housewives." (*Catherine Kroeger - Christian History Institute*)

55

When the Holy Spirit descended upon the first Christians at Pentecost, Peter drew from the words of the prophet Joel to describe what had happened, saying, "Your sons and daughters will prophesy...Even on my servants, both men and women, I will pour out my Spirit in those days, and they will prophesy" (Acts 2:17–18). Thus, the breaking in of the new creation after Christ's resurrection unleashed new prophetic voices, and apparently, prophesying among women was such a common activity in the early church that Paul had to remind women to cover their heads when they did it.

- **"The Women"** (female *disciples of Jesus*)

When referring to the earliest followers of Jesus, the Gospel writers often speak of two groups of disciples: the Twelve and "The Women." The Twelve refer to the twelve Jewish men chosen by Jesus to be his closest companions and first apostles, symbolic of the twelve tribes of Israel. "The Women" refer to an unspecified number of female disciples who also followed Jesus, welcoming him into their homes, financing his ministry, and often teaching the Twelve through their acts of faithfulness and love. Just as Jesus predicted, most of the Twelve abandoned him

> *When referring to the earliest followers of Jesus, the Gospel writers often speak of two groups of disciples: the Twelve and "The Women"*

at his death (John 16:32). But "The Women" remained by his side—through his death, burial, and resurrection.

• **Tabitha** - *A Female Disciple also known as Dorcas*
A very influential woman in the first-century was a woman named Tabitha, who was known for ministering to widows. Likely a widow herself, but with some source of income, Tabitha lived in the port city of Joppa at the time when Peter and Paul were busy spreading the gospel throughout Asia Minor. She was a renowned philanthropist, known throughout the land for "always doing good and helping the poor" (Acts 9:36). She was also a master seamstress, making robes and other clothing for the many widows in her care, presumably imparting on them the skills of the trade.

When first we hear of her in Luke's book of Acts, she has succumbed to an illness, her body washed and prepared for burial. So critical was Tabitha's ministry to the early church that Peter himself was summoned to her bedside, and when he arrived, he found widows from all across Joppa weeping together in Tabitha's home. They showed him all the clothes she had made for them. Peter sent everyone out of the room and fell on his knees to pray. Peter turned toward the body and said, "Tabitha, get up" (v. 40). Tabitha opened her eyes and sat up. Peter took her by the hand and helped her to her feet. Then he called for the widows, who ran into the room to find Tabitha alive. It is one of just two resurrection stories in the book of Acts. To Tabitha belongs the worthy distinction of being the only woman in the New Testament identified with the feminine form of the word "disciple"—mathetria. The word literally means "pupil," or "apprentice." Some believe this suggests that Tabitha may have studied directly under Jesus, as did Mary of Bethany.

- **Junia** - *An apostle*

Although her name appears just once in Paul's letter to the church at Rome, the Apostle Junia is perhaps the most unknown woman of the Bible. Paul wrote in Romans 16:7, "Greet Andronicus and Junia, my fellow Jews who have been in prison with me. They are outstanding among the apostles, and they were in Christ before I was."

> *Junia is perhaps the most unknown woman of the Bible.*

Junia is the first and only woman in Scripture to be explicitly identified as an apostle. Translations of the Greek word 'apostle' include: a delegate; specifically an ambassador of the Gospel; officially a commissioner of Christ ["apostle"] (with miraculous powers) : - apostle, messenger, one that is sent.

Apostles in the New Testament were disciples of Jesus devoted to spreading his teachings abroad. In addition to the original twelve apostles, the Bible speaks of apostles who served as traveling missionaries, teaching and leading the early church as it endured persecution and struggled through religious growing pains. Paul, Timothy, Barnabas, Silas and Apollos were all apostles, as were Andronicus and Junia.

The fourth-century Bishop of Constantinople, John Chrysostom, said of Junia, "To be an apostle is something great. But to be outstanding among the apostles—just think what a wonderful song of praise that is! . . . Indeed how great the wisdom of this woman must have been that she was even deemed worthy of the title of apostle."

Until the Middle Ages, the identity of Junia as a female apostle was unquestioned. Every Greek and Latin Church Father until Giles of Rome acknowledged that Junia was a woman. The masculine name Junias does not occur in a single inscription, letterhead, work of literature, or epitaph in the Greco-Roman world, while the feminine name Junia is everywhere. None of the Greek manuscripts suggests that a masculine form of this name should be used, and for the first thousand years of church history, Christian theologians ranging from Chrysostom to Origen to Jerome all identified the apostle Junia as a woman. "Such a name is unknown in antiquity; and there is absolutely no literary, epigraphical or papyrological evidence for it," After that time, various writers and translators of the Bible have begun using the masculine form of the word 'Junias.' Interestingly enough, nowhere in history is there an example of a man ever bearing the name Junias! (*Junia Is Not Alone* by Scot McKnight)

• **Phoebe** - *A minister in the early church*
In Romans 16:1-2, Paul writes, "I commend to you our sister Phoebe, a deacon in the church in Cenchreae. I ask that you receive her in the Lord in a way worthy of his people and give to her any help she may need from you, for she has been the benefactor of many people, including me." The church in Rome is asked to welcome her and assist her in the church's business. Although deacon occurs many times in the New Testament, only one occurrence is feminine and her name was Phoebe. The Greek word which describes her function is "diakonos" which means literally "official servant." She is the only deacon in the Bible to be identified by name. Paul later refers to Phoebe as a woman, calling her "our sister."

The history of the translation of this word is somewhat strange. In most Bible translations, diakonos is translated as "deacon" only in 1 Timothy 3 (vs. 8, 10 4, 12) and Philippians 1:1. All other times the word is used, it is translated either "servant" or "minister." The verb form of the word, diakoneo, is translated most often as "to serve" or "to minister." The same goes for the word diakonia which is translated as "service" or "ministry." Whenever the words diakonos, diakoneo or diakonia are used in connection to a male person in the writings of Paul, the major English translations have either translated them as "minister" or "servant." Yet it is

Phoebe is the only deacon in the Bible to be identified by name.

interesting to note the fact that when it comes to the only reference where the word diakonos is used in connection with a female in Paul's writings, the word is never translated "minister" in our current English translations. In Romans 16:1, Phoebe is a "servant" or a "deacon". But in none of the major translations is she described as a "minister." The word is used 29 times throughout the New Testament and only this one time is it translated in this way. It appears that Phoebe served the church at Cenchrea in the same capacity that Paul, Apollos, Tychicus, Epaphras, Archippus, and Onesimus did elsewhere. It is possible that not all churches had women diakonos, but some churches like Cenchrea did.

Phoebe was one of many women in the early church to play an important role in directing the churches that met in their homes. Phoebe is not mentioned alongside a husband, so it is possible that she was single or a widow. She is identified as a deacon, which in the New Testament referred to a teacher and leader in the church, whether that person was a man or woman. In *The Blue Parakeet,* Scot McKnight notes that "it is possible that Phoebe, a benefactor or wealthy patron of Paul's ministry of bringing the gospel to the Roman Empire, was responsible for getting his letter to the right people. Most today think Phoebe was Paul's courier for the letter to the Romans. Since couriers were charged with responsibility to explain their letters, it is possible that Phoebe read the letter aloud and answered questions the Roman Christians may have had...Phoebe can possibly be seen as the first 'commentator' on the letter to the Romans."

- **Priscilla** - *A Colleague of Paul*

Priscilla and her husband, Aquila, were the 'couple' of the early the church, who were always described as doing something interesting together— traveling, planting churches, teaching new converts, running a business. It's unusual to find texts from the ancient world in which a woman's name precedes her husband's, but in the letters of Paul, Priscilla is often named before her husband, Aquila.

Romans 16:3: Paul refers to Priscilla as another of his "fellow workers in Christ Jesus" (NIV) Some translations refer to her as a "co-worker". Other translations call her a "helper". The original Greek word is "synergoi", which literally means "fellow worker" or "colleague." When Paul set out on a mission trip across Asia Minor, he took the couple with him, leaving them in Ephesus so they could minister to the church there. In Ephesus, Priscilla and Aquila met Apollos, "a learned man, with a thorough knowledge of Scripture" who was preaching in the synagogues. They invited him into their home and together "explained to him the way of God more adequately," making them some of the earliest known teachers of Christian theology. Apollos would go on to be one of the most influential apostles of the day. It appears the couple then planted a church in the region, for when Paul writes back to the Christians in Corinth, he passes along greetings from "Aquila and Priscilla and the church that meets in their house." Paul always spoke affectionately about Priscilla and Aquila, calling them his "co-workers in Christ Jesus," and noting in Romans that the two "risked their necks" for him. "Not only I, but all the churches of the Gentiles are grateful to them," he writes (Romans 16:3-4).

- **Anna** - *A prophetess at the Temple*

Anna was a prophetess who was widowed after only seven years of marriage. She devoted herself to serving the Lord in His Temple, day and night. She trusted God to fulfill His promise of a Savior and at the age of 84, received the honor of seeing the baby Jesus whom she recognized as the Messiah. When Jesus was eight days old, Mary and Joseph took Him to the Temple in Jerusalem to be circumcised. Not only was this the time when Jesus was named, in obedience to the Angel who came to Mary, but two other important people were there as well: Simeon, who had received a vision that he would see the Lord's Christ before he died, and Anna in the Bible, who served God day and night.

- **The Daughters of Phillip** - *Daughters who prophesied*

When the Holy Spirit came down on the Day of Pentecost, He came upon a gender-diverse group. Both men and women were filled with the spirit in this dramatic event that fulfilled the prophecy of Joel 2:28-29. Acts 2:17-18 states, "In the last days, God says, I will pour out my Spirit on all people. Your sons and daughters will prophesy; your young men will see visions, your old men will dream dreams. Even on my servants, both men and women, I will pour out my Spirit in those days and they will prophesy." Acts 21:8 tells us that Philip the evangelist had four unmarried daughters who were prophetesses. The title "prophetess" denoted a woman with God-given spiritual authority in her community. Philip's daughters are barely mentioned in Scripture but are mentioned in significant ways by other early church writers which show that these women were well known and respected by the early church. Eusebius calls the women "mighty luminaries" and associates them with apostolic gifts, teaching and foundational ministry.

- **Euodia and Syntyche** - *Evangelists*

In Philippians 4:2: Paul refers to two women, Euodia and Syntyche, as his co-workers who were active evangelicals, spreading the gospel. Paul said, "Help these women who have contended at my side for the cause of the gospel." Paul referred to the women as workers 'in the Gospel.' He never gave the impression that they were his secretaries, assistants or ministered only to children or women - but that they actually worked alongside him spreading the gospel.

> *Paul never gave the impression that they were his secretaries, assistants or ministered only to children or women - but that they actually worked alongside him spreading the gospel.*

Discovery #6

Women served in many roles as leaders and teachers throughout the New Testament, sometimes limited by social customs, but never limited in God's design.

Consider This

In light of the many female leaders and teachers in Scripture, it appears that Scripture, as well as Paul, honored and praised women for their teaching and exercising leadership. Women were endorsed who spoke God's Word, co-labored for the sake of the gospel and as leaders in the early church.

Chapter 7

Paul's Writings Regarding Women

*"There is neither Jew nor Greek, there is neither
bond or free, there is neither male or female;
for you are all one in Christ Jesus." Galatians 3:28*

The attitude of Paul in the Epistles is more difficult to determine because of the variety of teaching found there, given in response to specific situations. The key to his teaching is Galatians 3:28, which states: "There is neither Jew nor Greek, there is neither bond or free, there is neither male or female; for you are all one in Christ Jesus." The context shows that Paul is speaking of the new relationship that comes through faith in Jesus. His use of "male" and "female" echoes Genesis 1:27, where both man and woman are made in God's image. And this passage doesn't say that this will take place in the future, but speaks in the present tense. It appears not to be the abolition of sexual differences between men and women but the abolition of their religious inequality.

> The attitude of Paul in the Epistles is more difficult to determine because of the variety of teaching found there, given in response to specific situations.

Philippians 4:3 says, "Yes, and I ask you, loyal yokefellow, help these women who have contended at my side in the cause of the gospel, along with Clement and the rest of my fellow workers, whose names are in the book of life." (NIV) What did Paul mean when he said that they were fellow workers or laborers "in the Gospel?" Did he mean that they cooked and washed for him? What if these words had been directed at men? Would you think that Paul meant that the men cooked and washed for him or that they preached the Gospel also? Notice that it says plainly that these women worked side by side in telling the Good News to others. Paul seems to be talking about preaching the Gospel!

Paul's Address To The Corinthians

In Paul's letter to the Corinthian Church, he addresses some things they were struggling with. Apparently, the leaders of that church, a Gentile church, had written to Paul for guidance. We don't have the questions that they asked, but only the answers from Paul. So, we have to "read between the lines" in order to understand what Paul was saying. We need also to understand what type of people made up the Corinthian church, their background, and their former ways of worship.

In 1 Corinthians 11:2-16 Paul argues that a man should pray with his head uncovered, a woman with hers covered. Some believe that Paul was addressing a specific situation in the Corinthian church at that time. Some scholars believe the women were coming to church with their heads uncovered, as was the custom of the pagan temple prostitutes. His essential point is that the customary distinctions in the outward appearance of women or men should be observed and in no way should it reflect that they are any part or of any way associated with the pagan worship in that area!

Nelson's Bible Dictionary adds this: "According to Paul the covering of a woman's head gave authority and a new freedom to women from Christ. Thus, she was able to pray and prophesy in the services. By wearing the head covering, she would show that her authority came from God; and that she had not seized it herself. The important thing to understand is that Paul's arguments are designed for a particular audience in a particular situation and cannot be applied as a general principle. It's important to note that Paul assumes that women will be praying aloud and prophesying in the congregation; their head covering is a sign of their authority to do so."

> *The important thing to understand is that Paul's arguments are designed for a particular audience in a particular situation and cannot be applied as a general principle.*

1 Corinthians 14:31-35 entreats women to keep silence in the churches and be subordinate; "If there is anything they desire to know, let them ask their husbands at home." Some believe it is not clear whether women are here prohibited from all public speaking or only from chattering. If taken that this applies to all women for all time, several things must be addressed. First of all the passage presupposes that all the women in the church are married (If this refers only to the married women, does this mean the unmarried women may speak freely?), and contains an uncharacteristic appeal to the Jewish law not to the law of God. If Paul is not contradicting what he said in 1 Corinthians 11:5, it must be assumed that he is here permitting women to pray and prophesy, but not to disturb the congregation with unnecessary questions.

In the pagan temples of Corinth it was customary for women to call out and to speak loudly because they were considered mediums between men and the gods. The dress of the pagan women, ornamented with much jewelry, and imitating the "Temple Maidens," who in truth were prostitutes, could have been the women to whom Paul was addressing. Some believe that some of these pagan converts were still using their form of religion within the Church of God at Corinth and therefore leading some outside the church to not be able to distinguish between the pagans and the Christians. This could explain the possible questions that Paul was replying to. Remember that we only have the answers to the questions that Paul is answering and not the questions! And, Paul never knew his letters were going to be used by everyone as "Gospel" to cover all churches, when he wrote this letter only to the church in Corinth. Some might say that God knew Paul's letters would be used as part of the Gospel. That does not necessarily mean that Paul's letters were meant for all churches at all times! Just as the letters to the seven churches in Revelation don't apply to all the churches all the time.

Teachings in I Timothy

1 Timothy 2:8-15 is translated: "I permit no woman to teach or to have authority over men; she is to keep silent." The reason given is that Adam was formed first and she, Eve, not Adam, was deceived. As it was said previously, one might conclude that this points to the idea that the women of Corinth were causing a great disturbance within the church meetings and Paul is still concerned with this as he writes to Timothy. The important point is not the precise circumstances in which Paul permitted a woman to speak, but the general principles underlying the biblical message as a whole. Is this a relative truth or an absolute truth? As previously mentioned, A relative statement is a statement that is not

absolute... it may be prone to subjectivity. Did God ever allow women to be leaders in Scripture? Did women ever teach men in the Bible?

The important point is not the precise circumstances in which Paul permitted a woman to speak, but the general principles underlying the biblical message as a whole.

The "keep silent" admonition was written to a church at Corinth that was about 40 miles away from the world famous Oracle at Delphi. At this temple women priestesses uttered babble which was interpreted and presented as messages from a pagan god. When Paul introduced the spiritual gifts, he reminded church members they were once running after idols themselves. Someone in the group had delivered a shocking message while claiming to be speaking under the influence of the Holy Spirit. We learn there were false prophets, who were nonbelievers, who were out of control and so Paul calls them out and commands that they be silent during the services.

When Paul says in 1 Timothy 2:11-15 that women are to learn in submission and not to teach or exercise authority over men, and that this need be the case because of the order of creation and Eve's fall into sin, one interpretation is that women are to be in a subordinate relationship in the church, with only qualified men teaching or preaching.   This understanding implies that Paul's specific instruction to one particular church situation is normative instruction to all churches at all times.   There is evidence that the church at Ephesus (where Timothy pastored) was plagued with false teaching which was coming primarily from women in the church who usurped authority and taught wrong doctrine about the creation and sin of Adam and Eve.   If that understanding is correct, others believe this passage is seen not as precluding any and all female teaching in the Church, but as a direct prohibition to those certain women in the church at Ephesus who were false teachers. They believe that since God would not contradict Himself in the volume of passages where women were apostles, teachers, and deaconesses; and that this is the only verse in the entire Bible that speaks this way, it must be a relative statement, a one time instruction for that church only.

"I know that it's doubly hard because you've been taught all your life that a woman couldn't possibly teach a man anything because of I Timothy 2:1-15. I believe Paul was speaking to a group of people in Ephesus that had been taught that the true God was a woman. In fact their goddess was Diana of the Ephesians. It came directly from the teaching that Eve was before Adam and that she actually created Adam and these women were going around teaching others this false teaching. In the temples of Diana, if there

was a male attendant, he had to be castrated first before he could even serve. He even had to dress in female garb. Many men were even killed or murdered on the altar by these high priestesses, as a sacrifice to the goddess Diana (or whatever her name might be). Many times the priestesses stripped naked when they did these rituals. (Hence the part where Paul says women should dress in modest apparel. This had nothing to do with women wearing long sleeves or dresses or wearing jeans!)" - Lloyd L. Goodwin

Are Gifts Gender Based?

I Corinthians 12 tells us that both men and women are endowed with spiritual gifts given not by men, but by God. They are given through the Holy Spirit to every baptized follower of Christ. 1 Corinthians 4:6 says, "There are different kinds of working, but the same God works all of them in all men." (According to Strong's concordance, the word 'men' equals 'every person). Paul continues in verse 7:

7 Now to each one the manifestation of the Spirit is given for the common good. 8 To one there is given through the Spirit the message of wisdom, to another the message of knowledge by means of the same Spirit, 9 to another faith by the same Spirit, to another gifts of healing by that one Spirit, 10 to another miraculous powers, to another prophecy, to another distinguishing between spirits, to another speaking in *different kinds of tongues, and to still another the interpretation of tongues. All these are the work of one and the same Spirit, and he gives them to each one, just as he determines. (NIV) *Strong's Hebrew/ Greek Dictionary*

Notice again that these gifts are given to all the children of God. Here it's speaking not to men only, but to everyone. There are those who would say that only certain gifts are given to men and only certain gifts are given to women. If men are to decide who will get which gifts from the Holy Spirit, then the last part of verse 11 needs to be explained, "...as He determines." According to this passage, it's not the decision of men, but the decision of the Holy Spirit as to who gets which gift.

Every believer is to offer her or his gifts for the benefit of the body of Christ. "As each has received a gift, use it to serve one another, as good stewards of God's varied grace: whoever serves, as one who serves by the strength that God supplies - in order that in everything God may be glorified through Jesus Christ." (I Peter 4:10 -11).

More of Paul's Teaching

Paul's thesis was that, in Christ, believers had been freed from any obligation to continue observing Jewish customs. Not only the religious and ethnic distinctions Paul had been considering up to this point, but also the social distinctions (between slave and free) and gender distinctions (between men and women) were reduced to irrelevance in the new unity of Christian fellowship. "You are all one in Christ Jesus." (Galatians 3:28)

A few isolated scriptural texts appear to restrict the full ministry freedom of women. The interpretation of these passages must take into account their relation to the broader teaching of Scripture and their specific contexts. When the Bible is interpreted comprehensively, some believe this seems to support the full equality of men and women in status, giftedness, and opportunity for ministry.

> *The interpretation of Scripture must always take into account their relation to the broader teaching of Scripture and their specific contexts.*

Many who interpret Paul's writings to mean a woman cannot teach a man believe that women are nevertheless free to teach in many other ways. In fact, women are commanded to explain the gospel to everyone, including lost men (Acts 18:26). Their view is that inside the church, women may teach women and children. With men in the church, women should discuss spiritual matters in a manner that informs but is not authoritative. This does not mean that a man cannot learn from a woman's conduct or from a conversation with a woman and apply what he learns to his life. Rather, what it means is that the woman's purpose in talking with a man is not to instruct him as a leader would. This viewpoint believes the Bible is clear that women are important to the church and do important things. The woman who fulfills the role God established for her is not inferior in any way to a man; rather, she is acting as a godly woman.

For instance, women can teach other women. "The aged women likewise, that they be in behavior as becomes holiness, not false accusers, not given to much wine, teachers of good things; That they may teach the young women to be sober, to love their husbands, to love their children, To be discreet, chaste, keepers at home, good, obedient to their own husbands, that the Word of God be not blasphemed" (Titus 2:3–5). Therefore, mature Christian women are to disciple younger women, teaching them to exercise self-control, to be affectionate to their own husbands, to correct their children wisely, to be restrained in their passions and desires, to be modest, and to be upright in character.

God used the human body as an analogy for the body of Christ. It was to illustrate that no one is any more important than anyone else. There is only one head and that is Jesus. The rest of us are of equal importance, as part of that body. Women are just as much a part of the body of Christ as any man. Again, keep in mind that we don't know the circumstances or what the questions were that Paul responded to when he wrote this letter.

In the book titled, *I Suffer Not A Woman,* authors Richard and Catherine Clark Kroeger explain what Paul is actually saying here is, women should dress modestly (cover their nakedness). The woman should learn (or approach the word of God in silence and submission, not with preconceived ideas). Men should have the same attitude. Then verse 12 should read more like this, "I do not allow a woman to teach or proclaim herself to be the author (or creator) of Man" because Adam was first formed then Eve. Then he simply tells women that they can still be saved even if they have children. We are all saved through the atonement of Jesus Christ!

Deacons

1 Timothy 3:11 seems to presuppose a ministry of women where the word (gune, gunay in the Greek language) refers to female deacons rather than to women in general or the wives of ministers. Several commentaries instead of "wives" read "women", and understand them as deaconesses whose business it was to visit the poor and sick of the church, and take care of things belonging to them. Other commentaries say it is better to interpret the word as the wives of the deacons, who must be as their

husbands, "grave" in speech, gesture, and dress, of an honest report, a good behavior, and chaste conversation; which will reflect honor and credit to their husbands.

Joe Lunceford, a professor at Georgetown College, commented that this passage presents some 'knotty problems of translation.' *"A survey of the various English versions is all that is needed in order to see this. I found eight versions (NASB, NRSV, NAB, Rheims, Amplified, RSV, ASV, Barclay) that rendered γυναῖκας in this verse as "women." Nine others (KJV, NIV, Beck, Phillips, NEB, TNT, Taylor, TEV, LNT) rendered it as "wives." One (Williams) rendered it as "deaconesses." One (REB) rendered it as "women in this office." How does one account for these variations?*

Lunceford continues, *"The major issue here is that no specific word for wife (or husband) is to be found in the Koine, the Greek in which all books of our New Testament were written. The only way to designate a wife was to speak of the woman of a certain person. Where that designation is lacking, as in the current passage, it becomes a judgment call as to whether wife is meant, or simply a woman."*

"From I Timothy 3:2 to 3:8, the qualifications for an overseer ("bishop") are set forth. In 3:8 the phrase "deacons("likewise") would appear to indicate that the

qualifications for bishop would also apply to deacons. Then some further qualifications for being a deacon are contained here. With v. 11 the phrase "women likewise" appears. Now, if the proper translation is "wives," whose wives are they? By this point in the text both bishops and deacons have been mentioned and their qualifications spelled out. Are only the wives of deacons or bishops significant enough to be called upon to have these specific qualifications? This would make no sense, it seems to me. For one thing, the author could have made things crystal clear by adding "of deacons" or "of bishops"—or both, after the word "women," had he intended to refer to wives of either or both groups. Since he did not do so, I take it that this is not what he meant. I believe he was thinking about women in the same or similar positions as the bishops and deacons. The parallel way in which he introduces deacons and women would seem to support this conclusion. Furthermore, if wives of deacons were intended, why would he list part of the qualifications for deacons, then qualifications for their wives, then finalize his list of qualifications for deacons? If the women in similar positions were to be held to the same high standards as the male deacons, then this makes perfect sense."

There was no feminine word for "deacon" in use when the New Testament books were being written.

At least one other matter needs to come into the discussion. There was no feminine word for "deacon" in use when the New Testament books were being written. The feminine form "deaconess" does not show up for another two or three centuries. The author of 1 Timothy did not have at his disposal a word specifically denoting a female deacon.

Regardless of specific terminology, both liberal and conservative scholars have agreed that a female diaconate developed rather early in Christian history. The earliest reference being found in Romans 16:1 where Phoebe is commended by Paul as 'deacon' of the church at Cenchrae. For centuries διάκονον was given the innocuous translation "servant." This word is used nowhere else in the New Testament. But its most basic meaning is "one who stands before," i.e., as a leader. In secular usage, it was used of kings, military commanders, governors, and all sorts of leaders.

In mainstream Christianity, which was Roman Catholicism, the comparative freedom of New Testament times was followed by a period of some restriction with regard to women's leadership. More attention was paid to scriptural injunctions to female silence rather than to Jesus' recognition of women or Paul's proclamation of equality in Galatians 3:28. It was during this time that many views of the church's founding 'fathers' were reaffirmed through their writings about women. These views appear to be quite opposite from Jesus' attitude in the Gospels and the role of women in the first century church.

Discovery #7

In order to understand what the Bible teaches about women, the cultural context must be examined before we can fully understand if something is a relative or absolute statement.

Consider This

If we believe that according to Galatians 3:28, the freedom Jesus brought us means there is no difference between Jew or Greek, bond or free, male or female; if we believe that because of that freedom we have all equally been given spiritual gifts from God according to His choosing; if we believe God gives us all equal opportunities to serve and if we believe we are all equally responsible to share the gospel with the world (which is never gender specific - but implies to all humankind), why do we choose to add a clause that says 'except when it comes to the gender part?' How can we justify the idea that God gives gifts as He wills but He would never give a gift of prophesying or teaching to women because it is only for men when the Bible does not indicate a gender specific

82

distribution of the gifts? What would happen to a spiritual gift that has been given to a woman by God, such as the gift of teaching or the gift of prophesy? How would she answer to God someday for the reason she didn't use the gift the Holy Spirit had given her?

Chapter 8

The Role of Women in Missions

*"A woman preacher was a rare phenomenon
in a world where women had no place
in the profession." - Glenn Horridge*

A curious thing took place in the 19th century. Female missionaries, both married and single, became eager to take the gospel to the regions beyond. It has been estimated that by 1900 fully two-thirds of missionaries were women. By the beginning of the twentieth century, there were forty evangelical missionary organizations led by women. Women missionaries were the first to translate the Bible for hundreds of language groups. Twice as many women as men marched into China as missionaries. In fact 40,000 of the 50,000 home churches now in China are lead by women. - *Ruth Tucker, Guardians of the Great Commission*

> *It has been estimated that by 1900 fully two-thirds of missionaries were women.*

Foreign Missions

Gladys Alyward

Although she became a housemaid at an early age, Gladys Alyward always wanted to become a missionary. She studied with great determination to be fitted for the role, only to be turned down because her academic background was inadequate, and the China Inland Mission to which she applied was convinced that it was not possible to learn the language at her age.

She was so determined that even after being turned down by every missionary society, she spent her life savings on a passage to Yangcheng, Shanxi Province, China. Without any financial backing, she traveled from London by train, crossed war zones and arrived in China. She even went into a bloody prison riot, stopping it cold, using nothing but her authority in Jesus. The perilous trip took her across Siberia, where she was forced to get off the train she was on and walk to her destination. (*Why Not Women* by Cunningham and Hamilton)

> She was so determined that even after being turned down by every missionary society, she spent her life savings on a passage to Yancheng, China.

Maria Taylor, Wife of Hudson Taylor

Famous missionary Hudson Taylor's wife, Maria, led groups of women missionaries deep into China on long preaching journeys where no Westerner had ever gone. She and her husband founded China Inland Mission. She was instrumental in training single women missionaries in China, when opportunities for women to serve had previously depended on having a missionary husband. (*Why Not Women* by Cunningham and Hamilton)

Lottie Moon

If you've grown up in a Southern Baptist Church, you may have heard of Lottie Moon. She was a missionary who evangelized, planted churches and trained pastors in northern China in the late 1800s. Going house-to-house, village-to-village, there were times when she would "preach" to mixed audiences (men and women), because she feared for their souls. She did not want to miss the opportunity to tell the good news. 'Should we not press it home upon our consciences,' she asked, 'that the sole object of our conversion was not the salvation of our own souls, but that we might become co-workers with our Lord and Master in the conversion of the

> Lottie Moon was a missionary who evangelized, planted churches and trained pastors in northern China in the late 1800s.

world?" Throughout her missionary career, Moon faced plague, famine, revolution, and war. Famine and disease took their toll and when Moon returned from her second furlough in 1904, she was deeply struck by the suffering of the people who were literally starving to death all around her. She pleaded for more money and more resources, but the mission board was heavily in debt and could send nothing. Mission salaries were voluntarily cut. Unknown to her fellow missionaries, Moon shared her personal finances and food with anyone in need around her, severely affecting both her physical and mental health. In 1912, she only weighed 50 pounds. Alarmed, fellow missionaries arranged for her to be sent back home to the United States with a missionary companion. However, Moon died en route at the age of 72, on December 24, 1912, in the harbor of Kobe, Japan. Her body was cremated and the remains returned to her family in Crewe, Virginia, for burial.

Mary Slessor

Mary Slessor developed an interest in religion. When she heard that David Livingstone, the famous missionary and explorer, had died, she decided she wanted to follow in his footsteps. Eventually Slessor applied to the United Presbyterian Church's Foreign Mission Board. After training in Edinburgh, she set sail on the S.S. Ethiopia on August 5, 1876, and arrived at her destination in West Africa just over a month later.

Slessor, 28 years of age, red haired with bright blue eyes, was first assigned to the Calabar region in the land of Efik people. Slessor lived in the missionary compound for 3 years, working first in the missions in Old Town and Creek Town. She wanted to go deeper into Calabar, but she contracted malaria and was forced to return to Scotland to recover. After 16 months in Scotland, Slessor returned to Calabar, but not to the same compound. Her new assignment was three miles farther into Calabar, in Old Town. Since Slessor assigned a large portion of her salary to support her mother and sisters in Scotland, she economized by learning to eat the native food. She paved the way for missionaries to evangelize in that area and reach more people for Jesus.

Home Missions

Susanna Wesley

Susanna Wesley, mother of John and Charles, preached to more than 200 people every week in prayer meetings, which she led in the parish where her husband pastored. Since there were no afternoon church services, Susanna began an evening family

Susanna Wesley, mother of John and Charles, preached to more than 200 people every week in prayer meetings, which she led in the parish where her husband pastored.

gathering where they sang psalms, prayed and Susanna read a short sermon from her husband's library. It began with the family and the servants but soon word spread and other neighbors appeared, and soon there were too many for the parsonage. Susanna had written her husband of what she was doing. One of the men in the church wrote Samuel citing that such irregular services could cause criticism or even scandal for the church. At that time the idea of a woman having any part in a worship service – even in her own home – was unheard of. Samuel suggested to Susanna that she have someone else read the sermons. Some still complained and finally Samuel told Susanna to discontinue the meetings. However, she declined as she described how the meetings were a genuine and effective ministry to those who attended and that the disgruntled parishioner was about the only one who had objected. The services continued.

First Woman Ordained in America

Charles Finney, who lead a revival movement in the nineteenth century in America, invited women to pray and speak in public worship. One of his former students at Oberlin College (which was the first college in America to allow women to study alongside men), Antoinette Brown, became the first women ordained in America. She was a well-versed public speaker on the paramount issues of her time. For four years, Antoinette taught school and saved enough money to cover the cost of her tuition at Oberlin College in Ohio. Supported by her parents, who believed not only in equal education for men and women, but also for blacks, she enrolled at Oberlin College in 1846. At the college, she completed the literary course and received her literary degree in 1847. She spent her vacations in teaching and in the study of Hebrew and Greek. In 1847, after graduating with her bachelor's degree, she lobbied the college for admission to the college's theological course with its emphasis on Congregationalist ministry. The administration, opposed to the idea of a woman engaging in any kind of formal theological learning and training,

> The administration eventually agreed that Antoinette could enroll in theology courses, but she was not to receive formal recognition.

eventually capitulated but with a specific set of pre-conditions: Antoinette could enroll in the courses, but she was not to receive formal recognition. Despite the stipulations made regarding her participation in the theology course, Antoinette was a prolific writer and charismatic public speaker. Her exegesis on the writings of the Apostle Paul was published in the Oberlin Quarterly Review. Even though women were not asked to do public speaking during this time Antoinette was asked to speak in Ohio and New York about anti-slavery and on women's rights.

Catherine Booth (Mother of the Salvation Army)

Catherine and her husband William co-founded the Salvation Army. Though she was extremely nervous, she began to be more active in the work of the church and enjoyed working and speaking with young people. During this time she discovered a model, American Wesleyan revivalist Phoebe Palmer. With William's encouragement, Catherine wrote a pamphlet, Female Ministry: Woman's Right to Preach the Gospel (1859), in defense of American preacher Mrs. Phoebe Palmer's preaching, whose preaching had caused a great stir in the area where the Booths lived. Female Ministry was a short, powerful apology for women's rights to preach the gospel. The pamphlet identified three major principles on which her convictions rested. First, Catherine saw that women are neither naturally nor morally inferior to men. Second, she believed there was no scriptural reason to deny them a public ministry. Third, she maintained that what the Bible urged, the Holy Spirit had ordained and blessed and so must be justified. She complained that the "unjustifiable application" of Paul's advice, " 'Let your women keep silence in the Churches,' has resulted in more loss to the Church, evil to the world, and dishonor to God, than any of the Church's errors."

At that time, it was unheard of for women to speak in adult meetings. She was convinced that women had an equal right to speak. In January 1860, following the birth of their fourth child, at Gateshead, during William's sermon, she asked to "say a word". She witnessed to her timidity about claiming her calling, yet William announced that she would speak that night. It was the beginning of a tremendous ministry, as people were greatly challenged by her preaching.

She became a partner in her husband's work and soon found her own sphere as a powerful preacher. She also spoke to people in their homes, especially to alcoholics, whom she helped to make a new start in life. Often she held cottage meetings for converts. She eventually began to hold her own campaigns. Many agree that no man of her era, including her husband, exceeded her in popularity or spiritual results.

> Catherine became a partner in her husband's work and soon found her own sphere as a powerful preacher.

"Catherine Booth was eloquent and compelling in speech, articulate and devastatingly logical in writing, she had for over twenty years defended the right of women to preach the gospel on the same terms as men. At first, Catherine and her husband had shared a ministry as traveling evangelists, but then she came into great demand as a preacher in her own right, especially among the well-to-do. A woman preacher was a rare phenomenon in a world where women had few civil rights, and no place in the professions. Catherine Booth was both a woman and a fine preacher, a magnetic combination that attracted large numbers to hear her and made its own statement about the validity of women's ministry." - *The Journey Back to Eden* by Glen Scorgie

Amy Carmichael

Amy Carmichael believed God wanted her to go to India. Carmichael herself dressed in Indian clothes, dyed her skin with dark coffee, and often traveled long distances on India's hot, dusty roads to save just one child from suffering. She was instrumental in establishing homes for girls and boys (many of whom had been born to temple prostitutes), teaching them about Jesus and challenging them to dedicate their lives to following Him.

Moody Bible Institute

Dwight L Moody, another evangelical leader of the nineteenth century, allowed women to preach. Moody Bible Institute offered its pastor's course to women up until 1929.

```
┌─────────────────────────────────────────┐
│              Discovery #8                 │
│                                           │
│   Against all odds and being rejected to lead in │
│        churches in America, numbers of women      │
│   throughout history have followed God's call and │
│      traveled to the far ends of the earth to start │
│    mission organizations, plant churches and train │
│     pastors.  Others followed their calling to lead │
│  on the home front and help lead world changing   │
│               organizations.              │
└─────────────────────────────────────────┘
```

Consider This

Women missionaries Mary Slessor from Scotland, Lottie Moon who spent her life in China, Amy Carmichael and Catherine Booth have all lead men and women. The list goes on and on of women who decided they would step out and use the gifts they had been given to further the gospel of Jesus Christ. Could they be compared to those women in the New Testament who also helped Paul to spread the Gospel of Jesus to the world?

Conclusion
"Choosing A Point of View"

The "No" Conclusion: Women Cannot Be Ministers

Many people interpret the fact that Jesus appointed only male apostles, and the New Testament passages cited above as an absolute prohibition of a ministerial role for women. It is the natural order, decreed by God, that women should forever be subservient to men. Based on inerrancy of the Bible, these passages must be taken at face value, and women must forever be barred from roles in ministry.

The "Yes" Conclusion: Women Can Be Ministers

Many others view the New Testament prohibitions simply as practical advice to preserve the sanctity and tranquility of the church and to avoid scandal. Although the New Testament writers passively accepted slavery, few people would argue that we should return to the horrors of slavery. In the same way, although the New Testament writers passively accepted the oppression of women, it does not imply that a leadership role for a woman would be wrong in today's very different society. Some of the great leaders and prophets of Israel were women, so God could not have intended to exclude women from

95

spiritual and political leadership. Paul's proclamation of equality and Jesus' willingness to defy convention and accept women into his larger circle of disciples should be the guiding principles rather than the customs of the Roman Empire in the first century. Women took as large a role in the early Church leadership as was allowed by the conventions of that society, so women today should be able to serve the Church in whatever positions they are qualified to fill.

My Journey
'Reflections and What I Discovered'

Scripture teaches that women held the office of prophet under the Old Covenant, and that under the New Covenant the apostle Paul himself placed women in positions of authority in the early church, even at a time when females in secular society were barred from pursuing education or leadership roles.

The Bible challenges men and women alike to be strong and courageous in their faith and in their response to the Great Commission. It seems illogical to assume that Jesus only intended males to evangelize the world, while women should only work with other women and children. Both men and women are called to "go" and to "teach."

If we want to stake a claim that women shouldn't lead the church, are we prepared to say that everything women have done to expand the kingdom of God was a mistake? Is the Salvation Army an illegitimate organization because a strong, vocal woman preacher was a driving force behind it? Do we really want to negate the countless missionary breakthroughs made in the 19th and 20th centuries in

China and India, since so many women--such as Amy Carmichael, Lottie Moon and Gladys Alyward—were responsible for the pioneering work there?

When we look at the history of revival movements, it is clear that whenever there has been a deepening of spiritual passion and holiness in the church, and a corresponding call to evangelism, women have responded to the call to ministry even when it was culturally unacceptable for them to do so. These women were not looking for a spotlight or a pulpit, nor were they out to win an argument or to prove that women are better than men. They were prayer warriors who loved the Word of God and used it skillfully to combat the evils of their day. They were mothers of the faith - female warriors who gave their lives to serve Jesus on the front lines. While these women learned to endure the ridicule, we will never know how many women gave up the fight and abandoned the call and buried their spiritual gifts.

When choosing a point of view on women in leadership, Craig Blomberg said, "All of us who speak and write on gender roles would do well to begin and end every address with the caveats, "I could be wrong" and, "I respect the right of fellow evangelicals and evangelical churches to come to different conclusions, and I will cooperate with them rather than combat them for the larger cause of Christ and His kingdom, which so desperately needs such unity."

One of my favorite quotes regarding women as leaders in the church comes from Bill Hybels who said, "If I were the Evil One and could figure out a way to deny the local church, the hope of the world, about 50 percent of its horsepower - I would work very hard to do that in one fell swoop. If I could relegate one half of the church to the sidelines, strategically it's a pretty smart move."

My desire has been to share what I discovered about the role of women in leadership within the church. For me, it has been an incredible journey of learning about things that *No One Ever Told Me*. My prayer is that you will consider both sides of this crucial issue and then come to your own conclusion. May we all fulfill the purpose God has for each of us as we seek to carry out His Great Commission until Jesus returns.

Karen is available for speaking and consulting.
She travels the country doing workshops,
retreats and conferences.

To connect with her, you can email:
karenblankenshiplive@gmail.com
or send her a note at
PO Box 1038
Belton, MO 64012

www.karenblankenshiplive.com
www.karenblankenshipbooks.com

What No One Ever Told Me

8 Things I Discovered About
Women and Leadership in the Church

1. God's original plan for men and women was to share joint responsibilities of rearing children and having dominion over the earth.

2. There are two very different views concerning the role of women in the church and both views acknowledge the authority of Scripture and affirm the equality of men and women.

3. Views about the role of women which have been passed down over hundreds of years are a reflection of society and not necessarily based on what the Bible actually says.

4. Throughout His ministry on earth, Jesus placed women on an equal footing with men, elevating their status in a capacity in which women were not ordinarily respected.

5. There were many women prophets in the Bible, not just the traditional Anna and Deborah who I had always been taught about. As a prophet, they represented God and spoke His truth to the people.

6. Women served in many roles as leaders and teachers throughout the New Testament, sometimes limited by social customs, but never limited in God's design.

7. In order to understand what the Bible teaches about women, the cultural context must be examined.

8. Against all odds and being rejected to lead in churches in America, numerous women throughout history have followed God's call and traveled to the far ends of the earth to start mission organizations, plant churches and train pastors. Others followed their calling to lead on the home front and help lead world changing organizations.

SOURCES CITED

Clouse, Bonnidell and Robert Clouse, *Women in Ministry - Four Views Edited* (Illinois: InterVarsity Press, 1989)

Cunningham, Loren and David Joel Hamilton, *Why Not Women?* (Seattle: YWAM Publishing, 2000)

Kroeger, Richard Clark and Catherine Clark Kroeger, *I Suffer Not A Woman,* (Grand Rapids: Baker, 2001)

McClennan, Bruce, *Mary Slessor: A Life on the Altar of God,* (Scotland: Christian Focus Publications, 2014)

McKnight, Scot, *Junia Is Not Alone,* (Englewood, Colorado: Patheos Publishing, 2011)

McKnight, Scot, *The Blue Parakeet,* (Grand Rapids: Honduran, 2008)

Scorgie, Glen, *The Journey Back to Eden* (Grand Rapids: Zondervan, 2005)

Spencer, Aida Besancon, *Beyond The Curse* (Grand Rapids: Baker, 1985)

Strong, James, *Strong's Concordance of the Bible* (Massachusetts: Hendrickson, 2007)

Sumner, Sarah, *Men and Women in the Church* (Illinois: InterVarsity Press, 2003)

Sulli, Regina D. *Lottie Moon: A Southern Baptist Missionary to China in History and Legend (Southern Biography Series) 1st Edition,* (Louisiana State University Press, 2011)

Tetlow, Elisabeth, *Women and Ministry in the New Testament* (Paulist Press, 1980)

Youngblood, Ronald F., Editor, *Nelson's Illustrated Bible Dictionary* (Nashville: Thomas Nelson, 2014)

This book presents a look at two different views of women and leadership in the church from a Biblical and historical perspective. It is not a book just for women, but for those who desire to help the church grow and thrive beyond the current generation following God's direction in equipping and raising up spiritual leaders.

Karen Blankenship has been involved in education both nationally and internationally for over 30 years. As an advocate for citizen involvement in government, she has served the community both as a volunteer and an elected city official. Karen currently serves as Executive Pastor for LifeQuest Church in Belton, Missouri, and is a Regional Speaker Trainer for Stonecroft Ministries. She has been a music education professor and has co-authored a book titled SCARS Life Hurts....God Heals.

Karen and her husband, Dan, have been married 36 years and have 3 wonderful kids, a daughter-in-law and a son-in-law. She is also known as 'Grandma K' to her awesome grandchildren, Lincoln, Aly, Noah and Jackson.

ISBN 978-0-578-17437-2